Morte na Flip

Paulo Levy

Morte na Flip

1ª reeimpressão

BÚSSOLA

Foto de Capa
123rf

Revisão
Lizandra Almeida

Capa
Dora Levy [cj31] e João Carlos Heleno [cj31]

Editoração Eletrônica
Áttema Editorial :: Assessoria e Design : www.attemaeditorial.com.br

Dados Internacionais de Catalogação na Publicação (CIP)
(Câmara Brasileira do Livro, SP, Brasil)

Levy, Paulo
Morte na Flip / Paulo Levy. --
1. ed. -- São Paulo : Bússola, 2012.

ISBN 978-85-62969-17-1

1. Ficção policial e de mistério (Literatura brasileira) I. Título.

12-10292 CDD-869.93

Índices para catálogo sistemático:
1. Ficção : Ficção policial e de mistério : Literatura brasileira 869.93

"Um assassino é aquele que quer forçar os outros à bem-aventurança, uma vez que ele mata seu próprio crescimento."

Carl G. Jung

Capítulo 1

Boletim de ocorrência, inquérito, portaria, ordem de serviço, requisição de perícia, ofícios, intimação, depoimentos, auto de prisão em flagrante, despacho, pedido de prisão, requisição para a compra de ar condicionado. Dornelas parou nessa. Largou a caneta, puxou o telefone do gancho e discou três teclas.

– Anderson! – disse, exaltado.

– Pois não, doutor.

– O preço desse ar condicionado está muito alto. Precisamos de tanta potência na sala de informática?

– Agora no inverno não, mas quando o calor chegar o senhor sabe o que acontece com os servidores – advertiu Anderson, o *nerd* da delegacia.

– Você consegue preço melhor?

– Vou tentar.

– Obrigado.

Bateu o telefone. Não bastava o trabalho burocrático, era preciso ir além, administrar a delegacia com rédea curta, contar os centavos.

Dornelas chegou à última folha, assinou-a, largou a caneta e afastou a pilha de papéis para o canto da mesa. Feito. A mão lhe doía. Recostou-se na cadeira, abriu a gaveta e deparou com seu pedaço de paraíso: a barra de chocolate ao leite. Cuidadosamente desembrulhou um quadradinho e colocou-o na boca; e com a língua passou a jogar a massinha que derretia de um lado a outro, como uma bola numa partida de tênis. Um prêmio modesto para tanta chatice.

Pela janela, viu as luzes acesas nos postes, nas lojas e no supermercado do outro lado da avenida. O dia chegara ao fim e ele sequer teve tempo de notar. Olhou o relógio. Passava das sete e meia.

Guardou a caneta, destacou e pôs mais um quadradinho de chocolate na boca. Trancou a gaveta. Levantou-se. Tirou o paletó do espaldar da cadeira e vestiu-o. Apagou as luzes, fechou a porta e saiu.

★

A parte nova de Palmyra apresentava o movimento de sempre: o pequeno comércio, gente circulando a pé e de bicicleta, carros aqui e ali; fila na casa lotérica, mesinhas da padaria sobre a calçada, os beberrões jogando truco aos gritos; espetinhos de uma carne suspeita torrando numa churrasqueira pequena e portátil; turistas perdidos com mapas nas mãos à procura de informações. A vida de todos os dias.

Dornelas seguiu em frente e pulou as pesadas correntes que impedem a entrada de automóveis e voltou, como todos os dias, para uma versão inacabada do passado. Naquele dia, bizarra até. O intenso movimento nas ruas geralmente calmas o assustou. O Centro Histórico estava lotado de um povo estranho ao delegado.

O chão pé de moleque era pisoteado por um turbilhão de gente que se acotovelava entre as casas de arquitetura colonial brasileira. As pessoas iam, voltavam, entravam, saíam, num frenesi sem sentido nem direção. Dornelas admirou-se com o comércio que fervilhava; turistas tirando fotos, comprando, comendo, sorrindo, divertindo-se. De uma hora para outra, viu Palmyra transformada num imenso parque temático do século XVII.

Esse era o sinal de que a preparação de meses para o evento que começaria naquela noite chegara ao fim. O resultado podia ser traduzido em números. De um dia para o outro a população da cidade praticamente dobrara. Não se encontravam mais vagas em hotéis. Em alguns casos, as diárias chegavam a custar mais caro que uma noite em Nova York. Lojas abertas, luzes acesas, estoques abarrotados. As casas eram ocupadas ou por seus proprietários ou por inquilinos que pagaram preços exorbitantes por apenas cinco dias. Haviam filas nas portas dos principais restaurantes.

Para uma cidade pequena que via movimento intenso não mais do que meia dúzia de vezes por ano, a qualidade do serviço certamente cairia. Os preços já estavam nas nuvens.

A Festa Literária Internacional de Palmyra, a FLIP, que a cidade sediava há nove anos, começaria naquela noite com um show do grupo Skank. A edição do evento prestaria homenagem a Fernando Sabino, um dos maiores escritores brasileiros.

Dornelas foi em frente e virou à esquerda na Rua da Abolição, passou por trás da igreja Matriz e cruzou a ponte sobre o rio, ornada com as bandeirolas do evento que drapejavam ao sabor da brisa fria e salgada que soprava do mar.

Dali e ao longo da foz do rio até o mar, um conjunto de gigantescos gomos brancos saltavam à vista. A primeira tenda, a dos Autores, a principal, tinha o aspecto de uma taturana polar gigante com duas bocarras prontas para engolir o público passante.

Dornelas entrou debaixo da cobertura de pé-direito altíssimo, passou os olhos pela exposição sobre vida e obra de Sabino e observou o movimento à sua volta: dois homens retiravam faixas de plástico-bolha de cima das placas; recepcionistas detrás do balcão organizavam o material do evento; seis homens descarregavam fileiras de poltronas de um caminhão e as levava para dentro do auditório, local onde escritores dos quatro cantos do mundo leriam e debateriam nos quatro dias seguintes.

O delegado foi em frente. Um esquadrão de jovens tirava pilhas de livros de caixas de papelão e terminava de organizar as mesas, torres, vitrines e prateleiras da livraria oficial da FLIP. Um rapaz esquelético e visivelmente cansado desmontava, uma a uma, as caixas vazias empilhadas na entrada.

Triturando o cascalho, Dornelas chegou à tenda seguinte. Num corredor extenso, marceneiros, pintores e eletricistas davam os últimos retoques nos estandes enfileirados. Seguiu pelo lado de fora, no calçadão, e observou o movimento ao som de marteladas, gritos e estalidos de rádio. As vitrines da loja oficial da FLIP estavam sendo arrumadas, decoradas, recebiam os últimos ajustes. Parou e observou a cena com alegria e certa apreensão.

Por um lado, estava contente com o fato de Palmyra receber uma festa que enaltecesse o livro e a leitura. Tinha um apreço especial por livros. Isso o fez lembrar-se do pai, quando lia para ele na infância. *O que vamos ler hoje, Quinzinho?*, perguntava o velho antes de colocá-lo na cama para ler ao seu lado. Por outro, mais gente, mais festa, significava mais chance de confusão.

A Polícia Militar estava de prontidão para impor a ordem nas ruas. Já os seguranças do evento – leões de chácara de ternos pretos e expressões de poucos amigos – eram uma incógnita. E por isso uma preocupação adicional ao delegado.

Como polícia civil de cunho judicial e investigativo, não restava ao delegado Joaquim Dornelas outra opção senão aguardar. Para que ele e sua equipe pudessem agir, alguma coisa precisaria dar errado primeiro. Ficariam de sobreaviso.

Chegou à última tenda, um imenso tablado elevado diante de um mar de cadeiras, e observou a equipe de montagem ligar os equipamentos sobre o palco. Escutou "som: um, dois, três" das imensas caixas acústicas e seguiu em frente, a caminho do mar. Passou ao lado de um telão e pulou sobre a primeira rocha da extensa muralha que protege o estuário do rio das Pedras das bordoadas dos vagalhões.

Deixando para trás a iluminação intensa da festa e da cidade ao fundo, seguiu pulando rocha sobre rocha, até chegar ao fim, quase duzentos metros adiante, mar adentro. Parou na última e seus olhos tentaram furar a escuridão. Dornelas queria ver a boca da baía no horizonte e as ilhotas espalhadas pelo caminho.

Capaz de enxergar apenas pontinhos luminosos aqui e ali, presos às encostas escuras, respirou fundo, sentiu o aroma salgado no ar e então girou sobre os calcanhares para admirar o cenário de circo à sua frente: as tendas iluminadas, as luzes acesas na passarela à beira-mar; baleeiras de passeio ancoradas à margem do rio; o vaivém dos visitantes sobre a ponte; o movimento na praça diante da igreja Matriz, na margem oposta; lojas e bares apinhados. A cena o alegrou.

Sentiu o vento contra o corpo, frio, e levantou os olhos para o céu. Nuvens pesadas escondiam a lua e as estrelas. Não chovia.

Naquele ponto, afastado do evento e da cidade, no escuro e envolvido pelo barulho do mar, Dornelas viu-se desconectado de si mesmo, como se observasse sua vida de fora, de algum ponto à margem de si mesmo.

Ao som das ondas contra as rochas, do vento frio contra as roupas e o corpo, da balbúrdia da festa como pano de fundo, refletiu sobre o tempo que dedicara, em toda a vida, à elucidação de crimes cometidos por razões no mínimo estúpidas, porém humanas: dinheiro, poder, ciúme, inveja, avareza, pura maldade. E no melhor dos casos, se é que isso é possível: amor. *O ser humano é um bicho muito estranho*, concluiu.

Lembrou dos filhos e sentiu saudades, mesmo após ter passado o último final de semana com os dois, no Rio de Janeiro. Imerso nisso, sacou o celular do bolso e ligou para a casa da ex-mulher. O telefone tocou, tocou e uma secretária eletrônica atendeu. Desligou sem deixar recado. E então um movimento inesperado quebrou o encanto do momento.

Um dos pequenos barcos de passeio desgarrou da margem do rio e começou a se mover lentamente, sob a luz fria da passarela, rumo ao estuário. Dornelas o seguiu com os olhos e questionou-se: *para onde vai esse barco a esta hora?*

Olhou o relógio: 20h37min.

O que aconteceu a seguir foi incompreensível ao delegado. Se lhe perguntassem depois, não saberia explicar. Mas de alguma forma, para ele, havia algo errado naquela cena: um homem sentado sob a capota de lona; o barqueiro no leme, de pé na popa. E não era simplesmente o fato do barco sair para o mar numa noite escura. Algo mais o intrigava.

Resolveu voltar. Queria alertar o marinheiro de que havia algo errado, alguma coisa que mesmo ele, Dornelas, não sabia definir. Talvez ordenar que retornasse sob o pretexto de inspecionar os documentos, o número de coletes salva-vidas, assuntar sobre o destino, qualquer coisa para não deixá-lo seguir adiante. Foi aos pulos, sobre as rochas, no sentido contrário.

Navegando em águas calmas, o barco chegou rapidamente ao centro do rio. Naquele ponto, os estalidos do motor ganharam velocidade e o barquinho acelerou.

Dornelas apertou o passo.

Temendo tropeçar nas valas negras entre as rochas, e tendo a atenção alternada entre o piso irregular e o barco que se afastava mais e mais em direção do mar, para longe das luzes da passarela, rumo à escuridão, Dornelas gritou:

– AEOU! – os braços abanando no ar.

De terno escuro e abafado pelo rugido das ondas, Dornelas era invisível ao passageiro e ao tripulante, que olhavam fixamente para frente. Sem ação, dedicou-se a ler o nome toscamente escrito em letras miúdas na proa. Não conseguiu.

– Merda!

O barco pulou as primeiras marolas e ganhou o mar. Aflito, concentrou-se então em gravar na mente o casco amarelo e branco, a tira horizontal azul, as almofadas listradas de branco com azul ou preto.

Sob o céu carregado e sem lua, o barquinho avançou e foi engolido pela escuridão.

★

Dornelas chegou à prainha e tirou o celular do bolso. Queria avisar Solano de que um barco saíra para o mar àquela hora da noite. Apertou algumas teclas e desistiu. Imaginou o diálogo que teriam e a risada contida de seu subordinado do outro lado da linha. *Barcos saem para o mar a toda a hora, doutor,* diria o investigador.

Para a polícia, intuição não é justificativa para qualquer tipo de ação. Para Dornelas, era uma ferramenta valiosa de trabalho. O desenrolar daquela cena poderia resultar num crime. Ou não. Àquela altura dos acontecimentos, ele nada podia fazer senão esperar. Essa imobilidade o corroía por dentro. Só a Capitania dos Portos poderia evitar uma tragédia, se fosse o caso. Mas Dornelas não queria acioná-la sem algo mais consistente nas mãos. Não queria, tampouco, ficar de braços cruzados. Resolveu ligar, mesmo sob o risco de passar um recibo de leviano.

– Onde você está? – disparou.

– Em casa. Acabei de chegar. Aconteceu alguma coisa? – respondeu Solano.

– Ainda não, mas vai acontecer.

O investigador ficou mudo. Dornelas sabia a razão. Prosseguiu:

– Sei que não parece muito, mas uma baleeira de passeio, das pequenas, saiu agora para o mar, do rio em frente à FLIP.

– Tem algum problema nisso, doutor?

Como se assistisse a um filme pela segunda vez, Dornelas pôde sentir o descaso do subordinado do outro lado da linha. Na certa estaria pensando: *lá vêm o delegado com a bola de cristal outra vez.*

– Nada. Mas avise Caparrós e Lotufo para que fiquem de sobreaviso. Não quero alertar a PM nem a Capitania dos Portos. Pode ser que dê em nada. Mas caso vire alguma coisa séria, quero ser o primeiro a chegar ao local. Está claro?

– Claríssimo, doutor.

– Cadê o Peixoto?

– Deve estar cuidando da mudança ou andando pela cidade atrás de uma câmera de TV.

Dornelas pensou no vice-delegado e na sua paixão pelos holofotes.

– Deixe-o no escuro. Se ele abrir a boca, isso pode me dar uma dor de cabeça amanhã.

– Pode deixar, doutor.

Mas a história da mudança do Peixoto o intrigou.

– O Peixoto foi para uma casa maior, por causa do filho?

– O senhor não soube? Ele saiu de casa ontem, largou a mulher e o nenê.

– Como assim? – indagou espantado, o delegado.

– Largou, doutor. Fez as malas e foi embora. Disse que esse negócio de nenê, choro e fraldas não é com ele.

Dornelas se enfureceu. Limitou-se a dizer:

– Manterei o celular ligado. Boa noite para você.

– Outra para o senhor.

Desligaram. Dornelas seguiu para casa matutando sobre o barquinho, o marinheiro, o passageiro. Passava a cena na mente de trás para frente à procura de algum detalhe que lhe tivesse escapado. Não conseguia pensar com clareza. A fúria diante da covardia de Peixoto lhe anuviava as ideias.

★

Abriu a porta, acendeu as luzes. *Lupi aprontou alguma*, pensou, pois o cachorro não aparecera como de costume. Desconfiado, inspirou fundo e alegrou-se por não sentir cheiro de merda no ar. Assobiou pela sala e escutou o estalido das patinhas descendo as escadas.

O cachorro apareceu contorcendo-se todo. Dornelas sacou a aflição do bicho no ato. Pegou um saquinho plástico e a coleira na gaveta da cômoda e saiu com Lupi para a rua.

O celular tocou.

– Você já jantou? – perguntou Dulce Neves do outro lado da linha.

– Ainda não. Cheguei faz pouco tempo.

– Quer jantar comigo? Estou perto da sua casa.

– Quero, mas precisamos fazer supermercado primeiro. A não ser que você queira um goró.

– Mingau de farinha láctea, nem pensar.

Dornelas soltou uma gargalhada.

– Em dez minutos, no Bar do Vito?

– Marcado. Até já. Um beijo.

– Outro.

Desligou feliz, o coração quente. Fazia dois dias que ele não a via. Estava com saudades da sua amizade colorida, algo que não sentia por uma mulher fazia muito tempo.

★

– Aconteceu, doutor – disse Solano do outro lado da linha. Soava consternado.

– Quando? Onde? – rebateu Dornelas ao sentar-se na cama, os olhos ainda turvos de sono.

O relógio marcava 05h42min. Estava frio e escuro. A luz da manhã ainda não havia brotado pelas frestas das janelas. Acendeu o abajur.

– Na praia Brava. O sujeito que cuida do bar, também caseiro da casa que fica atrás, encontrou um corpo encostado ao pé do balcão. Segundo ele, foi morto a golpes de faca. Está todo furado.

– Homem?

– Não sei dizer.

– Por que você acha que isso tem a ver com o barco que eu vi?

– Era um barco amarelo e branco com uma lista azul?

– Esse mesmo.

– Está parcialmente afundado no fim da praia. As ondas o jogaram contras as pedras.

– Algum outro corpo?

– Não. Apenas este.

O passageiro ou o barqueiro, pensou o delegado.

– Como você soube de tudo isso?

– Passei a noite na delegacia. Troquei o meu plantão.

Dornelas alegrou-se com o comprometimento do seu braço direito, sobretudo pela confiança que Solano depositara em sua intuição.

– Você chamou os Bombeiros, a Perícia, o IML? Avisou o Peixoto?

– Ainda não, doutor.

– Deixe o Peixoto fora dessa – rosnou. – Em vinte minutos estarei aí. Chame os Bombeiros e a Perícia, procure o Chagas diretamente,... mas apenas quando eu chegar.

– E o IML?

– Pode deixar. Eu cuido disso.

Dornelas pôs o fone no gancho e seguiu pensando na covardia do vice por largar a mulher e o nenê. Àquela hora da madrugada, deu de ombros. *E pensou: que culpa tem o filho se o pai é um pamonha?* Retomaria aquilo depois.

Olhou para o lado. Dulce Neves, legista-chefe do Instituto Médico Legal, dormia a sono solto, o rosto mergulhado no travesseiro. Mesmo de olhos fechados, ela exalava tranquilidade. Acariciou-lhe os cabelos, beijou-a na face e cochichou-lhe no ouvido:

– O dever nos chama.

Capítulo 2

A luz do sol esforçava-se para furar a espessa camada de nuvens enrugadas. Uma manhã embaçada. Dornelas estacionou o carro em frente à escola da praia Mansa. Dali seguiriam a pé para a cena do crime, na praia Brava. Os alunos ainda não haviam chegado para as aulas do dia. Era cedo demais para isso, mesmo para uma quinta-feira.

Dulce, que dormia estirada no banco de trás, acordou com a freada e levantou-se. Vítima dos horários malucos do IML, ela tirava uma soneca sempre que surgia uma oportunidade. Meia hora de estrada da delegacia de Palmyra era um convite de Hipnos. No banco de passageiro, Solano tinha os olhos vermelhos e fundos. Parecia um zumbi.

Do que outrora fora uma pacífica vila de pescadores, a praia Mansa ganhou com o tempo status de comunidade parcialmente independente, graças a uma horda de turistas barulhentos que atraíram como ímãs bares, pousadas, casas particulares, um mercadinho e alguns bons restaurantes.

Os três desceram do carro e tomaram o único acesso por terra à praia Brava, uma espécie de trilha de vaca de apenas cem metros que corta a mata entre uma praia e outra.

— Choveu essa noite? — perguntou Dornelas ao abrir os braços e estacar logo no início, barrando a passagem. Solano vinha logo atrás. Dulce ao final da pequena fila.

— No começo da madrugada, doutor — respondeu o investigador.

— A que horas?

— Perto da uma.

— Durou muito?

— Vinte minutos, meia hora.

Dobrando a atenção, o delegado baixou a vista e passou a procurar pegadas no piso de terra empapada, em todos os sentidos, dado que aquele era o único acesso por terra para chegar ou fugir da cena do crime.

Procurou também por marcas de deformação na camada de folhas caídas sobre os barrancos íngremes, acima e abaixo, no caso de o criminoso, atento às pegadas que poderia imprimir na trilha, ter seguido por dentro da mata. Percorreu a caminho inteiro bem devagar, olhar baixo, inspecionando aqui e ali. Solano e Dulce faziam o mesmo. Chegaram às pedras da praia Brava sem encontrar absolutamente nada.

Com a face escancarada para o Atlântico, as ondas esmurravam impiedosamente as pedras e a encosta arenosa numa batalha sem fim. Mesmo à distância, Dornelas reconheceu a lista azul no casco amarelo e branco que jazia adernado sobre o bordo esquerdo, em meio às pedras do lado oposto da pequena praia. O pedaço do casco para fora da água era continuamente lavado pelas ondas, tomava socos dos vagalhões a ponto de o barco todo quase rolar encosta acima. O barquinho ia e voltava, aos trancos, como o corpo sem vida de um animal ao sabor do mar. No entanto, parecia preso a alguma coisa. Almofadas espalhavam-se sobre as pedras. Daquele ângulo era impossível ver qualquer coisa pela boca do casco.

— Não pisem na areia — ordenou. — Precisamos estudar essas pegadas — Dornelas pulou da trilha direto para um gramado, separado da areia por uma mureta baixa. Solano e Dulce o seguiram.

Incontáveis pegadas carcomidas — de pés calçados e descalços — misturavam-se em caminhos sem sentido nem direção, como num confuso esquema de passos de dança impressos numa folha de papel. Apenas uma trilha de pegadas bem definidas emergia das ondas e seguia pela areia, em linha reta, para uma das escadas do deque, no centro da praia.

— Solano, passe os olhos nas duas casas e na mata em volta, até o outro lado da praia. Veja se encontra alguma marca de entrada ou fuga.

— Pode deixar, doutor — disse o subordinado, desgarrando-se do pequeno grupo.

Dulce aproximou-se dele e ambos viram um homem sentado numa das cadeiras do bar, sobre o deque, observando a luta entre terra e água com expressão impotente. Encostado à mesa, um rastelo de ferro. Sobre o piso de madeira, uma pá amarela de plástico.

— Bom dia — gritou Dornelas, de longe.

O sujeito virou a cabeça devagar, ergueu um braço num aceno modesto e levantou-se pesadamente.

— Bom dia — respondeu o homem, em tom grave.

— Foi o senhor quem encontrou o corpo e ligou para nós? — perguntou o delegado, que pulou do gramado para o deque, atento ao chão. Estendeu a mão ao sujeito. — Delegado Joaquim Dornelas. Sou o responsável por este caso.

— Herculano, doutor — disse o sujeito, completando o aperto. — Fui eu, sim senhor.

— Esta é a doutora Dulce Neves do IML e aquele ali — apontou para o investigador já longe —, é Solano. Ele trabalha comigo.

Herculano cumprimentou Dulce com um movimento vagaroso da cabeça e um silêncio sufocante caiu sobre os três, como um manto negro. Não foi preciso perguntar pelo cadáver. A trilha de pegadas bem definidas que saía do mar subia a areia, as escadas, seguia pelo deque, depois pelo piso de granito e terminava próximo de onde havia um braço estendido no chão, por entre os pés dos bancos encostados ao bar, cujo canto escondia o resto do corpo.

Dornelas caminhou para lá com Dulce no encalço, ao largo das marcas no chão. E num instante viu-se cruzando o que parecia uma linha imaginária, uma espécie de marco. Até aquele ponto, o lugar o remetia às lembranças típicas de um bar de praia: alegria, sol e cerveja. A partir dali, com um cadáver revelando-se a cada passo, as associações automáticas da mente foram sendo substituídas por algo fora do padrão. E assim que o corpo surgiu por inteiro, o horror tomou conta do lugar.

O corpo estava encostado ao pé do bar, este todo protegido por um telhado. De imediato, Dornelas não conseguiu identificar se era de homem ou de mulher, talvez em razão da posição, muito estranha, pois estava inteiro esticado sobre o lado esquerdo com boa parte da lateral direita encostada na parede, como uma prancha de surfe. A calça jeans comprida e a jaqueta larga não ajudavam. A cabeça apoiava-se sobre o braço estendido – o braço que ele vira de longe – com o rosto voltado para o chão. O direito estava estirado ao longo do corpo.

Não fosse a extensa mancha vermelha nas costas da jaqueta, as diversas marcas de corte no tecido, o cachecol empapado de sangue e a poça vermelha no piso de granito, poderia presumir que se tratava de um bêbado inconsciente.

Avançou um passo, porém mantendo certa distância de forma a não contaminar a cena. Refez com os olhos a trilha de pegadas pelo deque de madeira, depois pelos retângulos de granito e reparou em duas coisas: os rastros de pés descalços se dirigiam diretamente para lá e não havia gotas de sangue pelo caminho. Mais um passo. Procurou marcas de sangue espirrado na parede do bar. Nada, apenas gotas circulares próximas ao corpo, além da poça no chão.

Cautelosamente agachou-se ao lado do cadáver. Queria estudá-lo cientificamente. Observou o penteado revolto de cabelos curtos e oxigenados, as raízes pretas; nenhum hematoma visível na parte de trás do pescoço; a lesão, que justificaria tanto sangue, deveria estar na frente, talvez escondida pelo cachecol; a jaqueta bege com a extensa mancha de sangue nas costas; as calças molhadas até pouco acima dos joelhos, o tecido arregaçado até o meio das canelas; os pés descalços e sujos de areia.

Comparou-os mentalmente com as pegadas na praia, na escada e no deque.

Uma única trilha. Isso o intrigou.

Ao bater os olhos no corpo inteiro concluiu ser de alguém muito alto, mais alto que ele até, que media 1,85 metros. Um homem, talvez. Porém, ao notar a figura de um golfinho no brinco da orelha direita, as linhas harmoniosas do pescoço, os pulsos finos, os dedos delicados das mãos, os anéis, as unhas compridas e pintadas de preto, além do quadril largo, concluiu ser o corpo de uma mulher. Provavelmente uma estrangeira, dado que a estatura média da mulher brasileira gira em torno de 1,60 metros.

— Dezessete marcas de corte nas costas — disse Dulce, agachando-se ao lado dele.

Com o raciocínio ainda em formação, Dornelas manteve-se calado, imerso em sua análise. Dulce o fitou com admiração, pois viu nele a concentração profunda e típica de um grande artista, em que criador e obra se fundem numa coisa só.

Nesse exato momento, Solano apareceu.

— Nada na mata, doutor. Apenas as pegadas corroídas na areia — disse o investigador.

Com o pensamento em outro lugar, Dornelas anuiu de leve com a cabeça. E movido pelo instinto, debruçou-se e quase encostou o nariz numa das pernas das calças do cadáver, na altura dos joelhos.

– A chuva de ontem foi forte, com vento? – perguntou para Solano, que o observava de pé.

– Um aguaceiro danado como poucas vezes vi igual.

– A que horas você acha que ela morreu? – perguntou, virando-se para Dulce.

– Difícil dizer. Preciso estudar o estado geral do corpo, a lividez, o rigor, o humor vítreo, as córneas, o que tinha no estômago, no sangue. Preciso estudar as lesões. Assim, por cima da jaqueta, posso apenas afirmar que não foi uma faca. E pela quantidade de sangue no cachecol e no chão, ela talvez tenha levado um golpe numa das carótidas.

Dornelas franziu a testa e debruçou-se para estudar as marcas na jaqueta mais de perto. Notou que haviam sido produzidas por algum instrumento curvo, em formato de semicírculo com diâmetro de cerca de 3 centímetros e muito afiado, dado que os cortes no tecido estavam bem definidos. Porém, o que mais o intrigou foi que na parte interna de cada sulco havia um rebaixamento pontiagudo que forçou o tecido antes de a lâmina iniciar o corte.

– Que tipo de instrumento pode fazer uma coisa dessas? – murmurou.

Agachada ao lado dele, Dulce respondeu:

– Um cinzel de se esculpir madeira, talvez.

Dornelas não se convenceu.

– Pode ter sido no meio da madrugada? – retrucou.

– Por que diz isso?

O delegado não respondeu. Levantou-se devagar, procurando com os olhos um volume nos bolsos de trás das calças do cadáver, uma carteira, documentos. Nada. Limitou-se a dizer:

– Vou conversar com Herculano. Procurem alguma ferramenta que possa produzir uma marca desse tipo. E os sapatos também, que não os vi por aqui. Fiquem atentos às marcas de sangue no chão.

Ao ficar de pé e olhar para o cadáver estirado, a imagem do barquinho saindo para o mar voltou-lhe à mente. E num estalo soube o que o havia incomodado tanto na cena, algo que a leitura fragmentada dos olhos e da mente não foi capaz de captar, mas que não lhe escapou da visão completa da intuição: era uma mulher dentro do barco, sentada sob a capota. Os cabelos curtos e a jaqueta bege masculina o confundiram.

Se o corpo é de fato de uma estrangeira, isso será confirmado depois. Se assim for, nenhuma surpresa. Palmyra recebe gente de todas as partes do mundo, durante o ano todo. Na semana da FLIP, mais do que o normal.

No caminho para onde estava Herculano, Dornelas estacou e colou o rosto nas grades que subiam do balcão do bar ao teto e envolviam a cozinha: o piso seco, as gavetas fechadas, as garrafas nas prateleiras, os utensílios sobre a pia. Concluiu que tudo estava no seu devido lugar. E que seria impossível alguém retirar qualquer coisa dali, uma vez que os vãos eram estreitos demais, tanto das grades como da treliça que cobria o teto. Verificou o portão de entrada: trancado a chave e com um pesado cadeado.

Terminada a inspeção, dirigiu-se ao caseiro que estava largado numa das cadeiras no deque. O homem era a consternação em carne e osso. Dornelas puxou uma das cadeiras ao redor da mesinha e nela sentou-se. Dulce e Solano ficaram para trás, andando em círculos, de cabeça baixa, bem devagar. Uma cena típica de casal quando a mulher perde brinco ou lente de contato.

— Conte um pouco sobre como e quando o senhor encontrou o corpo — disse o delegado em tom suave, procurando amparar o sujeito.

Herculano ajeitou-se vagarosamente na cadeira, pousou os braços no tampo da mesa e, ao abrir a boca para falar, pareceu ao delegado ter adquirido ainda mais gravidade.

— Eram quase 05h30min da manhã, doutor. Acordo nesse horário todos os dias. Saí de casa, que fica ali atrás, ao lado da casa do patrão, e logo vi o casco do barco para fora da água, sobre as pedras. Achei aquilo estranho e vim para cá.

— Por que para cá, para o bar, e não direto para o canto da praia onde está o barco?

— De lá eu precisaria pular a cerca e descer para areia. Daqui eu usaria as escadas. Sempre desço por aqui.

— Alguma razão em especial?

— O patrão não gosta que a gente pule a cerca. Pode dar mau exemplo aos turistas — o homem fez uma breve pausa e arrematou. — De que adianta? Eles não respeitam nada mesmo!

Dornelas olhou em volta, estudou a mureta e a cerca baixa de madeira que separava o gramado da areia, assim como os dois lances de escadas de ambos os lados do deque, este uns dois metros acima da praia.

— E assim que o senhor veio para cá...? — retomou.

— Fiquei assustado com o corpo ali no bar, voltei para casa e liguei para a delegacia.

— A que horas foi isso?

— Não sei dizer, não uso relógio. — O homem puxou as mangas do casaco e mostrou os braços nus e bronzeados. Dornelas notou que não havia marca de pele mais clara em formato de relógio em nenhum dos pulsos. — Mas foi logo depois — prosseguiu Herculano. — De longe parecia um bêbado dormindo ali, como volta e meia acontece. Mas assim que cheguei mais perto, vi o casaco manchado de vermelho e a poça de sangue no chão, corri para casa e telefonei para vocês.

O homem adotou uma expresssão de pavor. Dornelas apenas o observou por um tempo. Resolveu seguir adiante.

– Se o senhor não usa relógio, como sabe que eram quase 05h30min quando veio para cá?

– Não uso nos braços, mas tenho um despertador no criado-mudo. Hoje acordei um pouco mais cedo, às 05h07min. Sei disso por que olhei para ele assim que levantei da cama.

– Depois que saiu da cama, o que o senhor fez?

– Fui ao banheiro fazer xixi, passei uma água no rosto, pus a roupa e saí.

Dornelas lembrou-se da hora marcada no rádio relógio quando Solano o ligou: 05h42min. *Dado um desconto aqui e ali, a história bate*, concluiu.

– Estava escuro? – perguntou o delegado, sabendo a resposta.

– Nessa época do ano sempre está.

– Mas então como o senhor conseguiu ver o casco do barco assim que saiu de casa? Da sua porta até a praia são bem vinte metros, mais a areia, as pedras... cinquenta metros ao todo – presumiu, medindo mentalmente o trajeto numa linha reta que visualizou da porta da casa do caseiro ao local onde estava barco.

– Os holofotes, doutor – disse o homem, olhando para os lados e para o alto. – Estavam todos acesos. Eles têm um sensor que os mantêm ligados durante a noite e desligados durante o dia.

Dornelas olhou para as duas pontas do deque e para os postes sobre as cercas de ambos os lados: seis holofotes ao todo, virados para a praia.

– Quando foram instalados?

– Faz tempo, uns três anos. Assim que o bar foi inaugurado.

– Alguma razão especial para isso?

– O patrão mandou. Disse que intimida os arruaceiros e os casais que procuram lugar para trepar. Depois disso, diminuiu muito a bagunça na praia durante a noite.

– O bar fica aberto até que horas?

– Até escurecer. No verão, entre sete e oito. No inverno, antes das seis.

– E a que horas abre?

– No inverno, às onze. No verão, quando vem mais gente, às dez.

– Todos os dias da semana?

– De terça a domingo. Mas ontem não abrimos.

– Por quê?

– Não vi razão de funcionar no dia de abertura da FLIP. Aproveitei para dar uma folga ao pessoal.

– O senhor é caseiro faz quanto tempo?

– Doze anos.

Ao falar sobre tudo aquilo, Dornelas notou que o homem se soltava e sentia-se cada vez mais seguro, talvez por causa do assunto, que ele conhecia bem e não dizia respeito ao crime em si. Mantê-lo mentalmente longe do cadáver provou-se uma estratégia acertada do delegado.

– E o que o senhor faz no bar?

– Sou o gerente. E também cuido da manutenção da casa, da grama.

– É muito trabalho para um homem só!

– Nem tanto.

– Quantas pessoas mais trabalham no bar?

– Seis. Dois na cozinha, duas moças no balcão e dois rapazes pra atender as mesas.

– O senhor mora sozinho?

– Não. Minha mulher e minha filha moram comigo. Laudelina cuida da casa do patrão, faz faxina, cozinha.

— A que horas elas acordam todos os dias?

— Essas duas são ruins de acordar cedo. Dormem como pedra. Eu acordo as duas lá pelas sete. Minha filha vai para a escola na praia Mansa. Entra às oito.

— E hoje, a que horas acordaram?

— Assim que voltei para ligar para a delegacia, chamei minha mulher. Ela não quis sair de casa para ver a cena. Não sei dizer a que horas ela acordou Catarina.

O delegado virou-se na cadeira e olhou para a casa maior. Presumiu ser a do proprietário. Estava fechada. Na casa menor, ao lado, que supôs ser a de Herculano, pôde ver pelo vão da janela uma mulher movendo-se no que parecia a cozinha e uma menina sentada diante de uma mesa, mastigando alguma coisa.

— O seu patrão está aí?

— Não veio. Ele só aparece quando a cidade está vazia. Nunca o vi por aqui com esse movimento.

— O senhor se lembra de ter ouvido algum barulho estranho, algo incomum na noite passada?

— Além da ventania e da chuvarada no começo da madrugada, nada que tivesse chamado minha atenção.

— E barulho de barco?

— Isso sempre existe. O senhor pode ver que sempre tem barco passando aqui na frente.

Dornelas olhou para o mar e viu dois barcos de pesca navegando na direção do mar aberto.

— Mesmo à noite?

— Por que não? A vila de pescadores fica na praia ao lado.

Dornelas vasculhou a mente e perguntou:

— Vamos voltar um pouco. Depois que veio até aqui e viu o corpo, o senhor disse que voltou para casa para ligar para a polícia, correto?

— Isso mesmo.

— Depois de ligar para a polícia o senhor fez o quê, foi até o barco?

— Não fui, não senhor. Fiquei um pouco em casa com a minha mulher e depois vim para cá.

— Isso quer dizer que o senhor não pisou na areia, nas pedras, nada!

O homem moveu a cabeça de um lado a outro, uma negativa enfática. Dornelas estudou-o um pouco mais, em silêncio. O homem era transparente, confiante.

— Por agora, é isso — concluiu o delegado. — Quero conversar com o senhor mais uma vez. E com a sua mulher e filha também. Pode ser?

— Quando quiser, doutor.

Herculano ficou de pé junto com Dornelas e os dois se cumprimentaram num aperto firme de mãos. O delegado foi então à beira do deque, farejou o ar e estudou as pegadas na areia, especialmente a trilha que subia do mar à escada, em linha reta. Gotas miúdas caíam. Na verdade, um borrifo de chuva. A impressão que se tinha era de que a grama e a mata ao fundo estavam sendo plastificadas assim que as gotículas pousavam sobre as folhas. A água acentuava as cores e o brilho da Mata Atlântica que vibrava com as nuances de uma pintura de Monet.

O delegado observou então o casco do barco adernado sobre as pedras e sentiu uma espécie de ímã no peito o atraindo para lá.

— Acharam alguma coisa? — perguntou ao passar por Solano, que varria o chão com os olhos. Dulce estava agachada ao lado do corpo.

— Nada, doutor — respondeu o subordinado, sem levantar a cabeça.

Com as mãos enfiadas nos bolsos do casaco, Dulce permaneceu quieta. Estudava o cadáver centímetro a centímetro. Como a hierarquia da investigação a impedia de mexer no corpo antes da Perícia chegar, ela fazia uma força sobre-humana para conter a vontade de começar a autópsia ali mesmo. De longe, Dornelas pôde notar que seus lábios se moviam, ela murmurava algo, parecia estar conversando com o defunto.

Vai entender, pensou o delegado que deu de ombros e passou por ela a caminho do naufrágio.

Capítulo 3

O celular tocou assim que ele pisou na grama. O delegado tirou-o do bolso e atendeu ligeiro, sem sequer olhar o número no visor.

– Dornelas.

– Joaquim? – indagou uma voz feminina.

– Quem fala? – retrucou, sem pensar.

Um breve silêncio, seguido de um arfar pesado, e a voz retornou no tom grave típico de rainha má dos desenhos Disney:

– Sou eu.

Com a cabeça em outro lugar, ele não identificou a ex-mulher do outro lado da linha. *Começou cedo*, pensou. De súbito veio-lhe a vontade de devolver um *eu quem?*, só por provocação. Conteve-se. Seria pior.

– Bom dia, Flávia.

– Preciso falar com você. É urgente.

A voz dela soava ansiosa, aflita.

– Posso te ligar depois? Estou no meio de uma investigação.

– Você sempre está.

A fisgada o fez estancar. Dornelas olhou para o céu e deu um suspiro profundo. O calcanhar de Aquiles da sua separação voltava a doer.

– Pode falar – desabafou.

– O Luciano, Joaquim. Peguei o menino.

O delegado arregalou os olhos e pensou no pior: *meu filho se envolveu com drogas*.

– Pegou fazendo o quê? Onde?

– Se masturbando. No banheiro. Ontem à noite, com uma revista de mulher pelada – disse Flávia, já aos prantos.

Dornelas desatou a rir de tanto alívio.

– E o que isso tem de errado?

– Ele só tem onze anos, Joaquim. É um menino ainda. Não devia estar fazendo essas coisas.

– É a idade, Flávia. Ele está descobrindo o próprio corpo, as meninas na escola. É normal.

– É cedo demais – insistiu ela.

– Não é.

– Você, por exemplo, começou com que idade?

Para não dizer que aos onze era um bobão que só pensava em jogar bola, respondeu:

– Por aí também.

– E o que eu tenho de fazer então?

– Deixe o moleque bater punheta à vontade.

– Como assim?

– Deixe o menino se descobrir sozinho. Vai dar tudo certo.

– Mas, Joaquim...

– Relaxe, Flávia – cortou. – Se você atazanar a vida dele, aí sim o menino pode ficar com trauma.

– Mas e eu, fico assim, como se nada estivesse acontecendo?

O barquinho destroçado chacoalhou mais uma vez sobre as pedras, chamando a atenção de Dornelas, que respirou fundo e esfregou os olhos com os dedos.

– Vamos fazer o seguinte: eu ligo e converso com ele sobre isso depois. Pode ser?

– Acho que sim.

– Ótimo. Preciso desligar agora. Um beijo.

– Outro – disse a ex-mulher, ainda aos prantos.

Dornelas desligou e pensou no filho que entrava na puberdade. Isso o fez sentir-se feliz, porém mais velho. E por isso, um pouco triste. Lembrou-se dessa fase da sua vida, da primeira namoradinha, de quando perdeu a virgindade. Divagou.

Olhou para o barquinho mais uma vez e voltou para a realidade. E como que para se livrar de uma nuvem de mosquitos, chacoalhou a cabeça e seguiu para lá.

★

Ao pular da grama sobre as pedras, do lado oposto de onde entrara na praia, o delegado pôde visualizar pela primeira vez a boca do casco, que, virada para a mata, estava fora do campo de visão de quem estava no deque. Por isso, não vira as tábuas soltas do piso, o remo, a lona rasgada, algumas almofadas e um pé que surgia para fora da água sempre que a onda retrocedia, como uma tenebrosa versão de nado sincronizado.

Acelerou cautelosamente o passo sobre o piso irregular sem perder um detalhe da cena à sua volta. Procurava por algum vestígio, objeto ou marcas de sangue sobre as pedras e por entre as fendas, não encontrando nada digno de nota.

Estacou diante da cena tétrica.

O barco estava despedaçado e a caminho de virar uma pilha de tábuas retorcidas. Os trancos das ondas aceleravam o processo. O bordo imerso estava fraturado para dentro, como a casca amassada de um ovo. Duas das três colunas de madeira daquele lado, as que sustentavam a lona da capota, ficaram presas numa fenda entre duas imensas rochas. Era o que segurava o barco naquela posição adernada. Não fosse por isso, ele teria voltado para o mar e afundado ao largo da praia.

Ao chegar mais perto, Dornelas pôde ver o formato de um corpo estirado ao longo do casco, quase que completamente enrolado numa lona verde. Apenas o pé grande e o tornozelo peludo projetavam-se para fora da espécie de charuto que havia formado.

Dornelas desceu agachado pelas pedras para junto do cadáver. A operação exigiu um cuidado adicional, uma vez que as colunas presas ao bordo livre se projetavam na sua direção como três lanças, ameaçando-o sempre que as ondas balançavam todo o conjunto.

Agarrou um dos cabos presos à lona e começou a puxá-lo com força. Aproveitou o empuxo das ondas que brotavam por debaixo do barco e trouxe o corpo para o seco. Cuidadosamente, começou a desembrulhá-lo sobre as pedras.

Era um homem dos seus 35, 40 anos, baixo, forte, totalmente calvo – estilo Kojak – de nariz adunco e boca entalhada como que por navalha. Usava calças jeans e blusão cinza. Não havia mancha alguma de sangue na parte da frente. Ao virá-lo de costas, espantou-se com um achatamento profundo e roxo atrás da orelha direita que se estendia até parte da nuca.

Levantou-se e gritou na direção da praia:

– SOLANO! DULCE!

De cima do deque, o investigador e a legista levantaram as cabeças e olharam para ele. Dornelas fez um gesto amplo com o braço chamando-os para lá.

Enquanto os dois corriam para onde ele estava, o delegado inspecionou o barquinho mais uma vez e notou que o cabo preso ao cunho da proa estava solto sobre as pedras como um emaranhado de serpentes sem vida.

Desceu novamente para perto do barco, as ondas molhando-lhe os sapatos e as barras das calças. Agarrou os dois lados do cabo espesso que se projetavam para fora do cunho e percorreu-os com ambas as mãos até chegar às duas pontas. No lado mais curto, havia um clássico nó de oito com os fios de náilon da extremidade parcialmente derretidos. No outro, mais longo, o cabo havia sido cortado de forma simétrica. O tecido estava levemente desfiado, o miolo limpo. Aquilo o intrigou. Gravou a imagem na mente e largou tudo no chão.

Solano e Dulce se aproximaram, de queixos caídos diante do cenário de devastação.

— O marinheiro, doutor? — perguntou o investigador.

— Ele mesmo. Lembro-me de tê-lo visto no leme ontem à noite.

Dulce agachou-se ao lado do corpo e estudou em detalhes a lesão atrás da cabeça.

— Que pancada! — exclamou.

— Preciso que você me diga se ele bateu a cabeça ou se foi golpeado por alguém — disse o delegado.

Ela anuiu e o delegado voltou-se para o subordinado.

— Assim que a Perícia terminar o trabalho, peça ajuda dos bombeiros para tirar esse barco daqui. Quero tudo: almofadas, madeira, motor, cabos, lona, tudo que estiver dentro e espalhado por aqui, tudo mesmo, no pátio da delegacia ainda hoje, o mais inteiro possível. Você acha que dá?

— Quanto a tirar tudo, sem problemas. O para hoje é que vai depender da demanda deles, doutor. Se o senhor der uma palavrinha com o major Astolfo...

— Boa ideia. Passo lá assim que sair daqui.

Virou-se para Dulce.

— Alguma notícia do rabecão?

— Está a caminho. Assim que o Chagas fizer a parte dele, levo os dois para o IML.

— Ótimo — virou-se para Solano. — Feche o acesso à praia imediatamente, pela entrada da praia Mansa. Isole o bar. Não deixe nenhum barco encostar ou turista pisar aqui. Aproveite que os funcionários do bar vão se apresentar para o trabalho e convoque-os para o depoimento hoje à tarde na delegacia.

Quero conversar com todos eles, pessoalmente. Chame o Caparrós e o Lotufo para ajudarem você.

– Pode deixar.

– Ótimo. Vou voltar para cidade então.

Dulce levantou-se, Dornelas segurou-a pelos braços e beijou-a carinhosamente nos lábios. Encarou-a e perguntou:

– Vejo você mais tarde?

Ela arregalou os olhos de forma a parecer mais frágil e devolveu-lhe um selinho. O delegado então tomou o caminho de volta, deu três passos, virou-se novamente e disse:

– Passe a mulher na frente da fila. A imprensa vai comer o meu fígado se ela for estrangeira.

– Tá bom – respondeu Dulce.

Certo de ter feito tudo o que devia, Dornelas virou-se e seguiu na direção da praia, incomodado por ter de fazer esse tipo de distinção, como se a vida da mulher valesse mais que a do marinheiro. Mas, uma vez que não fora ele o criador dessa regra, e sim os jornalistas, ele nada podia fazer.

Andou sobre a mureta, acenou para o caseiro que se apoiava na janela da casa, cruzou o deque, o gramado e entrou na trilha. Ao terminá-la e caminhar em direção do carro, outro automóvel surgiu às pressas e parou ao lado do dele, numa freada brusca.

Quatro sujeitos abriram, desceram e bateram as portas ao estilo compassado de filme americano. Com a equipe a tiracolo, Chagas, perito-chefe do Instituto de Criminalística, fechou a cara só de ver Dornelas por ali. Desafetos declarados, os dois mantinham uma convivência educada, por obrigações da profissão.

– Chegou cedo, doutor! – exclamou ele com sua voz de fuinha, aparentando simpatia.

Responsável direto por toda a investigação, abaixo apenas de Amarildo Bustamante, diretor da Seccional, Dornelas não quis perder a oportunidade de dar uma fisgada no colega, que ele reservadamente chamava de Cagas, apelido que o perito merecidamente conquistara nos meandros da polícia.

— Você dormiu demais. Cheguei na hora que tive de chegar — respondeu o delegado, abrindo um sorrisinho no canto da boca.

Apertaram as mãos por mera formalidade e cada um seguiu o seu caminho.

★

— Bom dia. O major Astolfo chegou? — perguntou Dornelas para o sujeito que o atendeu no balcão do Corpo de Bombeiros.

— Ainda não. O senhor quer falar com ele pelo rádio? — respondeu um rapaz jovem e forte, cabo Moreira, como estava bordado no bolso da camisa.

— Por favor.

O homem deu dois passos e agarrou, sobre uma mesa, um aparelho de rádio preto pouco menor que um tijolo. Apertou um botão e disse:

— Major, pode falar?

Alguns segundos se passaram e uma voz metálica surgiu entre os estalidos secos da estática.

— Pode falar, Moreira.

— Estou com o delegado Dornelas aqui comigo. Ele quer dar uma palavrinha com o senhor.

— Vamos lá.

O cabo passou o rádio ao delegado que apertou o botão e disse:

— Bom dia, major Astolfo. Tudo bem? — perguntou Dornelas, só para manter as aparências diante do cabo Moreira. Velho companheiro de pescaria, Astolfo respondeu:

— Deixe de frescura, Dornelas. Do que você precisa? Para ligar numa quinta-feira cedo é por que deve ser coisa grande.

— Pois é. Tenho dois óbitos na praia Brava. Encontrei-os hoje pela manhã. Um deles parece ser de uma gringa. Preciso da sua ajuda para levar os restos de um barco para a delegacia ainda hoje. Como está o seu dia?

— Como sempre, atrapalhado. Mas vou ver o que posso fazer. Que tipo de barco: grande ou pequeno?

— Baleeira de passeio. Capota de lona. Vinte e cinco, trinta pés.

— Está afundado?

— Não. Está sobre as pedras, em péssimo estado.

— Acesso por terra à praia Brava só pela trilha, correto?

— Isso mesmo.

— Vou ter de fazer por mar, então. E precisar de um barco grande, com guindaste. Você falou com a Marinha?

— Ainda não. Pensei em falar com você primeiro.

— Tudo bem. Deixa comigo que dou um jeito. Tem gente da sua equipe lá?

— Fale com o Solano. Ele está dando apoio ao Chagas e à doutora Dulce.

— Deixe comigo.

— Mais uma coisa — lembrou-se Dornelas. — Você pode mandar um mergulhador varrer o fundo do mar na boca da praia e nas pedras em volta...?

— O que você procura?

— A âncora do barco presa a um cabo e algum instrumento que produza uma lesão em formato de semicírculo.

— Semicírculo?

— Sei que soa estranho, mas esse é o formato das marcas na roupa de uma das vítimas. Certamente nas lesões também.

— Vou ver o que posso fazer.

– Muito obrigado.

– Está de pé a pescaria nesse final de semana? – perguntou o major.

– Se a mulher for mesmo estrangeira, acho difícil.

– Me avise.

– Combinado. Abraço forte.

– Outro pra você.

Desligaram. Dornelas agradeceu, saiu e foi para a delegacia, no prédio vizinho.

★

– Bom dia, Marilda – disse o delegado à telefonista assim que cruzou a porta da delegacia.

– Bom dia, doutor.

– Algum recado?

– Nada ainda.

Assim que Dornelas virou-se para entrar no corredor das salas, Marilda o chamou.

– Doutor?

– Pois não – respondeu, voltando-se para ela.

– Posso sair um pouco mais cedo hoje? Preciso fazer uns exames. Coisas de mulher – disse a telefonista, meio sem jeito.

– Sem problemas. Organize-se para não deixar a sua área desguarnecida.

– Já fiz isso.

– Ótimo. A que horas você sai?

– Logo depois do almoço.

– Tudo bem. Que dê tudo certo dessa vez.

– Obrigada.

Dornelas deu-lhe as costas pensando nos esforços frustrados da telefonista em engravidar. Ela queria isso mais do que qualquer coisa na vida. Certamente seu corpo, no auge dos trinta e cinco anos, já disparara o alarme biológico e ansiava por conceber uma criança. O problema era o marido, um crioulo forte como um touro que não produzia espermatozoides em número suficiente. Até onde soube, a coisa estava abalando as estruturas do casamento. Lamentou por ela e pensou nos filhos. Olhou o relógio e concluiu que àquela hora deviam estar fora de casa, curtindo as férias

Entrou na sua sala, sentou-se na cadeira, destrancou e abriu a gaveta. Quebrou uma fileira inteira da barra de chocolate ao leite e passou a comê-la devagar, quadradinho por quadradinho. Tinha fome. Não comera nada desde que saíra da cama, de madrugada.

Ao esticar-se na cadeira e olhar para os sapatos, deu-se conta de que estavam molhados, assim como as pernas das calças até a altura das canelas. Fechou tudo, levantou-se e foi para a recepção.

— Vou passar em casa para trocar as roupas e já volto — disse para Marilda. — Se precisarem de mim, estou no celular.

— Combinado.

★

Já da porta, podia-se ouvir o barulho do aspirador de pó que a faxineira passava no andar de baixo. Lupi, o cachorro, o recebeu na entrada, o rabinho abanando.

— Bom dia — berrou para Neide que, de costas para ele e com o aspirador ligado, não lhe deu atenção.

Dornelas deu de ombros e subiu para o quarto. Trocou as roupas e desceu novamente.

— Bom dia, doutor — disse a empregada assim que ele apareceu. Ela então desligou o aparelho que zunia como uma turbina de avião — Caiu da cama hoje?

– Fui obrigado.

– Quer que prepare alguma coisa para o senhor comer?

– Não vai dar tempo. Vou de goró.

A faxineira lançou um olhar severo e reprovador. Dornelas foi até a cozinha, pegou uma cumbuca no armário de louças e preparou a sua receita das horas incertas: seis colheres de sopa de farinha láctea, duas de leite em pó e um copo de água. Mexeu bem, formando uma papa e comeu tudo em poucas colheradas.

– Quando o senhor vai aprender a comer comida de gente grande, doutor? – perguntou Neide, numa carranca.

– Quando inventarem alguma coisa tão boa e prática quanto o meu goró.

– Humpf – grunhiu inconformada a faxineira, que ligou o aspirador de pó e deu-lhe as costas.

Dornelas saiu para a rua.

Capítulo 4

O celular tocou assim que iniciou a caminhada para a delegacia. Olhou o número no visor e atendeu:

– Diga, Marilda.

– Doutor, chegaram umas pessoas da FLIP aqui. Eles querem falar com o senhor. É urgente.

– Leve-os para a sala de reunião e sirva um café. Vou acelerar o passo. Chegarei dentro de dez minutos.

– Combinado.

Marilda desligou antes dele.

★

Um rapaz e uma mulher se levantaram assim que Dornelas cruzou a soleira.

– Por favor, fiquem sentados – disse o delegado.

Foi o que fizeram antes do breve festim de apresentações. A mulher, mais velha, apresentou-se como Ruth Velasco, a responsável pela organização da FLIP. Dona de uma compleição robusta, rosto redondo, cabelos escuros, longos e desgrenhados, transpirava maturidade, vigor e pragmatismo. Estava nitidamente nervosa. Tinha pressa. Dornelas viu nela uma autoridade inabalável mesmo sob condições extremas de trabalho. Imaginou-a como comandante de navio petroleiro.

Satisfeito, partiu para o rapaz que era magro, branquelo, os dedos finos e delicados. Uma espécie de penugem milimetricamente aparada cobria-lhe o rosto, um tipo de barba que os jovens invariavelmente usam para parecerem mais velhos, certamente por não serem levados suficientemente a sério. Ele parecia perdido. Dornelas teve essa impressão ao notar que o rapaz inspecionava o ambiente da delegacia como se estivesse em um filme de ficção científica.

– Delegado, uma das autoras convidadas não voltou ao hotel na noite passada – disse Ruth. – Ninguém sabe onde ela está. A ligação para o celular cai direto na caixa postal. Não sabemos o que fazer.

– Quando ela foi vista pela última vez? – perguntou Dornelas.

– Ontem no começo da noite – respondeu Ruth. – A recepcionista do hotel a viu passar pela recepção pouco depois das sete.

– Vocês trouxeram algum documento, foto, qualquer coisa que possa nos ajudar a identificá-la?

Dornelas não queria falar sobre o corpo encontrado na praia Brava antes de receber a identificação da Perícia ou do IML.

Ruth olhou de modo interrogativo para o rapaz que se chamava Bruno. Ele então se apressou em tirar um livro de dentro de um envelope pardo e entregá-lo ao delegado: *Paixão sem Limites* era o título. O nome da autora: Georgia Summers.

Ao abrir a orelha da contracapa, deparou-se com a foto de uma mulher de rosto anguloso de cabelos longos e escuros. A foto em preto e branco era pequena demais, impossível fazer uma identificação definitiva. E como ele não conseguiu olhar o cadáver no rosto, sua incerteza aumentou ainda mais.

– Qual a nacionalidade dela? – perguntou Dornelas.

– Americana? – rebateu Ruth lançando um olhar de incerteza a Bruno, que confirmou a informação com um movimento da cabeça.

– Ela é casada?

— Sim, senhor — respondeu Ruth.

— O marido está aqui, veio com ela?

— Marido não, doutor. Mulher. Georgia é casada com uma brasileira — disse a organizadora.

Bruno procurou algum traço de surpresa no rosto do delegado e se frustrou.

— Onde ela está nesse momento?

— No hotel. Devastada — respondeu Ruth.

— Entendo — murmurou o delegado. — Qual o nome dela?

— Madalena Brasil.

— E o que Georgia disse para a mulher antes de sair?

— Que ia passear pela cidade.

— Não disse para onde ia?

— Não que eu saiba.

Dornelas pensou no pavilhão da FLIP e no barco. Ruth esfregava as mãos, aflita. Bruno acompanhava a conversa em silêncio, virando a cabeça para Ruth e o delegado, alternadamente, como se estivesse numa partida de tênis.

— Além disso, doutor, Georgia é uma das convidadas ilustres dessa edição da Flip. Ela fará um debate sobre romances femininos no último dia da festa. Nós não sabemos o que dizer para a imprensa.

— Não digam nada até investigarmos um pouco mais. Pode ser que ela esteja por aí, tenha se encontrado com amigos e bebido um pouco a mais. Vai saber. Ela estava acompanhada de seu editor?

— Não que eu saiba — respondeu Ruth.

— Alguém da editora entrou em contato com vocês?

— Ainda não.

— Devem entrar. E quando o fizerem, peçam para falar comigo. Passe o número do seu celular.

Ruth fez alguns rabiscos no bloco de notas que havia no centro da mesa, arrancou a folha e entregou-a ao delegado.

Dornelas digitou os números no seu aparelho, apertou uma tecla e o telefone dela começou a tocar.

– Aí está o número do meu.

Ruth apanhou o aparelho, recusou a ligação e gravou o número na agenda de contatos. Dornelas esperou que ela terminasse e disse:

– Vá imediatamente ao hotel e diga a Madalena que um amigo seu vai visitá-la dentro de uma hora, só para bater um papo. Não quero trazê-la aqui. Isso pode colocar uma lente de aumento sobre o assunto e dar bandeira para a imprensa.

– Que nome eu digo a ela?

– Joaquim mesmo. Apenas não diga que é da polícia. Ela pode se assustar.

– Combinado – afirmou a mulher.

Dornelas vasculhou a mente por alguns segundos.

– Por enquanto é só. Peço que não converse sobre isso com mais ninguém. Mantenha contato direto comigo sobre tudo o que você descobrir. Vamos fazer o nosso trabalho do lado de cá. E você – virou-se para Bruno – bico calado. Procure não dar na vista nem sair por aí fazendo fofocas.

Como um filhote de cão assustado, o rapaz arregalou os olhos de expressão frágil e tremeu.

★

Após se despedir de Ruth e de Bruno, Dornelas saiu da sala de reuniões e sentiu um imenso fardo sobre os ombros. Preparou-se para o pior. Uma escritora famosa morta na FLIP faria da sua vida um verdadeiro inferno. Uma ideia surgiu. Correu para a recepção.

– Ligue imediatamente no celular do Chagas, por favor. Vou atender na minha sala – disse para Marilda.

– É pra já, doutor.

Mal teve tempo de se sentar e o telefone tocou.

– Sim.

– O celular do senhor Chagas cai direto na caixa postal.

Maldito Cagas, pensou.

– Ligue para a doutora Dulce, então.

Bateu o telefone. Alguns segundos se passaram e o telefone tocou novamente. Ele o arrancou do gancho.

– Diga.

– Vou passar a doutora Dulce.

Ansioso, levantou-se num salto.

– Oi, Joca – disse Dulce.

– Como está tudo por aí? – disparou.

– O Chagas terminou a parte dele. O rabecão já chegou e estou preparando para levar os dois corpos para o IML.

– Ótimo. Vocês encontraram algum documento com a mulher?

– Um passaporte dinamarquês.

– Qual o nome?

– Gytha Svensson.

– O rosto bate com a foto?

– É ela mesma.

Temendo que Dulce dissesse Georgia Summers, Dornelas sentiu-se leve como um balão pronto para alçar voo.

– Que boa notícia! Obrigado. Avise quando tiver mais alguma coisa – disse o delegado, largando-se na cadeira.

– Combinado. Um beijo pra você.

– Outro.

Desligaram juntos. Dornelas levantou-se e foi para a copa tomar um café quentinho.

★

Entrar no hotel de Madalena de terno e gravata faria dele o centro de uma atenção que queria evitar. Como modelo em desfile de moda, Dornelas foi para casa trocar de roupa mais uma vez.

– Vai comer outro goró, doutor? – perguntou a faxineira ao vê-lo entrar. O sarcasmo no tom de voz dela era evidente.

– Agora, não – respondeu secamente e subiu para o quarto.

Ao vê-lo surgir na sala como dono de iate de luxo – calças xadrez, camisa esporte e casaco azul marinho –, Neide largou a vassoura e correu para a cozinha, abafando o riso com as mãos.

Dornelas ganhou a rua, carrancudo.

★

– Bom dia, delegado – disse a sorridente recepcionista do hotel desmanchando por completo seu disfarce.

Desde o Crime do Mangue, em que ele aparecera na TV puxando o corpo de um traficante para fora da lama, diante da igreja de Santa Teresa, Dornelas tornou-se uma espécie de celebridade no pequeno município de Palmyra. Ele ficou marcado como um policial íntegro e competente, um tipo de herói tupiniquim implacável contra o crime organizado.

– Vim conversar com a senhora Madalena Brasil. Anuncie apenas como Joaquim, amigo de Ruth Velasco. Nada de delegado, por favor.

A recepcionista levantou o telefone, apertou algumas teclas num aparelho debaixo do balcão e lançou um olhar malicioso para ele que, esforçando-se para se mesclar ao ambiente como um camaleão, não entendeu. A moça murmurou alguma coisa e desligou.

– Dona Madalena pediu para o senhor encontrá-la no quarto. É o de número doze. Basta contornar a piscina e seguir até o fim. É a única suíte no fundo do jardim.

Dornelas agradeceu, cruzou uma sala com sofás espalhados, gente conversando, lendo, e saiu para um jardim viçoso com uma piscina em formato de feijão. Ao fundo, uma casa térrea ampla, com duas janelas e uma porta, na qual bateu com os nós dos dedos.

— Entre — gritou uma voz abafada.

Dornelas girou a maçaneta, abriu a porta um pouco e falou pela fresta.

— Com licença.

— Entre, entre — enfatizou a voz feminina de dentro do quarto. — Está frio demais aí fora.

O delegado escancarou a porta e se deparou com uma mulher morena de pele cor de caramelo, olhos azuis como o mar do Caribe e lábios carnudos, vestida com um roupão branco. Os cachos dos cabelos deliciosamente molhados caíam-lhe sobre os ombros. Numa primeira e rápida impressão, ela exalava o frescor da brisa marinha sob o primeiro raio de sol.

A mulher estava sentada numa poltrona de tecido florido, debruçada sobre uma das pernas. Ela pintava as unhas do pé que apoiava numa banqueta. A aba do roupão havia deslizado até a cintura o que deixou a perna nua e exuberante arrepiar-se com o sopro de ar frio que entrava pela porta. Os olhos azuis estudaram o delegado da cabeça aos pés, criteriosamente. Dornelas ficou imobilizado no lugar, começou a suar e a sentir o coração às batucadas. A mulher então o encarou, um olhar guloso, os lábios vermelhos e fartos se abriram e uma melodia ecoou pela ambiente.

— Joaquim?

Como se um anjo o chamasse do céu, Dornelas permaneceu imóvel, calado, atento, aguardando uma instrução.

— Por favor, feche a porta.

Como um fantoche animado, Dornelas entrou e bateu a porta atrás de si.

– Desculpe – foi o que conseguiu dizer.

– Eu que devo pedir desculpas por recebê-lo desse jeito. Ruth avisou que você viria, mas... estou tão nervosa que fazer as unhas ajuda a manter a cabeça no lugar.

– Quer que eu espere lá fora?

– De jeito nenhum. Se você não se incomodar, podemos conversar enquanto termino. O que acha?

Obrigado, Senhor, pensou o delegado.

– Tudo bem, por mim – limitou-se a dizer.

– Ótimo. – A mulher fechou o vidro de esmalte, colocou o pé no chão e cobriu a coxa – Ruth disse que você conhece muita gente na cidade e talvez possa ajudar a encontrar a minha Gigi.

– Pode-se dizer que sim – respondeu com um meneio da cabeça.

– Ai, que lindo – gritou ela de um jeito histérico, levantando os braços no ar. Madalena então apoiou o outro pé na banqueta, abriu o vidro de esmalte e começou o trabalho nele. Dornelas puxou uma das cadeiras da mesa de jantar e se sentou.

– Você pode me dizer quando a viu pela última vez?

– Ontem, no final da tarde. Eu estava no banho. Ela estava de saída para um passeio pela cidade e voltaria antes do jantar.

– A que horas seria o jantar?

– Entre oito e nove.

– Ela não mencionou se iria se encontrar com alguém, passar em algum lugar específico, nada?

– Nada, Joaquim. Nada mesmo.

– O que você fez ao notar que ela não voltava?

– Liguei para a recepção para verificar se havia algum recado. Não havia nada. Liguei a TV e adormeci com ela ligada até hoje pela manhã. Acordei preocupada e liguei novamente para a recepção. Ninguém tinha notícias dela. Pedi então para que encontrassem alguém da organização da FLIP. Falei com Ruth e daí por diante você já sabe.

Ao terminar a primeira unha, um leve movimento do braço fez a aba do roupão deslizar suavemente para o lado, libertando a outra coxa nua, mais um pedaço do paraíso. *Essa gringa tinha bom gosto*, pensou enquanto apreciava as pernas esculturais da beldade. Visivelmente desconcertado, Dornelas comparou o encontro a uma visita a um museu, onde lhe seria permitido apenas apreciar as obras à distância, sem poder tocá-las.

– Vocês conhecem alguém na cidade?

– Não. Conhecemos apenas alguns escritores convidados. E só. Essa é a primeira vez que viemos a Palmyra, à FLIP.

– Onde vocês moram?

– Isle au Haut.

– Nunca ouvi falar.

– Pouca gente ouviu. Isle au Haut é uma ilhota na costa do Maine, seis milhas mar afora – Madalena levantou a mão com o pincelzinho de esmalte e começou a rabiscar um mapa imaginário no ar. – Moramos numa casa muito gostosa, na beira do mar. Foi para lá que a Gigi se mudou depois que a carreira dela deslanchou. Eu a conheci numa feira de livros em Chicago e nos apaixonamos de cara. Foi mágico.

– Sobre o que são os livros?

– Romances femininos, esses livros açucarados que se vende como pão quente nas livrarias e bancas de jornal.

– Ela vende muito?

– Milhões, Joaquim. Milhões. As histórias são recheadas de paixões ardentes com homens fortes e inacessíveis. Acontecem sempre em lugares lindos e remotos. Carentes desse mundo de sonhos, as mulheres compram os livros da Gigi feito loucas.

Leitor voraz, Dornelas jamais lera um livro do gênero. Pensou em perguntar para Dulce se ela conhecia os livros de Georgia.

Terminado o pé, Madalena fechou o vidro de esmalte e levantou-se. Mesmo à distância, Dornelas pôde apreciá-la por inteiro. A faixa apertando a cintura anunciava que por debaixo do roupão se escondia um corpo sinuoso e firme. Ela então empinou os quadris, jogou a cabeça para trás, com as mãos soltou os cabelos presos na gola do roupão e iniciou uma breve caminhada de gazela até o armário. Seus movimentos eram fluidos e graciosos, de fêmea consciente do poder que exercia sobre os homens. Dornelas viajava nas ideias só de saber que o negócio dela eram as mulheres, o que aumentava ainda mais sua atração.

— E você, de onde é? Qual é sua participação nisso tudo? — perguntou visivelmente abalado.

— Nasci no Brasil, em Recife. Entrei no ramo editorial por causa do meu pai, que era professor de português e inglês. Ele fazia revisões e traduções do inglês para o português para algumas editoras do mercado. Formei-me em Letras. Trabalhei numa editora por alguns anos e virei agente literária numa época em que existiam pouquíssimos profissionais nesse ramo por aqui. Segui os passos de Lúcia Riff, que foi uma pioneira nessa área.

— O seu sobrenome é mesmo Brasil?

— Não. É Altamira. Adotei o Brasil por que ajuda minha identificação no meio literário. Altamira é complicado demais para os gringos.

Madalena chegou ao armário e abriu-o. A Dornelas cabia apreciá-la em silêncio. Ela passou as mãos sobre as roupas penduradas nos cabides e pegou um vestido azul de mangas compridas que largou sobre a cama.

— Você ainda trabalha nisso? — perguntou, interrompendo o desfile a contragosto.

— Trabalho, mas agora apenas para a Gigi. Cuido da obra dela, das negociações de direitos, dos contratos. Mas estou cansada.

E sem aviso, de um jeito leve e casual, ela abriu os braços para trás, arqueou as costas e deixou o roupão deslizar pelo corpo e cair inerte no chão. Diante da visão, Dornelas não se conteve e ficou de pé, estático. Sua imaginação se materializava diante dos olhos. Pura poesia em movimento: seios generosos e firmes oscilaram na manobra ágil; as linhas das pernas torneadas esticaram-se; as curvas da bunda, dignas de tirar um homem do prumo, rebolearam levemente; uma ginga da cintura fina torceu as linhas das costas até a altura dos ombros, como *Vênus em seu Espelho*, de Velázquez. Uma beleza. Madalena ajeitou a calcinha que saíra do lugar, levantou o vestido no ar e o fez deslizar sobre a pele macia, cor de açúcar queimado, em ponto de bala.

Percebendo a expressão atônita dele, Madalena interveio:

— Me perdoe, Joaquim. É que adotei os costumes da Gigi. Ela cresceu assim e me ensinou que o corpo é uma coisa muito natural. Não temos reservas com isso em casa.

— Não se incomode — balbuciou Dornelas. — É que você é uma mulher muito, muito bonita e...

Ela apenas sorriu. Ele debatia-se por dentro. A impressão que tinha era de que seu raciocínio intermitente era processado numa solução de óleo de cozinha.

— Mas você disse estar cansada. Pretende fazer alguma coisa, outra coisa, sei lá? — perguntou esforçando-se para retomar a conversa.

— Sonho em trabalhar na televisão, ser atriz ou apresentadora.

Com um corpo desses e trepando com os caras certos..., pensou ironicamente o delegado. Mas assim que concluiu o raciocínio, notou que alguma coisa na conversa exigia mais atenção, revisão talvez.

— Desculpe, mas você disse *costumes da Gigi*?

— Isso mesmo.

— Como assim?

— Costumes, só isso — disse ela, de maneira quase displicente.

— Que tipo de costumes?

— Costumes com essas questões do corpo, do sexo, de ser uma coisa natural. Algo muito comum na família dela, de onde ela veio — respondeu Madalena, procurando desviar o assunto talvez por achá-lo banal demais.

— Ela é americana, não é? — rebateu surpreso, o delegado.

— Gigi é naturalizada americana. Na verdade, o processo para a obtenção do *Green Card* está no final. Gigi nasceu na Dinamarca.

Dornelas foi como que atingido por um raio. Passou a mão na cabeça e iniciou uma caminhada sem rumo pelo quarto. Tirou o casaco. Suava. Madalena, atenta à alteração que ele sofria, assustou-se.

— O que foi? — perguntou ela, aflita.

— O nome dela é Georgia, correto?

— Georgia Summers é o pseudônimo. O nome de nascimento é Gytha Svensson.

Dornelas puxou a cadeira para perto de Madalena, convidou-a a se sentar e se sentou na dele. Encarou-a e disse:

— Preciso lhe dizer uma coisa.

A mulher arregalou os olhos e se enrijeceu no lugar.

— Você está me deixando assustada.

Dornelas respirou fundo e prosseguiu:

— Meu nome é Joaquim Dornelas. Sou delegado-titular da Polícia Civil de Palmyra. Hoje de madrugada encontramos dois corpos na praia Brava, a meia hora da cidade. Um deles é de uma mulher de cabelos oxigenados curtos...

Ao dizer isso, Madalena pôs as mãos no rosto e começou a gritar.

– GIGI! MEU DEUS, MINHA GIGI!

Capítulo 5

Ruth materializou-se no quarto vinte minutos depois de receber a ligação de Dornelas. Madalena chorava copiosamente na poltrona.

— Dei a ela um calmante — disse o delegado. — O efeito deve começar em breve. Não quero deixá-la sozinha. Seria ideal que alguém ficasse aqui com ela.

— Compreendo, doutor, mas tenho a FLIP para organizar — respondeu Ruth, aflita.

— Alguém da editora talvez? — inquiriu o delegado.

— Ótima ideia.

— Chame-os imediatamente.

Ruth anuiu e sem titubear apanhou o rádio que trazia preso à cintura.

— Bruno, na escuta?

Alguns segundos se passaram e a voz do rapaz surgiu de modo metálico no aparelho.

— Pode falar, Ruth.

— Encontre o responsável da editora Prada e traga-o agora para a pousada Il Gattopardo. Peça para me chamarem no quarto doze. É urgente.

— Pode deixar.

O rapaz desligou. Ruth foi consolar Madalena, que soluçava estirada na poltrona. Dornelas saiu para o jardim. Tirou o celular do bolso e ligou para Solano.

— Pois não, doutor — disse o subordinado.

— Você viu o tamanho da bomba que explodiu no nosso colo?

A pergunta tinha o tom de um desabafo. Dornelas queria dividir o fardo que despencava sobre seus ombros. Iniciou uma caminhada frenética em volta da piscina.

– O que o senhor quer dizer com isso?

– O corpo da praia não é apenas de uma estrangeira, mas o de uma das escritoras ilustres da FLIP. Isso significa que daremos prioridade total a este caso. Assim que a imprensa ficar sabendo, vão querer fincar os dentes no nosso pescoço.

Solano manteve-se em silêncio, talvez pelo impacto da notícia, comparável a um soco no peito.

– O que o senhor quer que eu faça?

Dornelas se calou. Refletia. Enquanto aguardava o pessoal da editora, Dulce Neves trabalhava na necrópsia – deixe-a trabalhar em paz – e Chagas organizava as provas técnicas com o objetivo de preparar um relatório. Ligaria para ele em breve para informá-lo da magnitude do caso e quem sabe apertar-lhe o saco, apenas para dividir a pressão, que aumentava a cada minuto. Os bombeiros se mexiam. O major Astolfo garantiu que cuidaria do caso pessoalmente. Estava tranquilo quanto a isso. No entanto, e enquanto o carnaval de atribuições seguia seu curso, lhe sobrava uma coisa importante a fazer. Mas antes era preciso colocar Solano a par de suas atribuições.

– Como está tudo por aí? – perguntou ao subordinado.

– O pessoal do bar já chegou, mas foi retido na praia Mansa – respondeu Solano. – Caparrós está com eles. Estou com Lotufo na praia Brava dando apoio à doutora Dulce. O doutor Chagas já foi embora.

– Ótimo – retomou Dornelas. – Avise o Caparrós sobre a extensão do caso e passe a instrução para que ele não deixe que os garçons e o pessoal da cozinha espalhem a notícia do crime. Aproveitando, falei com o major Astolfo. Ele prometeu cuidar da remoção do barco pessoalmente. Vai mandar um mergulhador para procurar a âncora e algum tipo de arma. Concentre-se em dar apoio à equipe dele e em levar o pessoal do bar para serem ouvidos hoje à tarde, inclusive o caseiro. Peço ao Lotufo que o ajude nessa. Começaremos por aí.

— Combinado, doutor.

— Até mais, então.

E quando se preparava para desligar.

— Mais uma coisa: levante os dados do marinheiro nos arquivos da Prefeitura, uma vez que para atracar na foz do rio é preciso uma licença especial.

— Pode deixar.

— Ligo pra você depois.

— Fico na escuta.

Desligaram e o delegado começou a busca por um número no aparelho. Encontrou-o, apertou uma tecla e aguardou.

— Delegacia Seccional, bom dia — disse a telefonista de voz aveludada.

— Quero falar com o doutor Amarildo Bustamante, por favor — pediu Dornelas, com certa pressa.

— Quem fala?

— Delegado Joaquim Dornelas, de Palmyra.

Amarildo Bustamante, além de chefe e amigo de longa data, precisava saber o que se passava antes do tsunami da imprensa mergulhar a FLIP e a polícia numa onda de notícias desencontradas. Num caso como esse, onde até a imprensa internacional voltará sua atenção para o crime, quanto mais cedo se montar uma estratégia de contra-ataque, melhor. E Amarildo não era apenas o diretor da Seccional, mas um estrategista brilhante em lidar com assuntos espinhosos como este.

— Bom dia, Joaquim — disse o chefe em tom jovial e até despreocupado.

— Bom dia, doutor.

– Joaquim, já disse – cortou o chefe. – Apenas entre nós, usemos o *você*.

– Combinado – assentiu. – Mas trago más notícias.

Dornelas pôde ouvir um ranger do outro lado da linha. Na certa o chefe se ajeitava na cadeira.

– Diga.

– Hoje bem cedo encontramos dois corpos na praia Brava: um de homem, um marinheiro, e outro de uma mulher. Tudo indica tratar-se de homicídios. Não apenas os crimes ocorreram na noite de abertura da FLIP como ela era uma das autoras convidadas mais importantes da festa.

Pronto, pensou. *A bomba foi lançada. Resta esperar o efeito da explosão.* Ouviu-se um suspiro profundo e o chefe disparou:

– Puta que pariu!

Dornelas ficou quieto, pois nada produtivo, ou que talvez tirasse Amarildo do estado de pânico em que ele, Dornelas, o colocou, lhe veio à mente.

– Puta que pariu – repetiu Amarildo.

– Posso colocá-lo a par do que estamos fazendo? – perguntou, com muito tato.

– Por favor.

Dornelas não economizou palavras para explicar ao chefe o que estava sendo feito enquanto conversavam.

– Demorei a identificá-la uma vez que ela nasceu na Dinamarca, mora nos Estados Unidos e usa Georgia Summers como pseudônimo.

– A imprensa já descobriu o caso?

– Ainda não. Mas não vai demorar. A parceira dela está sob efeito de sedativo no quarto do hotel, de forma que os únicos que sabem do caso sou eu, ela, os meus investigadores e a organizadora da FLIP. O caseiro não sabe quem ela é. Mas com a praia fechada, os carros de polícia por ali, logo, logo, os boatos começarão a se espalhar de que existe um crime na área.

– O que você tem em mente?

– Bem, não encontramos as armas que mataram a escritora e o marinheiro, se é que ele foi assassinado e não se acidentou. A doutora Dulce, o Chagas e os Bombeiros ainda estão trabalhando. Por essa razão, não temos, até o momento, provas técnicas para apresentar, muito menos uma linha clara de investigação. Temos apenas as declarações do pessoal que trabalha no bar, marcado para esta tarde, e os dados do marinheiro, do barco, que um dos meus investigadores ficou de pegar na Prefeitura. Vamos conversar com outros marinheiros, ver quem mais estava com o barco atracado na foz do rio ontem à noite, naquela hora. Fora isso, não sobra muita coisa a dizer nesse momento.

– Essa é apenas a linha de divulgação da polícia. Não podemos esquecer que a organização da FLIP e a editora podem querer se pronunciar também. Eles têm lá suas razões para isso.

Dornelas não podia deixar de concordar que a linha de raciocínio de Amarildo fazia sentido.

– Por isso – prosseguiu o chefe –, instrua seus subordinados sobre o que você disse e procure convencer o pessoal da FLIP e a editora a deixarem a divulgação do caso a cargo da polícia.

– Você sabe o quanto isso é difícil – ponderou Dornelas.

– Sei, mas o seu trabalho pode se complicar muito se a divulgação acontecer de forma descoordenada e eles começarem a dizer o que não sabem, especialmente sob a pressão de jornalistas sedentos por sangue. Você mesmo sabe como a imprensa distorce as palavras para vender mais jornal.

– Então acho que devemos dar a cara para bater – interpôs o delegado –, o que significa divulgar imediatamente que um crime foi cometido, antes da imprensa descobrir por conta própria. No mesmo instante, diremos que mais detalhes serão disponibilizados numa coletiva a ser marcada para o final da tarde de hoje. Convidaremos o pessoal da editora e a organização da FLIP para participar. O que acha? Três coelhos numa pancada só.

– O que você ganha com isso? – retrucou Amarildo.

– Tempo para me aprofundar no caso. Ou pelo menos ter uma linha de investigação mais clara, além do óbvio, que é a oitiva do pessoal do bar e os eventuais marinheiros.

– É uma boa ideia. Mas o que você pretende dizer até a coletiva?

– Apenas que o crime foi cometido, sem muitos detalhes. E que a investigação prossegue.

– Faça isso. Vou para aí ajudar você tão logo me livre das coisas aqui. Mas antes vou avisar o pessoal de cima. Chegarei do meio para o final da tarde. Um abraço pra você e até mais.

– Outro – disse Dornelas, satisfeito com a conversa.

O chefe desligou o telefone antes dele.

★

Madalena estava deitada na cama, gemendo baixinho, quando Dornelas voltou para o quarto. Ruth estava sentada numa cadeira ao lado, com uma das mãos da mulher entre as suas. O telefone tocou. Ruth o atendeu, disse algo breve e desligou.

– O pessoal da editora chegou.

Nem um minuto se passou para ouvirem uma batida à porta. Dornelas abriu-a. Um homem e uma mulher estavam ali, visivelmente apreensivos.

– Vamos conversar aí fora – Dornelas disse aos dois. Virou-se para Ruth – Volto em cinco minutos.

Ruth concordou. Dornelas saiu e bateu a porta.

— Bom dia. Sou o delegado Joaquim Dornelas — esticou a mão à mulher, um aperto delicado, e depois ao homem, com firmeza.

A moça devolveu a saudação apresentando-se como Mariane Gabon, uma mulher mirrada de pele leitosa, cabelos pretos e escorridos que aparentava timidez e fragilidade física. *Um simples golpe de ar deve deixá-la de cama por uma semana*, pensou Dornelas. No entanto, os olhos detinham uma curiosidade felina que, naquele momento, era usada para inspecionar o delegado de cima a baixo. Certamente ela não conseguia ligar a aparência de dono de iate à figura de um delegado de polícia. Pouco importava.

O homem mastigou algumas palavras e apresentou-se como Fernando Prada, o dono da editora, um homem magro, não muito alto, a pele escura de um mouro, sobrancelhas espessas pretas sobre olhos fundos e cabelos grisalhos penteados em formato de capacete. Não havia um fio fora do lugar. O sujeito parecia saído de um catálogo de moda: calça e blazer cinza escuro, camisa imaculadamente branca e sapatos pretos lustrosos de bicos excessivamente finos. Dornelas observou-os com certo divertimento, pois imaginou um estilete envenenado saindo de uma das pontas igual à de Rosa Klebb, da SPECTRE, no filme *Moscou contra 007*.

O delegado então convidou ambos para se sentarem ao redor de uma das mesas beirando a piscina, debaixo de um guarda-sol florido. Com o céu cinza e a garoa fina, a área estava completamente vazia, o que o deixou satisfeito, pois não queria ouvidos estranhos e intrometidos na conversa.

O delegado sentou-se, pacientemente aguardou os dois se acomodarem nas cadeiras, apoiou os braços no tampo da mesa e os encarou alternadamente.

– Vou ser breve – disse. – Gytha Svensson, ou Georgia Summers, foi morta na noite passada ou no começo desta madrugada. Estamos investigando as circunstâncias do assassinato.

A mulher arregalou os olhos e levou as mãos à boca.

– Assassinato? Meu Deus – disse ela, virando-se para Fernando.

– Como? – perguntou o editor, incrédulo.

– A golpes de algum instrumento que ainda não sabemos ao certo qual é.

– Onde? – indagou Mariane.

– Na praia Brava, que fica a meia hora da cidade.

– Vocês têm certeza? – retomou Fernando.

– Absoluta. A Perícia e o IML encontraram o passaporte num dos bolsos da jaqueta. É um passaporte dinamarquês com o nome de Gytha Svensson. A identificação foi positiva.

Os olhos de Mariane ficaram vermelhos e pequenas poças de lágrimas surgiram.

– O que ela estava fazendo lá? – perguntou a mulher de si para si, visivelmente chocada. Ela olhou para Fernando à procura de alguma instrução.

– E agora, doutor? – perguntou o editor.

Dornelas explicou detalhadamente o que estava sendo feito por todos os órgãos envolvidos, de forma a dar a ele a segurança de que o trabalho da polícia se desenvolvia com agilidade e eficiência, o que não passava da mais absoluta verdade.

– Nesse momento, temos duas coisas a fazer – disse o delegado. Fernando e Mariane aprumaram-se e redobraram a atenção – A primeira, é preciso que alguém faça companhia para Madalena. Ela está na cama, sob efeito de sedativos. Por mais que seja brasileira, é uma estrangeira aqui. Ruth Velasco, organizadora da FLIP, está com ela, mas não poderá ficar por muito mais tempo. Alguém de vocês se candidata a isso?

Fernando encarou Mariane, que se dispôs de imediato.

– Ótimo. Peço que entre e chame Ruth aqui para fora.

Mariane se levantou e foi para o quarto. Alguns minutos de um silêncio desconfortável se passaram e a organizadora da FLIP apareceu para juntar-se aos dois debaixo do guarda-sol. A garoa fina não dava tréguas.

– A segunda coisa – retomou o delegado, alternando a atenção entre Fernando e Ruth –, precisamos nos organizar sobre como a notícia vai chegar à imprensa.

Dornelas explicou novamente, desta vez para Ruth, o que estava sendo feito pela Polícia Civil, IML, Bombeiros e Perícia.

– Esse crime vai atrair a imprensa brasileira e internacional como mel para um enxame de abelhas. Se não tomarmos o cuidado de divulgar a notícia de forma organizada, o trabalho da polícia será muito dificultado. Quem sofre com isso? Não apenas a investigação em si, como a editora e a FLIP, que encontrará problemas no futuro para atrair novos autores, principalmente os estrangeiros. Não precisamos, neste momento, que a imprensa divulgue o Brasil como um país violento, onde existem macacos e cobras nas ruas, a capital é Buenos Aires... e por aí vai. Vocês sabem do que estou falando.

Ambos fizeram que sim com a cabeça. Dornelas prosseguiu:

– Ruth, sugiro que você divulgue imediatamente na sala de imprensa que a organização da FLIP fará um anúncio extraoficial aos jornalistas dentro de duas horas, no espaço que você escolher. Eu e o senhor Fernando estaremos lá. Nesse momento, diremos apenas que Georgia Summers foi morta, que as investigações estão em curso e que mais detalhes serão obtidos numa coletiva de imprensa marcada para hoje às dezenove horas na sede da Polícia Civil. Informarei o endereço na hora.

– Mas, delegado, e se me perguntarem sobre detalhes do caso depois disso? – retrucou Ruth.

— Os jornalistas farão isso, inclusive com o senhor — virou-se para o editor, que olhava para o chão, alheio à conversa. — Alguma dúvida, senhor Fernando?

— Não, doutor — murmurou o editor, imerso em pensamentos. — Estou apenas pensando no apoio que daremos à Madalena e no impacto que isso vai ter sobre os outros autores da editora.

— Compreendo. Mas perdoe a franqueza: estes problemas são exclusivamente seus — ponderou o delegado.

— Claro, claro — defendeu-se Fernando, retornando à conversa.

— Ótimo. Voltando ao assédio dos jornalistas, eles forçarão os limites com vocês, assim como fazem sempre comigo. Peço que resistam ao máximo. Entendo que cada um de vocês defende seus próprios interesses. Mas no que tange à investigação, quem responde sou eu. Por isso, digam que mais detalhes do caso serão divulgados na coletiva de imprensa às dezenove horas. Nada mais do que isso. Quanto menos dissermos neste momento, melhor. Alguma dúvida?

Ambos balançaram a cabeça de um lado a outro.

— Tudo bem, então — concluiu Dornelas, que se levantou.

Fernando e Ruth fizeram o mesmo. O rádio da organizadora estalou. Ela pediu um minuto com o dedo em riste e se separou dos dois para atender o chamado.

— Delegado, a polícia já tem um suspeito? — perguntou Fernando, que se aproximou e olhou em volta, de modo claramente conspiratório.

— Já — respondeu Dornelas, curto e grosso. — Mas não posso comentar sobre isso nesse momento. Peço que compreenda.

— Claro, claro — disse o editor.

Dornelas apertou e mão dele, acenou para Ruth e partiu, pensando: *se eu fosse Pinóquio, meu nariz teria crescido um metro apenas com essa lorota.*

Capítulo 6

Certo de que o olho do furacão é o lugar mais calmo de se estar quando irrompe uma tempestade, Dornelas foi ao bar do Vito tomar um café.

— Buona tarde, deligado — disse o italiano assim que o viu surgir na porta. — Vai uma caninha hodje?

Sob um turbilhão de pensamentos, Dornelas não titubeou.

— Vai. E um café também, por favor.

Vito sumiu, satisfeito. O delegado entrou e se sentou numa das mesas no fundo do salão, longe da porta, na penumbra. Queria ficar um instante sozinho, longe de quem quer que fosse, apenas para respirar fundo, sentir os pés como que se enraizando no chão e com isso deixar a agitação da mente decantar um pouco.

Queria refletir com calma sobre tudo o que acontecera naquela manhã, organizar as ideias, estabelecer uma linha de investigação além do óbvio que se apresentava com tanta força.

O italiano apareceu com o café fumegante e o copinho de vidro espesso que encheu com a cachaça favorita do delegado, a dourada Canarinha. Dornelas agradeceu. Vito sumiu. O delegado então adocicou cuidadosamente o café e passou a sorvê-lo com cautela, até chegar ao fim, sem pressa.

Depositou a xícara no pires, agarrou o pequeno copo com os dedos, levou-o ao nariz e inspirou o aroma ardente antes de dar o primeiro gole. No mais completo silêncio, voltou-se para dentro de si e iniciou uma caminhada mental pelos fatos do crime.

Embora parecesse claro que o delito não passava de um assassinato comum, resultado de uma tentativa de roubo, ou talvez estupro – tendo como agravante a vítima ser uma autora estrangeira no mais cultuado evento de livros do país –, Dornelas desconfiava de que havia algo por baixo da superfície, além das aparências. Dezessete golpes nas costas indicavam um ataque premeditado, algo que havia sido destilado por um tempo na alma do assassino. Mesmo com mais lacunas do que provas concretas, esse caminho fazia sentido.

Passou a analisar então o fato de haver apenas um rastro com pegadas bem definidas na praia, nos degraus da escada, pelo deque até o bar, o que o intrigava muito. Duas hipóteses pipocaram-lhe na mente: a primeira, de que o assassino chegou à cena do crime por mar, antes da chuva, e esperou a vítima no bar, debaixo do telhado, durante todo o aguaceiro.

Seguindo essa linha de raciocínio, a chuva teria apagado os rastros do assassino na areia e no deque. A vítima, por sua vez, teria chegado algum momento depois de terminada a chuva, pulado do barco para a areia, subido a escada, caminhado pelo deque e encontrado o assassino encostado ao balcão. E ali teria sido assassinada. *Mas por quê? Por quem?* Se esse fosse o caso, a vítima conhecia o assassino. Se não, teria ido se encontrar com ele, ou ela, por alguma razão.

O caseiro? Todos os indícios apontavam para alguém que não andou pela areia. Mas Dornelas não acreditava que Herculano tivesse motivos, muito menos natureza, para fazer algo desse tipo. Simplesmente não encaixava. Mas também não podia ignorar o pensamento. Retomaria isso depois de ouvi-lo.

Então, se o assassino não fugiu pela areia de volta para o mar, por onde teria fugido?, perguntou-se. *Pela grama, depois as pedras e dali para o mar*, respondeu de si para si. Essa era a teoria que melhor se encaixava na estrutura que ele mentalmente começava a montar. Tudo isso junto explicaria a ausência de pegadas na mata e na trilha de ligação entre as praias Brava e Mansa, além das pegadas de uma segunda pessoa na areia, pegadas estas que teriam sido feitas depois da chuva, no sentido de quem vai para o mar.

Por isso, um fato lhe parecia irrefutável: se a perícia comprovar que as pegadas na praia e no deque são mesmo da escritora, como Dornelas supunha, ela só poderia ter chegado ao local do crime depois da chuva terminar, chuva esta que, pela descrição de Solano, foi torrencial. Se ela tivesse chegado antes, o volume de água teria carcomido as marcas na areia e lavado as pegadas do deque.

Ao mesmo tempo, se a escritora foi morta debaixo do telhado por uma ferramenta pontiaguda, o que explica a ausência de marcas de sangue espirrado nas paredes do bar? Havia apenas gotas circulares no piso e escorridas na parede. Sem muito esforço, encontrou uma explicação satisfatória para isso. Os tecidos da camisa e da jaqueta larga podem ter agido como uma barreira para os borrifos de sangue advindos dos golpes da arma. Restariam para cair apenas gotas das feridas, antes de a vítima sucumbir no chão, como de fato a cena indicava.

A segunda hipótese dava conta de que a vítima fora morta em outro lugar e o corpo carregado até o local onde foi encontrado, depois da chuva. Mas Dornelas logo abandonou essa ideia. O fato em si explicaria as pegadas de uma só pessoa na areia e no deque – o assassino com a vítima nos braços –, mas haveria de ter mais gotas de sangue no chão, pelo caminho, e não apenas em volta de onde jazia o cadáver. E a tese de que a vítima estava inconsciente até a cena do crime e lá teria recebido dezessete golpes lhe parecia absurda demais. De qualquer forma, a perícia determinaria se a profundidade das pegadas era incompatível com o peso de uma única pessoa com aquele tamanho e formato os pés. Pensou no marinheiro.

Por que não?, indagou-se. Caso estivesse vivo, ele seria o principal suspeito da morte da escritora. Mas se Dulce afirmar que ele foi assassinado, aí residirá o indício de que uma terceira pessoa participou dos crimes, quem sabe da escritora, quem sabe dela e do marinheiro.

Sem chegar a conclusão alguma, resolveu concentrar-se no cabo cortado da âncora. Das duas uma: ou a âncora ficou presa no fundo do mar e o marinheiro foi forçado a cortá-la para não ser jogado contra as pedras, ou alguém deliberadamente a cortou para permitir justamente isso.

Pulou de uma sinapse a outra: a arma do crime. Que tipo de ferramenta deixaria uma marca em formato de semicírculo na jaqueta? Não soube definir e não quis se esforçar em responder. Queria aguardar o exame da autópsia e o relatório da Perícia antes de tirar qualquer conclusão.

No entanto, restava uma pergunta, talvez a mais difícil de todas: o que teriam feito a escritora e o marinheiro entre a hora em que os viu sair para o mar e o momento do crime?

Tudo posto, Dornelas decidiu seguir as trilhas que abrira na mente. Mas por onde começar? Não sabia. Mas tinha fé e confiança de que as pistas colhidas por Chagas e por Dulce o ajudariam a sair da posição desconfortável em que se encontrava, o que significava, até aquele momento, lugar nenhum.

Olhou em volta, depois o relógio na parede: 13h52. Notou que o horário tradicional do almoço chegava ao fim e o restaurante começava a esvaziar. O anúncio aos jornalistas seria dado em quarenta minutos. Puxou o celular do bolso e apertou algumas teclas.

– Residência da dona Flávia, boa tarde – disse uma voz arrastada do outro lado da linha.

– Lindalva, é Joaquim Dornelas. Como vai?

– Tudo bem, doutor. O senhor quer falar com os meninos ou com a patroa?

– Com o Luciano, por favor.

– Um minutinho.

A faxineira largou o telefone, o que produziu um baque seco. Enquanto aguardava, Dornelas matutava sobre como abordar com o filho o assunto da masturbação. Aquela seria a primeira vez que conversariam sobre o tema, de homem para homem. Não desejava fazê-lo pelo telefone. Mas três horas de distância não lhe deixavam alternativa. Ouviu então a faxineira gritar o nome do filho, um barulho de sapatadas ao fundo e um estalo.

– Pai? – perguntou o menino.

– Oi, meu filho. Como cê tá?

– Indo.

Pelo tom de voz, Dornelas pôde sentir desconfiança no ar. Certamente o menino captara que a ligação tinha um objetivo definido.

– Escute. Peça para a sua mãe conversar com a Lindalva. Esse negócio de ela atender ao telefone como se aí fosse um hotel cinco estrelas é perigoso. Ela não deve dizer o nome da sua mãe sem antes saber quem está do outro lado da linha.

Começou o rodeio. Dornelas caminhava pelas beiradas.

– Vou falar com a mamãe.

– Ótimo. Como está na escola? – perguntou na tentativa de passar o assunto para um plano mais pessoal.

– A gente falou disso no final de semana!

O tom de voz do filho começava a deslizar do desconfiado para o emburrado.

– É verdade. E o futebol?

– Legal.

Um silêncio, um vazio. O assunto subitamente morreu. Não lhe sobrava alternativa a não ser enfrentar o touro a unha.

– Sua mãe me ligou hoje de manhã.

– É? – rebateu Luciano, em completo descaso.

– É – respondeu Dornelas só para entrar no lance do filho, que ficou mudo. Sua experiência em interrogatórios mostrava que criar empatia com a outra parte ajudaria o menino a baixar as defesas e com isso permitir que o pai se aproximasse dele – Na boa, tá. Na boa mesmo. Saiba que quando eu me masturbei pela primeira vez eu tinha a sua idade. – *Lá vai o Pinóquio ganhar mais um metro de nariz*, pensou.

– É?

– É. E foi bom demais, meu filho. Foi uma descoberta pra mim. Foi pra você também?

– Pô, pai. Dá a maior vergonha falar dessas coisas.

– Eu sei. Mas mesmo longe, quero que você saiba que pode falar sobre isso comigo quando quiser. Estou aqui. Pode ser?

– Pode.

– Legal. O que a sua mãe disse quando flagrou você?

– Na hora foi tanta vergonha que eu não me lembro.

– Não importa. Apenas não encane. Sua mãe ficou abalada não por você se masturbar, mas por que você mostrou a ela que cresceu. Ela vai ficar bem. Vai se acostumar com ideia. Masturbação é a coisa mais natural que existe. Você está descobrindo o seu corpo, meu filho. É por aí mesmo.

– Você acha?

– Tenho certeza. Já passei por isso. A única diferença é que na minha idade não dava pra conversar sobre essas coisas com o meu pai. Eram outros tempos. Já trilhei esse caminho. Por isso estou aqui. Quero te ajudar.

– Legal.

– Conta uma coisa. Você usou a imaginação ou uma revista?

– Pô, que pergunta?

– Tô curioso.

– A imaginação – murmurou.

– Era o meu recurso também. Quem foi?

– A professora de português.

Dornelas caiu na gargalhada.

– Por que você tá rindo? – perguntou o filho, retornando para o tom emburrado.

– Por que eu me apaixonei por uma professora também. Era linda. Tia Suzy, de inglês. Morena, tremendo avião. Outro dia lembrei-me dela e pensei como estaria hoje.

– E?

– Tremendo bagulho.

O filho riu. Esse era o objetivo da conversa, deixar o moleque ver que o mundo em que estava entrando era normal e permitido.

– Essa é boa. Quer falar com a Roberta? – perguntou Luciano, dando o assunto por encerrado.

– Agora não. Liguei só pra falar com você.

– Beleza.

– Se cuida, meu filho. Estou por aqui se precisar. Fique bem.

– Você também. A gente é amigo, não é?

– Sempre.

– Amo você, pai.

– Eu também amo você. Muito mesmo.

Dornelas desligou. Estava contente pelo filho tê-lo deixado entrar em seu novo mundo. Mas ficou triste por ter que desempenhar seu papel de pai pelo telefone. Uma vez que a ex-mulher decidiu abandoná-lo e levar os filhos para morar no Rio de Janeiro, esse era o único recurso à disposição, fora os finais de semana em que ia à capital visitar os dois. Se essas eram as condições que a vida lhe impunha, procuraria fazer o melhor dentro dos seus limites.

Olhou o relógio mais uma vez. Pediu a conta, pagou e saiu.

★

Obrigado a dar o correto tom policial à divulgação que ocorreria em breve, Dornelas passou rapidamente em casa e trocou as roupas pela terceira vez naquele dia. Malditos protocolos.

Já do saguão da FLIP, pôde ver, pelas portas de vidro, a sala de imprensa abarrotada. Ao abri-la, sentiu-se acossado pelo incontável número de cabeças que viraram para vê-lo entrar. Não soube definir se a surpresa se devia ao terno e gravata, ou por ele ser o único com um distintivo da polícia preso à cintura.

Passou pelas cabines das rádios, pela salinha dos computadores e se enfiou na multidão para encontrar Fernando e Ruth sentados num dos sofás pretos de tecido fosco que imitava couro.

— Bem na hora, delegado — disse Ruth que se levantou ao vê-lo e apertou sua mão.

— Onde falaremos? — perguntou Dornelas.

— Aqui mesmo — respondeu ela. — Vou anunciar o seu nome no microfone e o senhor já pode falar.

O delegado achou o arranjo improvisado demais para um anúncio tão importante. Mas diante das circunstâncias, que lugar melhor do que o quartel general dos jornalistas para se lançar uma notícia bombástica? A sorte estava lançada.

— Boa tarde a todos — disse Ruth ao aproximar o microfone da boca. Um silêncio sepulcral invadiu o salão. — Meu nome é Ruth Velasco. Sou organizadora da FLIP e tenho aqui comigo os senhores Fernando Prada, diretor da editora Prada, e o delegado Joaquim Dornelas, da Polícia Civil de Palmyra. Infelizmente temos um anúncio muito triste a fazer.

O nome do delegado e a introdução macabra de Ruth prepararam o terreno para as más notícias que logo viriam. Um murmúrio coletivo tomou conta do ambiente. Ruth passou o microfone a Dornelas que respirou fundo antes de falar.

— Boa tarde a todos. Eu gostaria de poder trazer boas notícias, mas infelizmente não é o caso. Serei breve. Georgia Summers foi morta na noite passada.

A massa de jornalistas se aproximou e começou a jorrar sobre ele perguntas aos berros. Dornelas levantou calmamente a mão no ar para o vozerio amainar. Prosseguiu em tom grave e firme.

— Vim aqui para dizer isto. E para anunciar que detalhes do caso poderão ser obtidos numa coletiva de imprensa que daremos hoje às dezenove horas na sede da Polícia Civil. — Dornelas forneceu o endereço e arrematou: — A investigação prossegue. Não forneceremos mais informações neste momento. Peço que compreendam e que deixem a polícia realizar o seu trabalho.

O delegado baixou o microfone, entregou-o a Ruth e o vozerio recomeçou. A multidão de jornalistas o confinou então num pequeno círculo. Na base do empurra-empurra e do *sinto muito*, Dornelas conseguiu se desvencilhar daquilo tudo e foi direto para a delegacia.

★

O grupo de jornalistas que lotava a recepção avançou sobre ele tão logo cruzou a porta de entrada da delegacia, como uma revoada de gaivotas sobre um cardume de sardinhas. Dornelas fechou a cara e seguiu como uma flecha para a recepção, sem sequer olhar para os lados.

— Boa tarde, Arlete — cumprimentou a recepcionista. — Trocou o sábado com Marilda?

— Isso mesmo, doutor. Ela precisou ir ao médico — respondeu a mulher.

— Algum recado?

– O doutor Amarildo ligou. Disse que está a caminho daqui.

– Ótimo.

– E uma pessoa dizendo que o aparelho de som que o senhor comprou vai ser entregue amanhã, na sua casa.

O antigo sonho, prestes a ser realizado, o fez sentir-se como uma criança quando ganha um brinquedo novo. Acossado pelo olhar inquisitivo dos jornalistas, sua comemoração limitou-se a sorriso discreto. Por dentro, exultava.

– Obrigado. Caparrós já chegou?

– Ele e Lotufo, doutor. Estão na sala de reuniões com mais nove pessoas.

A equipe do bar com Herculano e a família, concluiu.

Foi direto para lá.

O burburinho vindo da sala podia ser ouvido do corredor. Dornelas abriu a porta. Todos se calaram. Com a mão na maçaneta, lançou boa tarde geral e foi imediatamente correspondido. Caparrós se levantou, saiu com ele da sala e fechou a porta.

– A imprensa está em cima da gente, doutor.

– Vi na recepção. Você fez bem em manter o pessoal do bar isolado aqui. Já conversou com alguém?

– Ainda não. Solano me disse que era para esperar pelo senhor.

– Ótimo. Deixe-me aterrissar na minha mesa. Vá com o primeiro deles em dez minutos. Comece pelas mulheres. Vamos deixar o caseiro por último.

– Combinado.

Caparrós abriu a porta, entrou e fechou-a. Dornelas foi para sua sala, sentou-se diante da mesa entulhada e destrancou a gaveta. De modo furtivo, desembrulhou uma tira da barra de chocolate e saboreou um quadradinho por vez. Repassou na mente os fatos do caso, testemunhas, suspeitos, hipóteses.

E aguardou pacientemente.

Capítulo 7

— Passei o dia na casa da minha mãe, doutor. E dormi lá também. O senhor pode verificar com ela e com a vizinha, que jantou com a gente – disse Maria do Rosário, uma das atendentes do bar da praia Brava.

– Casada ou solteira? – perguntou o delegado.

– Solteira, graças a Deus.

– Alguma razão em especial?

– Preguiça. O beabá do começo é muito chato. Não tenho mais saco de começar tudo de novo, marcar encontros, me arrumar, segurar os peidos, ter aqueles papinhos tipo: você gosta de fazer o quê?

Essa coisa vai demorar, lamentou o delegado, em pensamento. Discretamente olhou o relógio, atento que estava para o horário da coletiva.

– O que a senhora faz no bar?

– Atendo os clientes no balcão, passo os pedidos para a cozinha, limpo. De tudo um pouco.

Terminado o depoimento, do mesmo jeito desinteressado e insolente que entrou, Maria do Rosário levantou-se e saiu, arrastando os chinelos. Estava exausta por ter perdido o dia na polícia e não se sentiu nem um pouco intimidada em demonstrar isso.

Glorinha, como pediu para ser chamada, era baixa, acima do peso e tinha a cabeça coberta por tufos de cabelo da espessura de linguiças. Ela entrou na sala e tomou lugar numa das cadeiras diante da mesa. Caparrós permaneceu de pé, ali ao lado.

– Cuido do caixa, doutor. Uma tremenda responsabilidade.

– Onde passou seu dia de folga e onde estava na noite do crime?

– Em casa, cuidando dos meninos.

– Quantos filhos a senhora têm?

– Cinco.

Dornelas arregalou os olhos.

– Todos homens?

– Todos. Josué, Josias, Josemar, Jonatas e Japonês.

– Japonês é nome? – perguntou Caparrós.

– Do meu filho é – rebateu a mulher, virando-se para o investigador, visivelmente indignada com a pergunta.

– Por que Japonês? – perguntou com curiosidade, o delegado.

Glorinha voltou os olhos para ele.

– Sabe, doutor, o menino nasceu com os olhinhos mais puxados um pouco e os cabelos bem pretos e escorridinhos. Então eu e meu marido decidimos fazer uma homenagem ao melhor amigo dele, um china que mora perto da gente.

Dornelas ergueu as sobrancelhas e olhou para Caparrós, que começou a tossir para conter as risadas.

– Ontem seu marido estava em casa? – prosseguiu o delegado.

– Não. Apenas eu e os meninos. Meu marido trabalha à noite.

– O que ele faz?

– É motorista de táxi.

– Se entendi bem, a senhora trabalha durante do dia e ele à noite?

– Isso mesmo.

Casamento de sol com lua, pensou Dornelas.

– Quer dizer, um cuida dos meninos enquanto o outro trabalha?

– Hum, hum.

E quando trepam?, perguntou-se o delegado. *Por outro lado, isso explica o Japonês*, ponderou.

O próximo foi um dos garçons, um argentino de olhos amendoados, cabelos castanhos longos e oleosos que se esparramou no assento com um sovaco apoiado no espaldar.

– *Yo passé lo dia na cassa de mi namorada, trepando todo el tiempo, dotor* – disse o sujeito numa tentativa frustrada de esconder o sotaque carregado da língua materna. – *Hora si, hora no. Una descansadita aqui, otra lá.* – completou ele, balançando as mãos no ar.

Não era o convencimento evidente, muito menos o fato de ser argentino, mas Dornelas não foi com a cara dele.

– Sua namorada pode confirmar a história?

– *Claro. Posso trasser ela aqui quando quisser.*

– Faça isso – virou-se para Caparrós que anuiu com a cabeça e voltou para o argentino – E à noite, onde o senhor dormiu?

– *No dormi, dotor. Como posso, com una mujer daquelas!* – o sujeito abriu os braços no ar e olhou para o alto, como se agradecesse a Deus. – *Eu e mia namorada fomos tomar unas biritas no bar do Vito, despos voltamos para a cassa dela e trepamos um poquitito mas, até o dia nascer.*

Dornelas deu um suspiro profundo e lamentoso.

– A que horas vocês foram ao bar do Vito? – perguntou na tentativa de estabelecer uma conexão com a hora que ele mesmo e Dulce Neves jantavam na noite passada.

– *Unas nove, dez horas, penso jo.*

– Repita o seu nome, por favor.

– *Juan, dotor. Juan Cachiocavallo, igual ao queijo.*

– Você tem origem italiana?

– *Non senhor. Acho que fué sorte do queijo ter o mesmo nome que jo.*

Dornelas anotou o nome e a hora da visita ao bar do Vito e dispensou o rapaz.

O segundo garçom foi o próximo. Seu nome era Marquinhos, um jovem de expressão pacífica, pele dourada de sol, cabelos cacheados loiros e rosto de querubim.

– Rodei pela cidade, doutor. Passei pelo Centro Histórico, fui ver a montagem da FLIP e voltei para a pensão terminar o meu livro antes de dormir.

– O que você leu?

– O *Jardim do Éden*, de Ernest Hemingway.

– Boa escolha – disse o delegado por ser ele mesmo fã dos livros do escritor americano. – Já leu O *Velho e o Mar*?

– Minha bíblia, doutor.

Um rapaz de boa índole, constatou o delegado.

– A que horas você foi dormir? – perguntou.

Caparrós, que até então ficara de pé e estava com as pernas cansadas, puxou uma cadeira e se sentou.

– Antes das dez, se me lembro bem. Pode conferir com a responsável pelo lugar. Dona Eustáquia é o nome dela.

– Você disse que visitou a FLIP. A que horas foi isso?

– No começo da noite. Tipo oito.

– Viu algum movimento incomum, algum barco ou pessoa que tivesse chamado sua atenção?

O rapaz olhou para o chão, vasculhou a mente e encarou o delegado.

– Nada fora do comum.

Dornelas anotou o nome e o horário em que ele visitara a FLIP e aguardou o próximo depoente, um dos cozinheiros. Um sujeito grande apareceu; roliço, careca estilo casca de ovo, olhos redondos, pretos e nervosos. Seu nome era Ronaldo, ou

Rony, como disse que costumavam chamá-lo. Vestia bermuda jeans e camiseta branca. O que sobrava de pele aparente estava coberta por tatuagens de motivos tribais que lhe cobriam as duas pernas, o pescoço e os dois braços. O sujeito era uma tela de pintura ambulante. Dornelas viu-se diante de um guerreiro maori pronto para batalha. Uma figura impressionante, daquelas que faz alguém mudar de calçada numa rua escura.

– Dormi até duas da tarde. Depois almocei, assisti TV e fui tomar banho na cachoeira da Penha, atrás da cidade.

– Muitos borrachudos?

– Demais, doutor, mesmo usando repelente.

– Você foi sozinho?

– Com uns amigos. Voltei ao final da tarde, fui para casa, jantei e voltei pra cama.

– Mora sozinho?

– Divido a casa com minha irmã.

– Ela dormiu por lá na noite passada?

– Sim, senhor. No quarto ao lado, com o namorado.

Dornelas virou-se para Caparrós.

– Pegue os dados da irmã e do namorado e veja se a história bate.

O subordinado assentiu. Dornelas voltou-se para o cozinheiro.

– A que horas você foi dormir?

– Logo depois da novela.

Fanático pelas novelas da Globo, o delegado teve vontade de perguntar o que aconteceu no capítulo da noite anterior, que perdeu enquanto jantava com Dulce Neves. Conteve-se.

Terminado o depoimento, Rony saiu com Caparrós em seu encalço.

Sozinho na sala, cansado do dia que havia começado cedo demais e avançara num ritmo fora do comum, o delegado esfregou com os dedos os olhos que ardiam, enquanto aguardava o próximo depoente. Olhou o relógio: quase seis da tarde. Passou a mão no telefone e discou três teclas.

– Arlete, peça para alguém trazer um café, por favor.

Caparrós não deu as caras dessa vez. Adalberto, o segundo cozinheiro, entrou sozinho e fechou a porta. Ele se sentou calmamente e observou o estado geral do delegado: os olhos fundos e vermelhos, a gravata frouxa, os botões da gola abertos, os braços apoiados pesadamente sobre a mesa.

– Dia puxado hoje, doutor?

– Nem me fale.

Uma batida na porta, que logo abriu, e Arlete apareceu com um copinho de café fumegante nas mãos.

– Tá novinho, doutor.

– Muito obrigado. Quer um também? – perguntou ao rapaz.

– Não, obrigado. Tomei café demais hoje.

Dornelas deu um golinho com cautela, depositou o copinho sobre a mesa e recostou-se na cadeira.

– Conte sua história, senhor Adalberto.

– Pode me chamar de Dadá.

O delegado anuiu com a cabeça. O homem ajeitou o 1,90 metro de um corpo robusto na cadeira.

– Foi a gringa que morreu, não foi, doutor?

A mão que avançava na direção do copinho paralisou-se no ar. Dornelas ergueu as sobrancelhas e encarou o rapaz.

– Como você sabe?

Dadá deu de ombros e chacoalhou de leve a cabeça. Dornelas se aprumou na cadeira e depositou toda a atenção nele.

– Eu vi uma gringa loira de cabelos bem curtos na praia Mansa, ontem à noite. Moro lá, doutor, com o meu pai, que é pescador. Eu estava bebendo uma cerveja no bar em frente à rua da praia com uma roda de amigos. Rolava um pagode, que gosto muito. De uma hora para outra, apareceu essa gringa. Ela começou a sambar entre as mesas, depois levantou os braços no ar e começou a girar para lá e para cá, de olhos fechados. A mulher dançava sozinha. A impressão que eu tive é que ela estava bem alta, doutor, de fogo mesmo.

– Como você sabe que ela era estrangeira?

– Achei que fosse. Também, uma mulher loira e alta daquele jeito! Nunca vi mulher brasileira assim.

– A que horas você acha que foi isso?

– Entre onze e meia-noite.

– Antes da chuva?

– Bem antes. Saí do bar assim que começou a trovejar, antes da uma. Ela não estava mais lá.

– Você se lembra como ela estava vestida?

– Calça jeans arregaçada na altura das canelas, camiseta branca, jaqueta bege e cachecol xadrez.

– Você pode identificar essa mulher?

– Sem dúvida.

Finalmente, pensou o delegado. *Já era hora de aparecer alguma luz nesse túnel.*

– Ela estava sozinha?

– No bar, estava.

– Como assim, no bar? Existia mais alguém com ela por ali?

– Antes de aparecer no bar, eu a vi andando praia acima, sozinha. Ela passou então pela sombra do chapéu-de-sol, que bloqueava a luz do poste, atravessou a rua e entrou. Uma mulher como aquela não passa despercebida, doutor. Depois de um tempo que ela estava sambando, apareceu um homem debaixo dessa mesma árvore. Ele apenas ficou ali, olhando para ela, encostado no tronco.

– Você sabe dizer como era ele, o que vestia?

– Lembro só da jaqueta, que era vermelha.

O *marinheiro?* Rapidamente rabiscou alguma coisa no bloco sobre a mesa.

– Deu para ver quem era?

– Impossível. Como ele se escondeu na sombra do chapéu-de-sol, que fica a uns cem metros do bar, a única coisa que consegui ver foi uma parte do rosto nas vezes que ele olhou para o visor aceso do celular, antes de usar.

– Ele usou muito o celular?

– Quase todo o tempo. Ligava e desligava. Nesse meio tempo, pude ver também a brasa do cigarro, que se acendia na escuridão sempre que ele dava uma baforada.

– Pelo jeito você observou bastante a cena!

– Sei lá, prestei atenção por que achei aquilo muito estranho, senão suspeito. O senhor sabe: uma mulher daquelas, sozinha, num lugar daqueles, tarde da noite, é convite para confusão.

Dornelas apertou os lábios. E com a cabeça, concordou.

– Por quanto tempo o senhor acha que a mulher ficou no bar?

– Meia hora, quarenta minutos. Não mais do que isso.

– O senhor pode tentar identificar esse homem?

– Por quê? Alguém mais morreu além da gringa?

– O marinheiro do barco que ela alugou.

– Posso tentar. Mas volto a dizer, ele estava longe da gente e eu já tinha bebido alguns copos de cerveja.

– Não tem problema. Ajuda mesmo assim. Vou pedir para que um dos meus investigadores leve você ao IML. Vocês combinam o horário. Pode ser?

– Pode, sim senhor.

– Ótimo. Essa mulher se insinuou para algum dos homens que estavam com você?

– Não que eu tenha notado. Como eu disse, ela sambava de olhos fechados, sozinha. Mas posso afirmar que a turma da roda ficou bem animada assim que aquela loiraça apareceu do nada e começou a sambar no meio deles.

– Sem dúvida – Dornelas pensou um pouco antes de continuar. – Vou fazer uma pergunta bastante delicada agora. Peço que não se ofenda e me perdoe ao mesmo tempo: você acha que algum dos seus amigos de roda pode ter matado a gringa?

– Sem chance. Somos pobres, mas não somos bandidos, doutor. Além do mais, fui o primeiro a ir embora e a mulher já tinha sumido fazia um tempo. A turma ficou toda lá até não sei que horas.

– Você pode dar o nome de todos os seus amigos? Precisamos conversar com eles.

– Sem problemas.

– Ótimo.

Dornelas puxou o telefone do gancho e discou três teclas.

– Arlete, peça para o Caparrós dar um pulinho na minha sala, por favor.

– É pra já, doutor.

Desligou.

– Havia alguma mulher no grupo? – retomou o delegado.

– A Martinha e a Soraia, namoradas de dois dos meus amigos.

– Quero conversar com elas também. E com o dono do bar.

Dadá concordou. Caparrós entrou. Dornelas contou-lhe da conversa com o cozinheiro, os detalhes, e instruiu-o para pegar os depoimentos de todos os presentes no bar, além de pedir que combinasse um horário para levar Dadá ao IML para que ele tentasse reconhecer os corpos de Gytha e do marinheiro.

– Saímos da estaca zero – desabafou. – Chame o caseiro.

Capítulo 8

Assim que Dadá e Caparrós saíram da sala, Solano entrou.

– Os restos do barco estão aqui, doutor, nos fundos – disse o investigador.

– Deu para trazer tudo?

– Tudo o que estava lá. Um trabalho dos diabos.

– Imagino. Quem ficou na praia?

– Lotufo com dois plantonistas. Eles ficaram de voltar assim que a PM chegar para fazer a patrulha da noite.

– Ótimo. E sobre o marinheiro?

– Marcos Altino. Ficha limpa, sem antecedentes. A licença do barco está em dia, em ordem. Nada de errado com ele.

– Casado?

– Sim. Pai de uma filha de três anos.

Dornelas lamentou por isso e lembrou-se do vice.

– Onde está o Peixoto?

– Não o vi hoje, doutor?

O delegado fez uma espécie de anotação num canto da mente, como se usasse uma versão invisível daqueles bilhetinhos amarelos com cola numa das faces. Estava escrito: Papo com Peixoto assim que possível. Uma batida na porta o trouxe de volta. Caparrós abriu-a e enfiou a cabeça no vão.

– Estou com Herculano aqui – disse Caparrós.

– Espere dez minutos. A imprensa já está toda aí? – disparou o delegado.

Caparrós, que se preparava para recolher a cabeça como uma tartaruga, rebateu.

– Em massa. A recepção parece um galinheiro.

– E o doutor Amarildo?

– Na sala de reunião, ao telefone.

– Ok. Diga a ele que já vou até lá.

Caparrós fechou a porta. Dornelas então discorreu sobre todo o caso com Solano, os fatos, os pensamentos, os depoimentos, em especial o de Dadá.

– O senhor tem alguma ideia de quem seja esse homem? – perguntou o investigador.

O delegado balançou a cabeça de um lado a outro.

– Mas conto com os depoimentos dos amigos do Dadá para descobrir algo mais sobre ele. Até aqui, procuramos um homem sem rosto, de jaqueta vermelha. Se ele é o assassino ou não, é outra história.

Solano apenas olhou para o chefe com simpatia.

– Chame o caseiro – instruiu o delegado.

★

Conforme imaginara, nada de novo surgiu no segundo depoimento de Herculano, muito menos no da mulher e da filha, que o acompanharam. O homem era franco, seguro e não parecia ter motivos para fazer rodeios com a polícia. Também, que sentido havia em matar uma desconhecida a vinte metros de casa e depois voltar para cama? *Se é que a mulher era mesmo uma desconhecida para ele*, ponderou o delegado. Além do mais, se ela morava no Maine e havia chegado a Palmyra dois dias antes de ser assassinada, como Herculano poderia tê-la conhecido? Por mais que houvesse um quilômetro de distância entre a suposição e os fatos relacionados ao caseiro, era difícil ao delegado aceitá-lo como suspeito, por mais que, profissionalmente, fosse obrigado a fazê-lo.

— Diga uma última coisa — o delegado abriu a porta da sala e estacou. — O acesso da praia Mansa para a Brava fica aberto durante a noite?

Com a filha abraçada em volta da cintura, a mulher de Herculano mantinha um olhar de medo e devoção sobre o marido. Pelo que Dornelas pôde facilmente notar, o homem era os olhos, a força e a voz da família.

— Fica, por mais que o patrão não goste — respondeu Herculano. — Ele chegou a colocar um portão com corrente e cadeado, mas a prefeitura foi até lá e arrancou tudo.

— E a iluminação que existe pelo caminho, funciona?

— Sim, senhor. Sem ela, só seria possível chegar à praia Brava com uma boa lanterna. O sobe-e-desce, as raízes suspensas, os degraus de terra, o piso irregular..., o senhor viu como é.

Dornelas fez que sim com a cabeça e os conduziu pela porta, o corredor e dali para a sala de Caparrós, onde o caseiro entrou atrás da mulher e da filha. As duas logo se acomodaram numa das cadeiras diante da mesa.

— São todos seus — disse Dornelas para o subordinado. O delegado então deu boa noite a todos e seguiu para a sala de reunião. Amarildo desligava o telefone quando ele entrou.

— Surgiu uma informação nova que pode nos ajudar — disse o delegado ao apertar a mão do chefe.

— Diga.

— Um dos cozinheiros do bar da praia Brava diz ter visto a escritora por volta da meia-noite sambando embriagada na praia Mansa.

— Essa é uma informação importantíssima! — exclamou o chefe dando um tapa na mesa. — Você pretende divulgar na coletiva?

— Tenho dúvidas.

— Quais?

– Um homem de jaqueta vermelha foi visto observando-a dançar. Se ele a levou até lá ou não, estou para descobrir. O cozinheiro não conseguiu vê-lo direito. O homem se escondeu na sombra de um chapéu-de-sol.

– Só essa atitude já nos faz suspeitar dele.

– Esse é o problema. Ele quem? Não quero divulgar que procuramos um homem sem rosto de jaqueta vermelha.

– Você tem razão – ponderou Amarildo.

– Por mais que tenhamos uma pretensa verdade nas mãos, preciso verificar se ela é consistente, pois o que se lê nos jornais não passa de uma história sobre a verdade. Divulgada de forma errada, essa informação pode nos fazer passar por um bando de idiotas.

– Não diga nada, então.

– Mas a imprensa está aqui à espera de alguma coisa! Digo o quê no lugar do nada?

Amarildo estudou-o, encarou o delegado e arrematou:

– Não esquente. Na hora você vai saber o que dizer.

★

Pela simples falta de área útil que abarcasse uma multidão inimaginável de jornalistas, a coletiva de imprensa foi obrigada a se realizar na recepção da delegacia. Para essas ocasiões, o delegado guardava, num quartinho da edícula, um imenso painel de papelão forrado de papel branco, com os logotipos sobrepostos em adesivo da Polícia Civil, da Prefeitura de Palmyra e do Governo do Estado do Rio de Janeiro. Sempre que a ocasião exigia, como naquele dia, o painel era pendurado num prego na parede dos fundos, a mais extensa de todas. Por mais que parecesse algo digno de uma trupe teatral mambembe, o efeito diante das câmeras era impressionante.

Assim que Dornelas e Amarildo deram as caras, ouviu-se uma sinfonia de cliques, viu-se o pipocar dos flashes, e uma claridade surgiu, tão intensa que passou a esquentar todo o ambiente.

Sempre que ele se punha entre o arsenal de propaganda e as câmeras de TV, Dornelas sentia-se como um piloto de Fórmula 1 ou jogador de futebol. Faltava-lhe o uniforme forrado de logotipos, o boné na cabeça e um punhado de frases soltas que não significavam absolutamente nada.

Quem dera fosse o caso.

Em férias, o secretário de Segurança de Palmyra enviou uma representante, uma mulher pequena e mal-ajambrada, que não sabia bulhufas do que estava acontecendo. E como Dornelas puxou o evento para dentro de sua jurisdição ele não havia, até então, trocado uma palavra sequer com ninguém do executivo. O motivo: simples falta de tempo.

O delegado postou-se sob os holofotes, agarrou o microfone ligado por um fio espesso a uma caixa acústica do tamanho de um frigobar e pensou: *tomara que essa coisa funcione.*

— Boa noite a todos — a voz grave estalou no ambiente e matou de vez o burburinho. — Como vocês sabem, Gytha Svensson, ou Georgia Summers, a famosa escritora convidada da FLIP, foi assassinada nesta madrugada.

— A polícia já tem um suspeito? — gritou uma voz do fundo.

— Chego lá — respondeu Dornelas, irritado com a interrupção. — Ela recebeu dezessete golpes nas costas...

— Onde aconteceu o crime? — gritou a mesma voz.

Dornelas fez uma breve pausa e seguiu adiante:

— Na praia Brava. Ao que tudo indica, ela alugou uma baleeira de passeio no rio em frente à FLIP e saiu para o mar, por volta das nove da noite de ontem. Sabemos que ela foi vista num bar da praia Mansa por volta da meia-noite. Ressalto que estamos aguardando os relatórios da Perícia e do IML, os quais fornecerão informações mais precisas sobre o contexto da morte.

— O que ela foi fazer lá? — a voz gritou novamente.

O cansaço, misturado com as circunstâncias, começaram a esgotar-lhe a paciência. Dornelas respirou fundo e prosseguiu:

— Devo acrescentar que o marinheiro também está morto. Não sabemos ainda se foi assassinado ou se sofreu um acidente. O relatório do IML vai jogar uma luz sobre esse caso.

— Ela estava sozinha no momento do crime?

Mas quem é esse pentelho?, perguntou-se indignado Dornelas enquanto procurava um rosto em meio ao clarão dos holofotes. Foi aí que seus olhos cruzaram com os de um repórter de cabelos loiros e ralos, pele rosada e suarenta, nariz adunco e olhos redondos e famintos. À primeira vista, um frango depenado em corpo de homem, no meio da multidão. Era ele quem esticava o pescoço fino e cacarejava as perguntas.

— Ao que tudo indica, sim — respondeu o delegado, sem tirar os olhos do sujeito.

— Mas, doutor — disse o repórter, esticando o pescoço mais uma vez —, vocês já conseguiram identificar o homem de jaqueta vermelha?

Dornelas se assustou com a pergunta. Amarildo também. Calmamente, desligou o microfone, baixou-o e chamou Solano que foi até ele como um raio.

— Assim que acabar — cochichou no ouvido do investigador —, chame esse repórter de lado. Quero conversar com ele na minha sala.

— Pode deixar.

Dornelas aprumou-se, religou o microfone e respondeu:

— Ainda não. Estamos investigando.

Uma saraivada de perguntas foi disparada em seguida. O delegado respondeu uma a uma com segurança; e habilmente soube esquivar-se das mais ardilosas. Alheio à algazarra e satisfeito por ter coberto razoavelmente todos os pontos do caso, pelos menos aqueles que julgou interessar à imprensa, arrematou:

— Por enquanto é só. Mais informações serão divulgadas conforme as investigações avançarem.

Desligou o microfone e saiu, com Amarildo logo atrás de si.

★

— Qual o seu nome? — perguntou Dornelas recostando-se na cadeira. O repórter sentou-se numa das cadeiras de visitas diante da mesa. Solano na outra.

— Valter Ambrosino. Mas pode me chamar de Frango.

— Não diga! — rebateu de bate-pronto, o delegado.

O sujeito encolheu os ombros, levantou as mãos no ar e sorriu.

— O que fazer?

Dornelas nada disse. O cansaço lhe anuviava o raciocínio. A paciência para jogar conversa fora havia acabado. Intimamente sentia-se contrariado por ter de chamar alguém da imprensa para uma conversa reservada. O desconforto era brutal, pois viu-se como que se preparando para dar um abraço-amigo no diabo em pessoa. E o pior, não havia alternativa.

— Senhor Ambrosino, sei que sua ética profissional não permite divulgar a fonte que lhe deu a dica sobre o homem de jaqueta vermelha. Estamos à procura desse homem. Mas uma vez que este crime possui dimensões fora do comum, e o meu trabalho consiste em capturar o assassino o mais rápido possível, caso tenha alguma informação que possa ajudar a investigação, peço que compartilhe com a polícia.

O sujeito absorveu as palavras do delegado, uma a uma, estufando o peito à medida que eram inspiradas, como se fossem oxigênio puro fluindo para dentro dos pulmões. E logo enxergou uma oportunidade. Dornelas pôde notar que o apetite nos olhos dele não arrefeceu. Pelo contrário, aumentou. E pelo olhar guloso, a um preço alto. Talvez alto demais.

– O que eu ganho com isso?

A pergunta fatídica, lamentou Dornelas, sentindo uma espécie de fisgada nas entranhas. Contudo, uma pergunta para qual ele já previamente havia preparado uma resposta.

– Se a sua informação for quente, e vamos checá-la, você saberá de tudo o que descobrirmos antes de todos os outros.

– Que garantia eu posso ter de que o senhor cumprirá sua parte? – rebateu rápido Valter, o Frango.

Dornelas fitou-o longamente e lamentou os dias atuais em que a palavra dada, o *fio do bigode*, um aperto de mãos, um olhos-nos-olhos, não valem absolutamente nada. *Foi-se o tempo*, pensou. De nada adiantaria dar uma de policial durão e infalível, uma vez que ele próprio representava o poder que diariamente era desnudado pela imprensa. Bastava abrir os jornais para encontrar casos e mais casos de policiais envolvidos em todos os tipos de crimes. *O fim dos tempos*, concluiu.

– Nenhuma – disse com pesar. – Mas você também não pode jogar esta oportunidade pela janela. Nem eu. Se a informação for mesmo quente, não tenho razão alguma passar a perna em você. Se não for, nós nunca tivemos esta conversa e o assunto morre por aí.

O homem fez uma breve pausa apenas para mostrar que refletia.

– Feito.

Dornelas balançou a cabeça em reservada aprovação. De um jeito doloroso e desconfortável, os intestinos contraíram-se como toalhas molhadas torcidas por mãos firmes. Um gosto amargo lhe subiu à boca. Abraçar-se ao demônio daquele jeito não lhe agradava nem um pouco. E não ter sido capaz de obter a informação antes da imprensa o irritava mais que tudo. Foi obrigado a se conformar com o fato de que Palmyra era um município extenso, cheio de praias, e sua equipe ficava mais enxuta a cada ano.

– Então, que informação o senhor tem sobre esse homem? – perguntou, visivelmente desanimado.

– A de que ele chegou à praia Mansa numa moto e lá encontrou a escritora.

O delegado descolou as costas na cadeira, avançou na direção de Solano e calmamente apoiou os cotovelos na mesa.

– Vocês encontraram algum celular com a gringa?

– Nada, doutor. Nem com ela, nem com o marinheiro.

Virou-se para o repórter.

– Você sabe o número da placa dessa moto, a cor, a marca?

– Não. Apenas que ele chegou de moto.

– Quem lhe deu essa informação?

– Um pescador. Faustino Arantes. Ele havia chegado há pouco do mar aberto e estava arrumando o barco quando a baleeira com a gringa ancorou aperto da rebentação, para ela descer. Ela então pulou no raso, molhando as pernas das calças, subiu a praia e foi se encontrar com esse homem, que estava encostado na moto. Depois desse encontro, que foi breve, ela foi para o bar. É tudo que eu sei.

– O senhor Faustino não viu mais nada desse homem? Nem depois disso, como a hora que ela foi embora?

– Não.

Uma pausa que o delegado usou para pensar. Uma vez que na coletiva ele nada havia revelado sobre a ida de Gytha ao bar, a história do Frango se encaixava com perfeição no esquema que ele mentalmente formava.

– Muito bem. Como eu disse, vamos checar essa informação – disse com cautela.

Por mais que o mundo lá fora considerasse descartável e fora de moda, o delegado tinha grande apreço pelo valor da sua palavra. Levantou-se, abriu a porta, estendeu a mão ao homem e olhou-o fundo nos olhos.

– Acredito em você. Se a informação for quente, faremos a nossa parte.

Frango devolveu o aperto de um jeito descuidado e foi embora.

★

Amarildo voltou para a sala de reuniões assim que a coletiva terminou. E lá ficou ao telefone, costurando as implicações políticas do caso enquanto o delegado conversava com o repórter na sua sala. O clima da delegacia arrefecera. Dornelas foi ter com ele e contar-lhe as boas novas.

– Vou procurar esse pescador logo pela manhã.

– Para o primeiro dia, estamos indo bem, não acha? – perguntou o chefe, recolhendo suas coisas e preparando-se para sair.

– Sei lá – resmungou Dornelas. – O acordo com esse repórter está me comendo por dentro.

– Deixe de ser caxias, Joaquim! Você sabe que nós da polícia vivemos numa área cinza da realidade. O preto e o branco são para o mundo lá fora.

– Sei disso – grunhiu, de cara fechada. – Mas não está certo.

O chefe deu-lhe um tapinha nas costas, apertou sua mão e saiu.

– Vejo você amanhã.

– Onde você vai dormir? Os hotéis estão todos lotados.

– Na casa de uma amiga – respondeu o chefe, marotamente.

Amarildo foi embora. Dornelas arrumou suas coisas, fechou a sala e saiu logo em seguida.

Capítulo 9

Ao colocar os pés para fora da delegacia e receber a brisa fresca da noite, Dornelas foi tomado por um grande alívio. Um dia intenso demais havia terminado. Sentia-se um bagaço. Sequer teve tempo de almoçar, menos ainda de conversar com calma com Dulce Neves. Pelo menos nada além do crime. Buscou o celular no bolso e ligou para o número dela. A ligação caiu direto na secretária eletrônica. Resolveu deixar um recado.

— Estou a caminho de casa. Se puder, espero por você — preparou-se para desligar e disparou. — Tenho saudades — desligou ligeiro, o coração aos pulos, como um adolescente.

O delegado nunca tinha sido muito de romances, palavras de amor, chamegos e essas práticas de que as mulheres tanto gostam: abrir o coração para discutir a relação. Não com a ex-mulher, pelo menos.

Nesse momento, constatou que seu comportamento amuado tinha sido decisivo para o fim do seu casamento. Constatou também que tinha sido necessário se separar de Flávia e receber uma injeção de vida de Dulce para que fosse capaz de botar para fora essas duas simples palavras: tenho saudades. Ficou orgulhoso de si mesmo por ter sido capaz de dizê-las, mesmo ao telefone, para uma secretária eletrônica. O efeito que elas produziriam em Dulce era uma incógnita, o que o assustava. Com uma ex-mulher recente no currículo, a última coisa que Dornelas procurava era algo além da amizade colorida que ele e Dulce desfrutavam. Mas de uma coisa sabia:

a era de solidão e cavernas escuras havia terminado para ele. Dornelas via-se como um homem em evolução.

Subitamente, um clarão explodiu-lhe dentro do crânio e ele parou bem no meio da rua. *Estou vivendo um romance!*, concluiu, num primeiro momento impressionado consigo mesmo e, logo a seguir, aflito.

Com o corpo em frangalhos e Dulce ausente, uma ideia surgiu. Abruptamente mudou o rumo da caminhada e seguiu direto para a FLIP.

★

O simples rilhar da chave no tambor foi o suficiente para fazer Lupi ganir do outro lado da porta. Dornelas abriu-a um palmo, enfiou o braço, acendeu as luzes e o cachorro zuniu para a rua, pelo vão. Passava das dez e o bichinho havia segurado o xixi desde o começo da tarde.

Dornelas entrou, apanhou um saquinho plástico na gaveta da cômoda e saiu. Lupi aliviou-se longamente numa árvore próxima dali. Cão e dono esticaram o passeio até o fim da rua, depois pela calçada do lado oposto e voltaram para dentro de casa.

Sobre a mesinha da entrada, Dornelas largou as chaves, o distintivo, a pistola e os exemplares dos seis últimos livros de Gytha Svensson, ou melhor, Georgia Summers, que comprara na breve visita à livraria da FLIP.

Eram livros pequenos, versões de bolso, bem impressos em papel jornal e vendidos a preços convidativos. Na capa de todos, sem exceção, havia ilustrações ou fotos de um homem e uma mulher, senão aos beijos, bem perto disso. As palavras *amor*, *ternura*, *paixão*, *emoção* e *conquista* alternavam-se, repetiam-se ou combinavam-se em tipos serifados e elegantes nas capas de todos eles.

Dornelas largou-os ali e tentou novamente o celular de Dulce. Caixa postal mais uma vez. Desligou, largou o aparelho sobre os livros e foi à cozinha.

Ao abrir a geladeira, deparou com um punhado de potes: arroz, purê de batatas, carne moída, restos do final de semana, uma manga descascada, gelatina, salada e, ao lado desta, num prato redondo, um imenso pudim de leite. Ao delegado, a versão culinária do Jardim do Éden. Uma batalha mental foi travada em seguida. Uma parte da mente recomendava se alimentar direito: arroz, carne, purê, salada e sobremesa, de preferência uma fruta. Lembrou-se da expressão *como manda o figurino* e, como um garoto, resolveu seguir a outra, por pura rebeldia.

Colocou uma fatia considerável do pudim num prato, cobriu-o com a calda de açúcar queimado – que foi lentamente preenchendo os furinhos das laterais – e foi para o sofá da sala. No caminho, serviu-se de uma dose de cachaça e escolheu um dos livros sobre a mesa de entrada.

Paixão no Olimpo era a história de Robin, uma arquiteta americana que, numa viagem de férias à Grécia, acompanhada de uma amiga, reencontrou um antigo colega dos tempos de escola. A paixão foi instantânea. Terminadas as férias, Robin voltou para casa decidida a jogar tudo para o alto e sair em busca do seu amor. Porém, uma dúvida corroía sua alma: aquela teria sido apenas uma paixão de verão, influenciada pelo cenário idílico que a envolvia, ou um amor profundo brotara entre ela e Mark, outrora um rapaz gorducho e desinteressante, que havia se transformado num homem belo e musculoso, um verdadeiro Deus grego?

Sem identificar a real motivação que o faria seguir aquela história, além da profissional, Dornelas pegou o livro e foi para o sofá. Começou a leitura devorando o pudim, que a cada colherada o fazia subir aos céus, e a cachaça, que lhe amortecia os sentidos a cada gole. Em dado momento, ainda nas primeiras páginas, teve a nítida impressão de que as letras flutuavam sobre o papel.

Não vai dar certo, pensou e levantou-se. Terminou o pudim, a cachaça, levou o copo e o prato para a cozinha e subiu para o quarto. Tomou uma chuveirada, vestiu o pijama, sentou na cama e, ao acender a luz do abajur para retomar a leitura, deparou com os quatro livros que vinha lendo naquele mês, sobre o criado-mudo.

Com *Paixão no Olimpo* entre os dedos, Dornelas olhou para eles com certa vergonha, como se os estivesse traindo declaradamente. Fez então uma espécie de mesura comedida com a cabeça, e intimamente pediu desculpas a Joseph Campbell, Paul Theroux, Nelson Rodrigues e Marco Aurélio, o imperador-filósofo, e suas meditações. Puxou este da pilha e abriu numa das páginas que havia marcado com um *post-it*. Leu pela enésima vez um dos pensamentos que o guiaram nos momentos mais difíceis da separação, os primeiros dias após a partida da ex-mulher com os filhos para o Rio de Janeiro. Estava escrito: *Concentra-te na arte que aprendeste e ama-a. Quanto ao restante, vive como homem que confiou inteiramente aos deuses todos os seus cuidados. Não sejas tirano nem escravo de ninguém.* Avançou algumas páginas e leu mais outro: *É loucura tentar o impossível. Também é impossível que os maus não pratiquem o que está em sua índole.*

Fechou o livro, devolveu-o ao topo da pilha e retomou *Paixão no Olimpo*, contrariado. Como previra, a empreitada durou pouco. Embriagado pelo cansaço e pelos açucares da história, do pudim e da cachaça, Dornelas esparramou-se e embarcou sem resistir em sono profundo, com o livro aberto sobre o peito.

★

— Bom dia — disse ternamente Dulce assim que ele abriu os olhos.

Ao vê-la ali, de pé, nua, na porta do banheiro, Dornelas sorriu de satisfação. A luz que vinha de lá acentuava a candura da pele dela e formava uma espécie de aura luminosa em volta de todo o corpo. Sem perder um detalhe sequer, Dornelas esquadrinhou-a dos pés à cabeça; deleitou-se com as linhas suaves das pernas, as coxas aprumadas, o encontro destas com os quadris sinuosos, a cintura fina, o torso delicado, os seios pequenos e durinhos; seus olhos então varreram os braços delicados, as mãos de artista, e subiram para os longos cabelos escuros e ainda revoltos da noite. Foi quando olhos azuis faiscantes o capturaram. Dornelas foi tomado pela visão sagrada do feminino. Ficou encantando.

— A que horas você chegou?

— Duas — respondeu Dulce, lisonjeada pela inspeção minuciosa a que foi submetida, pois, pela expressão abobalhada, impressa no rosto dele, o efeito foi avassalador. Ela então saiu de onde estava, deslizou até a cama, sentou na beirada e beijou-o na boca. — Adorei seu recado.

Dornelas congelou-se no lugar, os olhos fixos nela.

— Amei — completou, estirando o corpo nu sobre o dele, ainda debaixo das cobertas. — O que deu em você?

— Como assim? — rebateu.

— Sei lá. Você diz que está com saudades, dorme com uma novela feminina sobre o peito...

Dornelas não teve dúvidas.

— Venha cá que eu explico.

Puxou-a brutalmente para si, beijou-a longamente e amou-a como nunca antes tinha amado outra mulher.

★

– Você vai gostar de saber o que encontrei no estômago da gringa – disse Dulce, ao sair do chuveiro.

Ainda debaixo da água, Dornelas nada disse. Apenas aguardou que ela terminasse o raciocínio.

– Risoto com açafrão, pedaços de frango, lulas, mexilhões, camarões e alguns pedaços de polvo. Um banquete e tanto.

Ele então fechou as torneiras e olhou, pelo vidro embaçado do chuveiro, o vulto de Dulce que girava sobre os calcanhares e deslizava para o quarto.

– Ela comeu uma *paella*! – exclamou então, estupefato. Saiu do chuveiro e agarrou a toalha.

– Como uma draga – disse Dulce, já de calcinha. Ela fechava o sutiã atrás das costas, diante da cama. – Não só comeu muito como engoliu tudo quase sem mastigar. Os pedaços de frutos do mar estavam bem inteiros.

– Isso significa...?

– Que o processo de digestão havia começado não mais do que duas horas antes do óbito.

Dulce vestia-se com calma, como uma princesa. Dornelas, com o pensamento em ritmo frenético, enxugou-se como uma criança, deixando grandes áreas molhadas no corpo. Ainda nu, sentou-se na beirada da cama.

– Quer dizer que, numa conta grosseira, ela terminou de comer pouco antes de ser vista sambando na praia Mansa. Alguma coisa mais?

– Ela tinha 3,2 gramas de álcool por litro de sangue. Com 0,6 gramas por litro uma pessoa já é considerada incapaz de dirigir e se defender. A mulher não era apenas grande, bebia como uma esponja. E se apareceu sambando num bar depois de beber, era resistente para caramba.

Dornelas levantou-se e buscou uma cueca e um par de meias na gaveta da cômoda. Vestiu a cueca às pressas. Com o dedo indicador e um dos pés da meia, improvisou um cotonete e enxugou as orelhas. Vestiu-as em seguida, do avesso.

— Estupro?

— Nem sinal — respondeu Dulce.

— Alguma outra coisa?

— Só uma suspeita. Mandei fazer um exame histopatológico de alguns tecidos em que havia pequenos pontos de infecção.

— Qual sua suspeita?

— É cedo para dizer. Vamos aguardar o resultado do exame.

— E o marinheiro: acidente ou assassinato? — disparou ao buscar o terno no cabide.

— Assassinato — respondeu a mulher, sem rodeios.

— Por quê? — perguntou quase pulando para dentro das calças.

Dulce terminou de vestir-se e foi ao banheiro pentear os cabelos molhados diante do espelho.

— Você tem secador de cabelos? — perguntou ela.

— Debaixo da pia — respondeu ele, alheio à interrupção.

Dulce se abaixou, abriu calmamente a portinhola e de lá tirou um aparelho preto e antigo, que de longe tinha o aspecto de uma pistola espacial de desenho animado.

— Essa coisa funciona?

— Não sei. Precisa testar.

Dornelas estava impaciente, ansioso pela resposta. Dulce enfiou a tomada na parede, apertou o botão e o secador produziu um sopro comparável a uma bombinha de aquário.

— Vou demorar uma eternidade com isso. — Largou o aparelho sobre a pia.

Ao virar-se, deparou com o namorado ao seu lado, os olhos vidrados de expectativa.

— Tá bom, tá bom. A pancada atrás da cabeça era funda demais e a marca bem definida demais. O peso do corpo não seria suficiente para produzir uma lesão daquela profundidade e extensão. Ele levou um golpe com uma barra de ferro ou madeira enquanto estava agachado, uma vez que a marca desce da nuca para o pescoço em sentido quase que longitudinal. Ele morreu por causa do traumatismo craniano e da fratura da coluna cervical alta. A pancada foi tão forte que chegou a fraturar a articulação temporomandibular.

Dornelas vestiu a camisa, o paletó, enrolou a gravata em volta do pescoço e deu um nó clássico. Desceram juntos. Dulce vasculhou os armários da cozinha: vazios. Foi à geladeira, estudou o pudim de leite e desistiu da ideia de comer uma lasca sequer. As calorias da iguaria não seriam bem vindas. Dornelas preparou e devorou um goró em poucas colheradas.

— Não sei como você consegue comer esse treco! — disse ela.

— É a invenção do século.

— Vou comer alguma coisa no caminho para o IML — disse Dulce, num muxoxo, de braços cruzados diante da pia. De cabelos ainda molhados, estava desconsolada. Dornelas depositou a cumbuca vazia na pia e rabiscou no caderninho preso por ímã à geladeira um recado para Neide passear com o cachorro assim que chegasse.

— Prometo que hoje mesmo vou fazer supermercado — disse ele, já na porta.

— E comprar um novo secador de cabelos — completou Dulce, risonha, com o dedo em riste.

O delegado agarrou-a entre os braços, beijou-a na boca, encarou-a e disse:

— Amo você.

Ela grudou os olhos nos dele e sorriu. Passiva e contente, Dulce pousou a cabeça no peito dele e ficou ali por um tempo.

Do lado de fora, chovia.

★

– Você dirige – instruiu Dornelas a Solano ao cruzar a porta da delegacia e seguir em direção do carro. – Preciso fazer umas ligações no caminho.

Ambos cruzaram as rotas, o delegado abriu a porta do passageiro, sentou no banco e tirou o celular do bolso. Solano deu a partida, levou o carro direto para a saída da cidade, e dali para a estrada.

– Bom dia. Quero falar com o Chagas, por favor – disse o delegado à secretária do Instituto de Criminalística.

– O senhor Chagas não chegou – respondeu a mulher num tom de voz anasalado. – Quem deseja falar com ele?

Dornelas olhou o relógio: 8h12.

– Delegado Joaquim Dornelas. Por favor, peça para ele me dar um retorno assim que possível. No celular.

– Sim, senhor.

Desligaram. Dornelas procurou outro número no aparelho e ligou para ele.

Outra voz anasalada, de homem dessa vez, resmungou alguma coisa.

– Arrã!!!

– Chagas? – gritou Dornelas.

– Queeemm ffaaala? – rebateu a voz empastada.

– Tirei você da cama? Dornelas aqui.

Do outro lado da linha veio um baque, seguido de uma sucessão de trambolhões e a voz surgiu em tom estridente, elétrico até.

— Delegado?

Dornelas respirou fundo.

— Tá esperando o príncipe, Bela Adormecida?

— Não, doutor — respondeu o Chagas, num guincho. — Fui dormir muito tarde por causa do relatório.

— Ótimo. E o que ele diz?

— Vou pegar meus rascunhos. Só um minuto.

Mais trambolhões, um grasnado e Chagas voltou à linha.

— Aqui está.

— Então me diga em primeiro lugar: as pegadas na areia e no deque eram da Gytha?

— Não, senhor — respondeu com segurança o chefe da Perícia. — Embora as marcas na areia e no deque sejam de pés grandes, como os da vítima, eram provavelmente de um homem. Gytha calçava quarenta e um. As pegadas do local do crime, maiores um pouco, quarenta e três. Os formatos eram diferentes também, mais largos, com os dedos mais largos. Como a areia da praia Brava é muito grossa, não ficaram impressos os detalhes dos vincos e ranhuras das solas, apenas as marcas profundas. O que sobrou de areia nos pés ao chegar à escada ficou pelo caminho, nos degraus e no deque, até o local do corpo, onde as marcas eram quase invisíveis.

Lá se vai minha teoria de que a gringa havia chegado depois da chuva, pelo mar, pensou. *E por que não o oposto?*, questionou-se. *Se assim foi, ela teria chegado antes da chuva e o assassino depois.*

— Entendi — disse casualmente o delegado, que refletia imerso em si mesmo. — Do marinheiro, talvez?

— Também não. Os pés dele são ainda menores que os da gringa. Marcos Altino, era o seu nome, calçava trinta e nove.

— As marcas são de um terceiro, então — murmurou Dornelas de si para si.

— É a única explicação — disse Chagas, achando que o delegado lhe dirigia a palavra.

— A profundidade das pegadas é compatível com esse terceiro carregando Gytha no colo, morta ou inconsciente?

— Não, senhor. São de uma pessoa de peso normal, um andar firme, sem as derrapagens naturais de quem carrega outra pessoa.

— E quanto à arma do crime?

— Dela ou do marinheiro?

— Dela, primeiro.

Chagas soltou um suspiro profundo.

— Ainda não conseguimos matar essa charada. Não consigo pensar em nada que produza uma lesão em meia-lua com apenas 3 centímetros de diâmetro, que tenha uma parte central pontiaguda, como um cone, e as laterais muito afiadas. A doutora Dulce sugeriu um formão de marceneiro ou escultor. Não acredito. São bem diferentes.

— Entendo — Dornelas meneou a cabeça e, ainda pensativo, resolveu perguntar. — Em sua opinião, o que acha que aconteceu?

— Muito bem, doutor. Em minha opinião, e preciso discutir essa teoria com minha equipe até o relatório final ficar pronto, Gytha chegou à praia por terra, antes da chuva e foi das pedras, pela grama, até o deque. E lá se abrigou até a chuva passar. Terminado o aguaceiro, que foi forte, o assassino, que saiu do mar, não posso afirmar se foi até lá de barco ou nadando, subiu a areia, o deque e se encontrou com ela debaixo do telhado. E ali cometeu o crime.

— Também pensei nessa possibilidade, mas existe um furo nessa teoria — ponderou o delegado.

— Qual? — rebateu Chagas.

— Ela sugere que o assassino possa ter chegado de barco ou a nado, caminhado do mar até o deque, assassinado a gringa, fugido pela grama, depois pelas pedras até a água novamente.

– E o que isso tem de errado?

– Se ele deixou pegadas na ida, por que se preocupou em não deixar na volta?

O chefe da Perícia ficou em silêncio por alguns segundos, preparou um início de raciocínio e, sem se preocupar em concluí-lo, resolveu dizer:

– Ao chegar ele ainda não havia cometido o crime.

Brilhante, pensou Dornelas. *O apelido Cagas foi bem escolhido.* Resolveu prosseguir.

– Não encontramos marcas de fuga na trilha entre as praias, muito menos no meio da mata. Você encontrou alguma coisa?

– Nada também. Isso ajuda a explicar a ausência de pegadas de Gytha até a cena do crime, o que reforça a minha teoria de que ela foi por terra antes da chuva.

– E o resto das pegadas na praia? Me refiro às carcomidas.

– Sem relevância. São de crianças e de um adulto que pareciam estar brincando de pega-pega. Pelo estado em que estavam, foram certamente produzidas ao longo do dia de ontem e parcialmente destruídas pela chuva. Descartei-as de imediato.

– Muito bem – ponderou o delegado. – Você acha que a gringa foi morta debaixo do telhado ou chegou morta lá?

– Acredito que ela tenha sido morta debaixo do telhado. Não havia marcas de espirro de sangue nas paredes do bar, apenas gotas redondas em volta do corpo, além da poça. A camiseta, o cachecol e a jaqueta certamente barraram os borrifos produzidos pelos golpes.

– É o que acho – disse o delegado. – Você encontrou alguma coisa mais?

– Sim – disse o Chagas. – Partículas de cocaína na jaqueta e nas narinas. A doutora Dulce pode confirmar essa informação.

– Isso é importante. E quanto ao marinheiro?

– Tomou uma pancada na nuca com a cana do leme, que é feita de madeira maciça. Pesa que é um negócio.

– Por que você acha isso? – indagou o delegado, especialmente atento a essa parte.

– Essa é mais fácil. A tinta do barco é nova, o que indica que foi pintado recentemente. Faltavam pequenos fragmentos de tinta num local específico da cana do leme. Encontrei pequenas lascas no piso e grudadas na pele da vítima, no local da lesão. Além disso, os formatos da peça e da lesão se encaixam.

Dornelas vasculhou a mente e lamentou ter se esquecido de observar um detalhe no barco.

– A cana estava encaixada no leme?

– Sim, senhor, com a trava, um pino de ferro que transpassa pelos furos da cana e o topo do leme.

– Entendo. Mas uma coisa me intriga. A falta da âncora.

– A mim também – disse Chagas. – Pelo que conversei com os pescadores na praia vizinha, o mar estava muito turbulento na noite do crime, talvez em função do vento.

– Você acredita que o marinheiro teve de cortar o cabo da âncora por que não conseguia puxá-la do fundo enquanto a correnteza e as ondas o jogavam contra as pedras?

– É possível – ponderou Chagas.

– Ou então temos a teoria do mergulhador misterioso que poderia ter cortado o cabo, da água – disse Dornelas.

Chagas se manteve em silêncio. O delegado refletia.

– Muito bem. Se tiver qualquer coisa mais que você se lembre em dizer, por favor, ligue.

– Pode deixar, doutor.

– Bons sonhos, então.

Desligaram. Dornelas ligou no número de Dulce.

– Onde você está? – perguntou ela, assim que pegou a ligação.

– A caminho da praia Mansa, para conversar com um pescador. Tenho duas perguntas para você.

– Manda.

– Você encontrou cocaína nas narinas de Gytha?

– Sim. Esqueci-me de dizer. Desculpe. – Dulce então adotou um tom de voz bem baixo, quase um sussurro. – Foi tão bom que esqueci de dizer tanta coisa!

Dornelas gostou do que ouviu, mas não queria perder o foco do seu raciocínio.

– E sobre os golpes nas costas?

– Havia um a mais além dos dezessete nas costas: na carótida esquerda, que estava protegida pelo cachecol. Esse foi decisivo. Por isso todo aquele sangue no chão.

– Como você acha que aconteceu?

– Bem – ponderou Dulce. – Em minha opinião, ela levou o primeiro golpe na carótida, caiu e daí foi golpeada dezessete vezes nas costas. Os golpes nas costas, por mais que tenham sido muitos, apenas resvalaram nas costelas e feriram os músculos sem profundidade suficiente para ferir algum órgão. Se isso tivesse acontecido, ela teria tido uma hemorragia interna, o que não ocorreu.

– Você acha que ela morreu em outro lugar e foi carregada para lá? – provocou o delegado.

– Não, de modo algum – respondeu Dulce, enfática. – A quantidade de sangue debaixo do corpo era enorme. E não havia rastro de sangue pelo caminho até lá.

– Acabei de saber da Perícia que as pegadas na areia e no deque não eram dela – disse Dornelas, em visível desânimo.

– Isso complica muito a sua vida?

– Um pouco. Inverte a situação. Faz parte.

– Amo você – disparou ela, do nada.

Dornelas virou o rosto para o vidro e protegeu a boca com uma conchinha que fez com a mão.

— Eu também amo você — disse num sussurro. — Um beijo.

— Outro. Vou pensar em você o dia todo — disse ela, antes de desligar.

— Arrã — grunhiu, já com a cabeça em outro lugar.

Desligaram, Dornelas o telefone e Solano o carro, após estacioná-lo na mesma vaga que o chefe usou no dia anterior. O investigador desceu. O delegado ficou lá, ainda preso ao cinto, à procura de outro número no aparelho. Ao encontrá-lo, fez a ligação.

— Bom dia, o major Astolfo, por favor.

— Quem quer falar?

— O delegado Joaquim Dornelas.

— Um minutinho.

Alguns segundos e o major surgiu na linha.

— Bom dia, Joaquim.

— Como vai?

— Corrido, como sempre.

— Obrigado pelo barco — disse Dornelas. — Ainda não tive tempo de estudá-lo com calma.

— Sem problemas. Deu pra fazer.

— Alguma novidade sobre a âncora ou a arma do crime?

— Nada, infelizmente. O mar permaneceu agitado demais por todo o dia de ontem. Segundo meu mergulhador, não se via uma palmo diante do nariz.

— Pena — lamentou. — Nem entre as pedras?

— Nada. Sinto muito. Mas faremos de novo assim que der. Só não garanto para esta semana. A FLIP está ocupando todo o meu efetivo.

— Compreendo — disse Dornelas, com pesar. Não lhe agradava a ideia de ver sua investigação comprometida por causa das prioridades de um terceiro, por mais que este fosse um grande amigo. – Obrigado, de qualquer forma.

– Sinto muito mesmo. Está de pé a pescaria deste final de semana?

– Não vai dar. Com a FLIP na cidade e esse crime nos jornais, vou ter dificuldades até para respirar esta semana.

– Um abraço para você então.

– Outro – disse o delegado e desligou.

Capítulo 10

Um pescador empurrava sua canoa para o mar. Dornelas foi até ele e perguntou sobre Faustino Arantes. O sujeito apontou o dedo ossudo para o lado oposto da praia, onde um homem de camisa azul estava sentado no chão, envolto por uma espécie de nuvem branca e brilhante.

O mar amanhecera calmo. Não ventava. Os barcos boiavam imóveis. Não havia pássaros no ar. Não fossem as pequenas ondas que viravam sobre a areia como páginas de um livro, a cena tinha o efeito congelado de uma foto.

Naquela manhã, o céu cinza e enrugado caía sobre a terra como uma prensa gigante. Apenas os sopés das montanhas com as casas à beira-mar projetavam-se na estreita faixa de mata entre a água e os borrões enfumaçados acima. Dornelas saiu andando ao longo da praia com a nítida sensação de estar caminhando numa imensa sala de pé-direito baixo. A ilusão de ótica lhe dava a impressão de que chegaria de joelhos até onde estava o homem.

Faustino Arantes remendava uma de suas redes, encostado na raiz de um imenso chapéu-de-sol; um homem de idade indefinível, corpo pequeno, enxuto, cabelos ralos e prateados, vincos profundos no rosto, em volta dos olhos, no que se via do pescoço para fora da blusa e nas mãos fortes e calejadas que manuseavam o agulhão com velocidade impressionante pelos gomos da rede emaranhada aos seus pés. Os músculos do antebraço se contorciam como serpentes, umas sobre as outras, sempre que ele dava um ponto e girava a mão numa manobra rápida.

– Uma noite estranha, doutor – disse ele sem tirar os olhos do trabalho. – Muito estranha.

– Por que diz isso? – perguntou Dornelas ao sentar-se ao seu lado.

Solano circulava pelas redondezas seguindo a instrução do chefe: procurar um restaurante que servisse *paella*. Segundo o delegado, esta talvez fosse uma pista importante para a obtenção de mais informações sobre Gytha: quem a acompanhava, de onde ela vinha, o que fez enquanto estava lá, para onde foi depois que saiu.

– Assim que aquela mulher enorme pulou do barco na praia, senti cheiro de confusão.

– Alguém desceu junto com ela? – perguntou o delegado.

– Não, senhor. O marinheiro, que era filho de um amigo meu...

As mãos do pescador largaram a malha, a agulha, o homem virou a cabeça na direção do delegado e olhos esgazeados o encararam.

– Um homem tão bom, doutor – sussurrou Faustino, consternado.

Dornelas nada disse. O homem baixou a cabeça, apertou os lábios, fechou os olhos que ficaram úmidos, abriu-os e fitou o chão longamente. Uma das mãos foi à areia e levantou de lá um toco podre. Os dedos fortes passaram a arrancar a casca até chegar ao miolo nu, que foi esmigalhado em pequenos pedaços.

– Peguei aquele menino no colo, doutor.

– Fale mais sobre ele.

– O que dizer? Era jovem, trabalhador, tinha a cabeça no lugar. Não se metia com tóxico, nem com bebida. Tinha uma mulher bonita, uma filhinha pequena. Não se pode morrer jovem assim.

O homem respirou fundo e enxugou os olhos com as mangas da camisa.

— Estou procurando quem o matou — disse Dornelas. — Preciso da sua ajuda.

Percebendo a importância da sua participação, o pescador levantou a cabeça, fungou e esfregou o antebraço no nariz.

— Eu vi o barco passando ao lado do meu. Era tarde da noite. Eu tinha chegado do mar fazia algumas horas. Foi o tempo de arrumar as coisas e ir para casa. Eu estava muito cansado, doutor.

— O que você viu quando o barco passou ao lado do seu?

O homem buscou o agulhão e a rede no chão e retomou o trabalho.

— Nada de especial. Marquinhos levou o barco para a rebentação, jogou a âncora da popa, chegou pertinho da areia, esperou a mulher pular e voltou.

— Ele voltou para a cidade ou apenas ancorou depois da rebentação, para esperar a mulher?

— Ancorou mais no fundo e esperou. Mas assim que eu me preparava para ir embora, o vi saindo para o mar, em direção à praia Brava.

— Como estava o mar naquela noite?

— Enlouquecido. — Faustino olhou ao longe sem foco em lugar algum. Procurava dentro de si o sentimento exato, aquele que apenas os que vivem de braços dados com os elementos são capazes de captar. — Céu escuro. Raio aqui, raio ali. Um vento atravessado. Vagalhão pra tudo que é lado. Uma noite daquelas em que homem nenhum deve botar o nariz pra fora de casa. Com o mar não se brinca, doutor, apenas se respeita. Fiquei feliz por ter conseguido chegar antes de São Pedro despejar aquele aguaceiro todo.

O respeito de Dornelas por aquele homem aumentou consideravelmente. Quem dera ele, delegado, sentir a natureza daquele jeito, como um animal. E ao mesmo tempo manter sua mente investigativa, de homem da lei, intacta de influências externas. No íntimo, uma coisa lhe parecia dissonante da outra, uma vez que polícia é coisa restrita aos animais humanos. Nenhum outro bicho assassina por amor, cobiça, ódio, prazer. *As orcas, talvez*, matutou Dornelas, embora isso não passasse de especulação científica. Porém, alegrou-se por saber que a natureza humana, matéria-prima do seu trabalho, dados certos desvios causados pelo mundo moderno, pós-moderno ou o que quer que seja, possui o mesmo princípio de todo e qualquer animal, bebe da mesma fonte, emana da mesma origem.

– O senhor viu para onde ela foi depois que pulou do barco? – retomou o delegado.

– Só vi que subiu a praia, foi conversar com um sujeito encostado numa moto e depois foi para o bar do Ângelo, do outro lado da rua.

– Como era esse homem?

– Não deu pra ver. Eu estava muito longe e confesso, não prestei muita atenção.

– Ele usava alguma roupa que facilitasse a identificação? – perguntou Dornelas, já esperando a resposta.

– Calça jeans e jaqueta vermelha.

– O senhor se lembra da moto?

– Uma dessas de andar na terra. A pintura do tanque era branca.

Dornelas fez uma breve pausa. Queria dar um fôlego ao homem, deixá-lo espairecer a mente no trabalho manual por um tempo, antes da pergunta mais importante.

– Senhor Faustino, preciso de toda sua atenção para o que vou perguntar agora.

O homem largou os materiais na areia e encarou o delegado com atenção redobrada.

— Na sua impressão, e digo apenas que é uma impressão, o senhor acredita que a mulher conhecia o homem da moto ou foi até ele apenas para procurar uma informação? Isso é muito importante.

Faustino olhou de novo para o mar. Esperava que a resposta, assim como seu sustento, emanasse de lá.

— Ela foi só pedir informações ao sujeito. É o que eu acredito — respondeu Faustino, sem rodeios.

Dornelas o encarou à procura de algo mais no olhar franco do homem e deu-se por satisfeito.

— Agradeço muito a sua ajuda. E me desculpe por ter atrapalhado o seu trabalho.

O delegado apertou firmemente a mão do homem, levantou-se e caminhou de volta para o carro. *A história do Frango bate*, pensou, ainda desgostoso pelo acordo que fechara com o jornalista.

★

Ao ver o mar calmo e suas pegadas invertidas e impressas na areia grossa, uma ideia pipocou-lhe na mente. Dornelas acelerou o passo e saiu à procura de Solano. O investigador conversava com uma mulher que segurava uma sacola de feira.

— Encontrou alguma coisa? — perguntou o delegado.

— Ainda não — respondeu Solano, com certa frustração. — Os restaurantes estão fechados agora. Mas como passa das dez, não devem demorar a abrir para a hora do almoço.

— Você quer ficar por aqui? Vou para a cidade pegar umas coisas e volto em uma hora.

— Pode ser. Mas não sei se vale à pena.

— Por que diz isso?

– Se a mulher chegou aqui de barco, ela só pode ter vindo de outra praia.

– Não podemos ignorar a possibilidade de ela ter jantado num restaurante por aqui, entrado no barco, do mar ter visto o movimento no bar e pedido ao Marcos para encostar novamente.

Solano fitou o delegado com devoção.

– Caso você não encontre nada, daí vamos para outra praia – interpôs Dornelas. – O que acha?

Solano aquiesceu com um balanço da cabeça. Por mais que fosse duro admitir, a mente do chefe funcionava uma oitava acima da dele, enxergava detalhes, visualizava inúmeras possibilidades.

Despediram-se. Dornelas entrou no carro e saiu em disparada para a cidade.

★

Ao abandoná-lo, a ex-mulher tirou-lhe não apenas a segurança da vida em família, como boa parte do que havia nos armários, alguns móveis e quase todos os presentes de casamento que ainda restavam. Pelo menos os inteiros e funcionando.

Por essa razão, não foi difícil ao delegado encontrar, entre as varas de pesca e as velhas raquetes de tênis, a sacola com a roupa de mergulho, as nadadeiras, a máscara e o *snorkel*.

Fazia mais de quinze anos que Dornelas não se enfiava naquele traje. No vestiário do bar da praia Brava, delegado e roupa travaram uma batalha feroz. A ação do tempo foi impiedosa com ambos. O tecido espesso de neoprene perdera a elasticidade e o delegado ganhara uns bons quilos.

Aos socos, pulos, chutes e murros no ar, suando em bicas, Dornelas conseguiu se enfiar no traje e fechar o último palmo do zíper, na altura do pescoço.

Mesmo sabendo que a praia Brava estava fechada em razão das investigações em curso, abriu a porta do vestiário e saiu para o gramado cauteloso, espiando em volta, à procura de algum olhar inquisitivo. Não encontrando vivalma – nem mesmo Herculano e a mulher –, seguiu para a mureta com máscara, *snorkel* e nadadeiras em punho.

O efeito da maré alta naquele momento havia apagado por completo as pegadas na areia. A ausência de chuva e vento deixava o mar liso e sereno como um lago suíço em foto de quebra-cabeça. Como não queria atazanar a vida do major Astolfo mais uma vez, e a pressão da investigação exigia velocidade, aquele era o convite que Dornelas esperava para poder procurar, por conta própria, a arma do crime e a âncora.

Desceu para a areia; e pertinho da água calçou as nadadeiras, cuspiu e esfregou o cuspe com o dedo no vidro da máscara, vestiu-a, ajustou a tira atrás da cabeça, mordeu o bocal do *snorkel* e sentiu o gosto amargo de borracha velha. Desajeitado, de costas, foi entrando a passinhos de gueixa para dentro da água para um frio lancinante lhe subir em espasmos dos pés à coluna, e dali ao cérebro.

Quando a água lhe chegou à cintura, um *seja o que Deus quiser* cruzou-lhe a mente e ele se largou para trás, de uma só vez. De início, foi um choque. Mas ao dar as primeiras braçadas para longe do raso, o frio passou a incomodá-lo cada vez menos. A sensação da água gelada, que entrava pelas fissuras da roupa velha, pelos punhos, pescoço e tornozelos, diminuía quando a água se encontrava e se misturava com o suor quente da pele.

Parou de nadar quando atingiu uma profundidade compatível à sua altura e percebeu que, para vasculhar a área como desejava, precisaria dar longos mergulhos perto do fundo. A visibilidade não estava lá essas coisas. Naquele ponto, Dornelas mal via as pequenas cordilheiras de areia desenhadas pela rebentação que desciam paralelas na direção de águas mais profundas.

Ao sentir-se confortável com a temperatura e o equipamento, boiou por um tempo, mirou o deque e imaginou uma linha reta que saía de lá, passava pelo local das pegadas que encontrara na areia no dia anterior e seguia cerca de cinquenta metros mar adentro. Recuou um pouco em direção do raso, tomou fôlego e desceu. Assim fez mais duas, três, quatro,... dez vezes. A cada mergulho, uma profundidade maior. Ao atingir cerca de cinco metros, a pressão nos ouvidos causou-lhe uma dor aguda. Ainda imerso, tapou o nariz com os dedos, forçou o ar para fora e sentiu os ouvidos estalarem. Ajustado à pressão, prosseguiu. E assim foi, sucessivamente, até cobrir toda a extensão da linha que imaginara. Nada encontrou.

Varreu então a área em direção das pedras do lado oposto ao que estava o barco destroçado. Subiu e desceu inúmeras vezes, verificando cuidadosamente a areia e as rochas ao redor. Uma arraia manteiga, do tamanho de uma pizza família, deslizava sobre o fundo. Pequenos abadejos se escondiam furtivamente nas fendas, peixes sargento rodopiavam às dezenas, um peixe papagaio mordiscava o que restava dos corais, um budião azulado nadava de um lado a outro batendo as barbatanas laterais como asas num pássaro. Como trilha sonora, o estalido que reverbera incessante no fundo do mar. Por um momento, Dornelas esqueceu-se da sua missão e deliciou-se com a natureza exuberante ao seu redor.

Subiu mais uma vez e boiou longamente. Estava cansado. Seguro de que daquele lado da praia não encontraria absolutamente nada, tirou as nadadeiras, vestiu as alças no braço, baixou a máscara na altura do pescoço e, como um caranguejo, saiu da água pelas pedras e caminhou de volta para a praia.

Deitou-se na areia e descansou por dez longos e prazerosos minutos. Ao perceber que o frio voltava sem piedade, levantou-se e caminhou em direção do mar; vestiu o equipamento novamente e entrou na água diante do lugar onde ficaram impressas as pegadas no dia anterior. Seu objetivo era cobrir uma área maior dessa vez, que começava na linha imaginária e terminava nas pedras onde o barco espatifou.

Corajosamente mergulhou na água fria e seguiu varrendo a areia em direção a profundidades maiores. Subiu e desceu inúmeras vezes. Avançou, avançou. E bem distante da praia, da superfície, notou, apesar da visibilidade precária, um vulto escuro no fundo. Julgou ser uma arraia ou tartaruga. Mergulhou e desceu o suficiente para perceber que o vulto não se movia. Assumiu que poderia ser uma pedra. Desceu mais, sem ainda chegar até lá, e o fôlego acabou. Subiu num tiro, emergiu agoniado pela falta de ar, encheu os pulmões avidamente e desceu mais uma vez. A profundidade era grande, o que o exigiu compensar a pressão nos ouvidos diversas vezes até chegar ao destino.

O vulto não passava de uma rocha em formato de uma imensa gota achatada. Uma cobertura de algas balançava ao sabor da corrente, o que dava ao delegado a impressão de que a pedra flutuava como um linguado gigante sobre o fundo arenoso. Por baixo, abria-se uma fenda escura e profunda, como a bocarra de um tubarão. Foi preciso chegar bem perto para ver um cabo branco de cerca de um metro saindo de lá.

Dornelas agarrou-o, seguiu sua extensão com os olhos e presumiu que seu comprimento devia ser bem maior do que isso, pois algumas partes dele estavam visíveis, outras enterradas, como pontos de uma costura feita às pressas. Puxou-o, o cabo inteiro apareceu, e o ar começou a lhe faltar mais uma vez. Pacientemente repetiu a operação de subida e tomada de fôlego. Na descida, de cima, o cabo serpenteado na areia e a pedra coberta de algas formavam uma imagem singular: um colar de esmeralda largado sobre uma mesa de pau marfim.

O delegado agarrou o cabo mais uma vez, correu-o pelas mãos até debaixo da pedra e de lá desencaixou aos trancos uma âncora de ferro galvanizado tipo Danforth, muito comum, usada em barcos de passeio: dois triângulos presos a um cano, separados por uma haste móvel onde estava preso o cabo.

A operação de subida lhe trouxe uma surpresa: aflito pelo ar que novamente começava a lhe faltar, Dornelas decidiu subir ligeiro com o cabo nas mãos. Porém, antes de chegar à superfície, o cabo se esticou com a âncora ainda apoiada no fundo. O que fazer? Largá-lo, tomar fôlego e descer mais uma vez ou puxar a âncora pelo cabo e subir sem ar? Rapidamente optou por esta. Com o cabo esticado nas mãos e o pedaço de ferro cumprindo seu papel de arrastá-lo para o fundo, Dornelas pedalou o mais que pôde, os músculos das pernas em brasa, esticou-se todo e emergiu à beira de um colapso.

Respirando com sofreguidão, o delegado recolheu o cabo, puxou a âncora para a superfície, virou-se de costas e nadou em direção da praia com o pesado instrumento sobre a barriga, como uma lontra marinha. Ao chegar ao raso, arrastou-se para fora da água, jogou a âncora para o lado e largou-se de qualquer jeito sobre a areia. Arfava compulsivamente; piscava com força, como se isso o ajudasse a puxar ar fresco para dentro dos pulmões.

Aos poucos foi se aquietando. E exausto, parcialmente aquecido pela roupa espessa e pelo mormaço, Dornelas fechou os olhos e tirou uma sonequinha.

★

Ao emergir da trilha de ligação entre as praias Mansa e Brava, Solano estacou.

– Mãe de Deus!

Um pavor subiu-lhe pela espinha, como um choque. O investigador não soube definir se foi causado pelo fato de o chefe estar deitado imóvel na areia, ou por ele estar vestido para uma competição de caça submarina. Correu para lá aos trambolhões sobre a areia fofa. Dornelas dormia abraçadinho a uma âncora como se esta fosse um travesseiro de penas; um náufrago contente. *É louco, mas respira*, pensou o investigador quando se agachou ao lado do chefe.

– Tá tudo bem, doutor? – perguntou, cutucando o delegado.

No mundo dos sonhos, Dornelas ouviu a voz do investigador como o eco abafado de alguém que grita de muito longe. As ondas sonoras o atingiam em espasmos suaves, como que emitidas por uma vitrola em baixa rotação. O delegado abriu os olhos devagar, protegeu-os da claridade com as mãos, fitou Solano por um tempo – a expressão preocupada dele –, sentiu um gosto amargo na boca e se sentou na areia com os braços apoiados sobre os joelhos.

– Que horas são? – perguntou, ainda zonzo.

– Quase uma da tarde – Solano observou a âncora que o chefe jogara para o lado. – E a arma do crime?

Dornelas apenas chacoalhou pesadamente a cabeça de um lado a outro, como um pêndulo. Solano então tomou coragem e disparou a pergunta que remoía desde que bateu os olhos no chefe, da trilha:

– O que deu no senhor pra fazer uma loucura dessas?!

Dornelas levantou a cabeça que até então mantivera caída e encarou o subordinado:

– Você nunca mergulhou de *snorkel* na vida?

– Já, nas férias, no verão – respondeu Solano, em tom reprovador.

– E o que tem de mais mergulhar no inverno? A água é apenas mais fria.

– Mas sozinho, doutor! E se o senhor tivesse tido um treco lá embaixo, quem o socorreria?

Solano tinha razão. A decisão de mergulhar sozinho foi impensada, senão infantil. Aproveitando a deixa, a voz da consciência urrou-lhe do alto: *Desde quando você pensa que é o Super-Homem?*. Numa manobra psicológica dolorosa, a consciência e o subordinado lhe arrancaram, de uma só vez, a carapaça da invencibilidade. Por debaixo, um homem de coração terno e justo surgiu, vulnerável às circunstâncias da vida e aos efeitos do tempo. Dornelas sentiu-se como se sentira alguns meses, quando fizera, pela primeira vez, o exame de toque no urologista. Com o dedo do médico enfiado no rabo, o delegado se dera conta de que ele não era aquele ser imortal que pensava ser. Foi quando percebeu, pela primeira vez na vida, que por preconceito ou estupidez, tudo podia acabar de uma hora para outra. Daquele momento em diante, o delegado passou a enxergar a própria existência sob uma perspectiva mais realista. Sua frágil condição humana foi abraçada como se abraça um filho querido. Uma lição que ele pensou que jamais esqueceria. E como ser humano falível, esqueceu. A vida, por vezes indulgente, lhe concedeu uma segunda chance. Solano estava ali para lembrá-lo.

Calado, levantou-se, apertou forte a mão do investigador e seguiu cambaleante para o vestiário.

Capítulo 11

— Como você descobriu que eu estava na praia Brava? – perguntou o delegado com as mãos no volante.

Ele saía com o carro da estradinha de terra onde os cascalhos crepitavam sob os pneus, e entrava na rodovia federal asfaltada, a caminho da cidade. Em apenas dois dias, Dornelas fez aquele trajeto tantas vezes que, àquela altura, já havia decorado onde ficavam os buracos no piso. Uma calamidade que lhe restava apenas lamentar.

– Quando vi o carro na frente da escola e não encontrei o senhor pelas redondezas, presumi que estivesse na praia Brava – respondeu Solano. – Simples assim.

A resposta matou sua curiosidade.

– E sobre o restaurante? Encontrou alguma coisa?

– Como o senhor disse. Encontrei um restaurante espanhol no cantinho da praia Mansa, do lado oposto ao do bar. Gytha jantou lá com mais duas pessoas. Um homem e uma mulher. Segundo o dono, um espetáculo de mulher. Eles pediram uma *paella* Valenciana, cozida num panelão ao lado da mesa, beberam catorze caipirinhas e algumas garrafas de água mineral. Para sobremesa, creme catalão para todos. Cafezinho e a conta. Aliás, bem salgada.

– Alguma informação sobre quem eram?

– Consegui fazer uma cópia das faturas dos cartões de crédito de Gytha e do homem, um tal de Nickolas Crest. Eles dividiram a conta ao meio.

– Bom trabalho. Com você fez isso?

– Procurei por uma fatura no nome de Georgia Summers ou Gytha Svensson. Presumi que em sendo famosa, ela devia pagar a própria conta. Ao encontrar um boleto no nome de Gytha, procurei então por outra fatura no mesmo valor, no mesmo dia e hora.

Dornelas chacoalhou a cabeça para os lados e sorriu com um orgulho quase paterno.

– A que horas chegaram e saíram?

– A outra mulher chegou por volta de nove e cinquenta, acompanhada desse Nickolas. Gytha chegou pouco depois das dez. Saíram depois das onze, os três juntos.

– Alguma coisa mais?

– E não está bom?

– Não. Eu queria saber o que fizeram depois que saíram.

– Isso é tudo que consegui descobrir, doutor – disse Solano, que se calou em seguida. Talvez o chefe estivesse bravo com a bronca que levou na praia Brava. O melhor era não provocá-lo.

Do seu lado, o delegado apenas vestia a carapaça mais uma vez. Estava consciente de que deveria desfazer-se dela mais dia, menos dia. Faria aos poucos, com cautela. Ponderou que uma vida pautada pela força, pelo poder de decisão e ação, não se muda de uma hora para outra. O trabalho na polícia não contribuiria em nada para isso. Pelo contrário. Se não tomasse cuidado, o embruteceria ainda mais. Desistir da carreira estava fora de questão. De uma hora para outra, num dos meandros da mente, revelou-se o desafio à frente: fazer a travessia da brutalidade para a humanidade executando o seu trabalho. Pensou em Dulce, agradeceu por tê-la na sua vida e sentiu saudades.

★

Meia dúzia de jornalistas ocupava a recepção da delegacia. Dornelas pôde vê-los do estacionamento, através das portas de vidro. Exasperado pelo tempo que perdera dormindo na praia, e satisfeito por ter aguçado a curiosidade da imprensa na coletiva da noite anterior, o delegado resolveu fazer o mesmo de sempre: entrar sem nem mesmo olhar para os lados e seguir direto para a recepção. Numa das mãos, trazia um saquinho de papel com um punhado de pães de queijo, comprados numa das lanchonetes à beira da estrada, a Quitutes da Vovó.

– Boa tarde, Marilda – disse Dornelas para a telefonista assim que irrompeu pela porta, sob o olhar esperançoso dos jornalistas.

– Boa tarde, doutor.

– Algum recado?

– Doutor Amarildo ligou. Disse que tentou encontrar o senhor pelo celular e não conseguiu. Pediu retorno e avisou que está voltando para a Seccional.

– Obrigado.

Virou-se para entrar no corredor das salas e estacou. Deu meia-volta e foi ter com Marilda novamente.

– Você pode me acompanhar um minuto?

Tomada de surpresa, Marilda levantou-se e o seguiu pelo corredor. Dornelas fechou a porta assim que ela passou.

– Como foi o exame?

A recepcionista soltou os ombros tensos e baixou o rosto. Lágrimas brotaram dos seus olhos. Marilda tirou os óculos e começou a secá-los com as costas das mãos.

– Acho que dessa vez vai dar certo, doutor. Meu marido encaixou que o problema é com ele e decidiu fazer uma cirurgia para corrigir. Algo a ver com uma veia que aquece um dos testículos.

Dornelas se aproximou e deu nela um abraço paternal.

– Que dê tudo certo dessa vez – disse. – Se precisar de alguma coisa, avise.

– Muito obrigada, doutor. De verdade.

Marilda secou as lágrimas e voltou para a recepção. Dornelas seguiu direto para sua sala.

★

Apenas um dia distante do trabalho burocrático foi o suficiente para permitir que uma pilha imensa de papéis para assinar tomasse o canto da mesa. Debaixo da soleira, Dornelas olhou para ela e lembrou-se da tira do Recruta Zero, do cartunista Mort Walker, que lera nos jornais há alguns dias. Nela, o General Dureza, sentado em seu gabinete, depositara uma granada sobre uma pilha semelhante que lhe entulhava a mesa. Um oficial, ao seu lado, lhe perguntava: *Por que usa uma granada como peso de papéis?* No que o General respondia: *Quando a pilha aumenta muito, puxo o pino.* Dornelas sorriu sozinho e pensou: *Quem dera poder fazer o mesmo.*

Lamentoso, largou-se na cadeira e comeu os três pães de queijo do saquinho. Conformado com o fato de que a delegacia não podia parar por causa de um crime, por mais importante que fosse, abriu a gaveta, pegou a caneta de modo displicente e esbarrou, como que por acidente, na barra de chocolate ao leite. Depois dos três pães de queijo, um pedaço do paraíso como sobremesa era tudo que ele precisava.

Estabelecendo um acordo consigo mesmo de que só enfrentaria a papelada depois que o chocolate derretesse de uma vez, Dornelas desembrulhou um quadradinho e colocou-o na boca. Recostou-se na cadeira e aguardou. Uma batida na porta, um *pode entrar*, e Peixoto deslizou para dentro da sala.

A presença do vice-delegado o fez engolir, a contragosto e por um impulso semelhante a um susto, o que restava da guloseima.

– Boa tarde, doutor – disse Peixoto.

Dornelas sentiu a raiva crescer dentro de si, o que produziu um calor súbito. Sentia-se como se tivesse um caldeirão dentro da barriga de onde borbulhava um caldo grosso e escuro. Suava. Abriu o botão da gola e afrouxou o nó da gravata.

– Sente-se – disse de modo seco.

Peixoto sentou ereto na pontinha da cadeira e permaneceu assim, preparado para levantar a qualquer momento. Parecia saber que uma descompostura estava a caminho.

– Quero bater um papo com você – disse o delegado em tom grave e resoluto.

– Vamos nessa, doutor.

Dornelas se aprumou na cadeira.

– Para começo de conversa, sugiro que eu e você coloquemos os nossos cargos de lado por um momento. Um papo de homem para homem, de pai para pai. O que acha?

O vice-delegado baixou e levantou a cabeça nervosamente, os olhos fixos no chefe.

– Ótimo – prosseguiu Dornelas que apoiou os cotovelos nos braços da cadeira e fechou as mãos num nó diante do peito. – Diga uma coisa: você se lembra do ano, o dia, a hora, o minuto, o segundo exato em que tudo aconteceu?

– Aconteceu o quê, doutor? – rebateu Peixoto, inocentemente. O rosto carregava uma expressão abobalhada.

– Que você virou um bundão! – rosnou Dornelas – Onde já se viu largar uma mulher com bebê de colo? Isso é coisa que se faça?

Foi a vez de o vice-delegado abrir o botão da gola e afrouxar a gravata. Pequenas gotas de suor começaram a lhe brotar na testa.

– Não é bem assim – defendeu-se. – A coisa é bem mais complicada do que isso.

Dornelas levantou-se, cerrou os punhos e apoiou-se sobre tampo da mesa como um gorila pronto para o ataque. A cabeça quadrada, os vincos verticais profundos entre as sobrancelhas espessas, o olhar duro e penetrante; uma carranca de ombros largos que formava uma figura brutal e intimidadora.

– Então explique como é, por que eu ainda não entendi. Você largou ou não sua mulher e o seu filho de... quantos meses mesmo?

– Quatro – murmurou o vice-delegado, encolhendo-se na cadeira.

– Quatro meses! Como pode, Peixoto, largar uma mulher com um menino de quatro meses?

– Doutor, aquele choro, as noites sem dormir, as fraldas cheias de merda, o cheiro de leite azedo pela casa... É algo sobre-humano. Não aguento mais! Para piorar, minha mulher nem quer mais saber de mim. É o menino e só o menino. Onde eu fico nessa?

Dornelas lembrou com carinho da época em que acordava no meio da madrugada, trocava as fraldas dos filhos, cada um na sua fase, e tirava a mulher da cama para que ela desse o peito. Flávia aparecia como um zumbi e assumia a tarefa com um desapego invejável. Dornelas zanzava pela casa, até dormia no chão do quarto, enquanto esperava a mulher terminar. Ela então voltava para a cama, enquanto ele os punha no colo para o arroto, trocava as fraldas mais uma vez, e dali para o berço. A operação lhe tomava quase duas horas, no meio da madrugada. Uma fase física e emocionalmente desgastante. Sobretudo para o casamento. Mesmo assim, o delegado permaneceu firme e fiel ao lado da mulher, por mais de quinze anos. Eram como

Imediato e Capitão num navio pirata. O delegado, nesse arranjo, subalterno.

— Essa é uma fase complicada para o casamento — disse Dornelas, em tom quase paternal, voltando a se sentar na cadeira. — Muita coisa muda, a prioridade da sua mulher não é mais você... não tem jeito. Você precisa ter um pouco mais de jogo de cintura, meu chapa!

— Eu sei, doutor. Mas é difícil.

— Sei que é — reforçou Dornelas. — Mas passa. Logo, logo seu filho vai começar a andar, dizer as primeiras palavras. Todos os dias ele aprende algo novo. Você quer perder isso?

Peixoto balançou a cabeça, amuado.

— A Suzana precisa de apoio também — prosseguiu o chefe. — Sei que é difícil para você. Mas imagine para ela, que passa o dia todo com a criança. Pense nos sacrifícios que ela fez, nas mudanças no corpo, nas incertezas, nas dificuldades para identificar os tipos de choros, fome, fraldas, as primeiras febres. Não pense que no momento do parto nasceu apenas o seu filho, nasceu também uma mãe nela, uma nova mulher que não existia antes. É um milagre da natureza. Não perca isso, Peixoto.

O vice-delegado mastigou algumas palavras, cabisbaixo.

— Você ama sua mulher e seu filho? — perguntou Dornelas.

— Mais do que tudo no mundo — respondeu o vice-delegado, pronto para a sentença final.

— Ótimo. Então vamos fazer o seguinte. Tenho duas opções para você. A primeira, você volta para casa em no máximo vinte e quatro horas. Se aceitar, ótimo. Senão, dou um jeito de transferi-lo para bem longe daqui, o mais longe e complicado possível, dentro do estado do Rio de Janeiro. Daí, meu velho, só nos finais de semana, de ônibus.

As cartas estavam na mesa. Bastava Peixoto escolher qual das duas tirar.

– E mais – retomou Dornelas –, se você voltar pra casa e depois desistir de novo, transfiro mesmo assim.

– Entendi, doutor – murmurou o subordinado. E arrematou num suspiro – Vou voltar para casa.

– Ótimo.

Peixoto levantou-se.

– Estamos conversados? – concluiu Dornelas, sem delongas.

– Estamos.

– Alguma novidade por aqui, enquanto estive fora?

– Os casos de sempre. Tudo sob controle – respondeu o vice-delegado, cabisbaixo.

– Muito bem.

Dornelas apertou a mão do Peixoto, uma mão trêmula e suada, e este saiu da sala. O delegado então puxou a pilha de papéis para perto de si e começou o trabalho.

★

Após assinar metade da pilha, a mão um conjunto de articulações enferrujadas, o telefone tocou.

– Dornelas.

– Doutor, tem um homem no telefone que quer muito falar com o senhor. Tem a ver com uma moto na praia Mansa – disse Marilda.

O delegado se acendeu como um pinheiro em noite de Natal.

– Pode passar.

Numa sucessão de movimentos bruscos, o delegado largou a caneta, aproximou a cadeira ainda mais da mesa e endireitou-se no lugar. Aguardou.

– Boa tarde – disse uma voz juvenil do outro lado da linha, em tom cauteloso. – É o delegado Joaquim Dornelas quem fala?

– Dornelas aqui – afirmou. – Com quem estou falando?

– Agenor – respondeu o rapaz, sucinto.

O delegado não se convenceu de que o nome do rapaz fosse mesmo esse. Não havia outro meio de tirar dele a verdade senão com um bom papo. Se a conversa se passasse num seriado de TV americano, bastava segurar o sujeito por alguns minutos na linha para que a polícia rastreasse, através de um equipamento moderníssimo e um cruzamento insano de dados via satélite, de onde vinha a ligação. Bastava apertar um botão. Uma vez que Palmyra estava saindo da Idade-Média em termos de tecnologia policial, o jeito era fisgar o homem usando uma boa lábia e, quem sabe, trazê-lo aos poucos para um papo cara a cara na delegacia.

– Em que posso ajudá-lo, senhor Agenor? – perguntou cautelosamente.

– A mim, nada. Eu talvez possa ajudar o senhor.

– Diga como.

– A morte da gringa.

– O que o senhor sabe sobre isso?

– O suficiente.

– Você sabe quem a matou?

Um silêncio. O delegado arrependeu-se por ter sido levado a um desfecho tão abrupto. Sua ansiedade talvez tenha assustado o rapaz. Aguardou.

– Não sei quem a matou – respondeu o jovem, afoito.

O delegado então começou a achar que a ligação não passava de um trote de um moleque desocupado.

– O que você sabe, então? – disparou.

Um longo silêncio. Dornelas podia ouvir um arfar do outro lado da linha.

— O que vai acontecer comigo se eu disser? — retorquiu o rapaz.

— Se você não estiver envolvido no crime, nada. Se nos ajudar a encontrar o assassino, será um herói.

Essa última palavra produziu um efeito alucinante na mente do Agenor.

— Jura? — soltou, entusiasmado.

— Podes crer — deu corda Dornelas, que pôs a mão na testa e riu baixinho da expressão que usou sem pensar, algo que não ouvia há uns bons vinte anos. Quem sabe se o sujeito desse uma informação quente ele não soltaria um *batuta*.

— Eu vi uma foto da mulher que foi morta na TV.

— E?

— Eu conheci essa mulher.

O delegado apoiou os cotovelos sobre a mesa e chegou a prender a respiração antes de repetir:

— E?

— Eu estava de moto na praia Mansa, fumando um cigarro, quando esse mulherão pulou de um barco e veio falar comigo.

— Você pode me dizer qual é a cor da sua moto?

Um silêncio.

— Branca — respondeu Agenor, ressabiado.

— Que roupa você usava naquela noite?

— Por que a pergunta? — rebateu o rapaz.

— Mera curiosidade.

Outro silêncio que fez Dornelas sentir a conexão com o rapaz se distanciar dele, como um peixe quando ganha linha numa briga limpa com pescador. Era preciso puxá-lo de volta.

— Jeans, camiseta branca e jaqueta vermelha — Agenor respondeu. O delegado mal acreditava no que ouvia. Procurou conter sua excitação.

— O que ela falou com você?

– Não deu pra entender direito, por que ela falava uma língua estrangeira. Com certeza não era inglês.

– O que você entendeu?

– Que ela queria um cigarro, que eu dei e acendi. Depois falou alguma coisa de como eu sou bonito, me pegou pelas mãos e começou a dançar de um jeito bem desengonçado. Fiquei meio sem jeito, afinal ela era quase um palmo mais alta que eu. Daí tentou me puxar em direção do bar de onde se ouvia pagode e eu resisti.

– Por quê?

– Sei lá. Achei a situação tão bizarra...

– Mas você não dançaria mesmo que fosse com uma mulher daquelas?

– Claro que dançaria. Mas a mulher estava bêbada que só vendo. E numa excitação que não é normal. Achei muito estranho.

– Entendo – ponderou o delegado. – O que você estava fazendo sozinho na praia Mansa, naquela hora da noite?

– Eu tinha acabado de deixar a minha namorada em casa. Ela mora no povoado. Agora que não deixam mais a gente fumar em lugar fechado, fui fumar na praia.

– Vamos voltar um pouco. Depois que você decidiu não dançar com ela, o que fez?

Uma pausa que Dornelas pacientemente aguardou para que o rapaz pensasse no que responder. Ao sentir que o silêncio se alongava demais, o delegado provocou:

– Nada? Você deixou a mulher ir embora? – perguntou, levando a conversa para um território exclusivamente masculino.

Do outro lado da linha, Agenor suspirou profundamente. Ao escutar a reação do rapaz, Dornelas abriu um leve sorriso e sentiu comiseração por ele. Sua pergunta acertou em cheio o orgulho varonil do jovem. Essa era a ideia. Como dois homens que arrotam suas vantagens a respeito das conquistas femininas, ambos sabiam que por trás da conversa Agenor havia deixado escapar uma mulher bonita e insinuante. Tudo que sobrou foi o arrependimento, que agora o comia por dentro. O rapaz precisava desabafar com alguém. Por que não com o delegado, uma vez que a mulher estava morta e Dornelas era o responsável pela investigação? Se Agenor estava envolvido no crime ou não, isso o delegado descobriria mais cedo ou mais tarde. De qualquer forma, foi uma tacada e tanto.

– Nada – respondeu pesaroso. – Fiquei observando ela dançar de debaixo do chapéu-de-sol.

– Você tem celular? – perguntou Dornelas, já presumindo a resposta.

– Estou falando dele – respondeu o rapaz.

Uma pergunta veio à mente do delegado. E com ela a dúvida se devia ou não fazê-la. Se errasse o tom, a pergunta talvez afugentasse o rapaz. Decidiu fazê-la, mesmo assim:

– Você usou seu celular enquanto observava a mulher dançar?

Por instinto, arrependeu-se do que disse assim que as palavras lhe saíram da boca. O vácuo que surgiu na conversa apenas confirmou sua impressão: a pergunta fez o rapaz dar-se conta de que a polícia sabia mais sobre ele do que ele mesmo podia pensar.

– Eu não matei a mulher, doutor – disse ligeiro o rapaz .

E desligou.

– ALÔ, ALÔ! – gritou Dornelas, na esperança dele ainda estar na linha.

Sem sucesso, levantou-se e correu para a recepção.

– Marilda, leia no identificador de chamadas qual o número da ligação que você acabou de me passar!

– Um minutinho.

Ela apertou alguns botões, virou a cabeça para o delegado e disse com pesar:

– Número bloqueado, doutor. Sinto muito.

Para surpresa de todos os presentes, Dornelas fechou a mão e baixou-a com força num murro no balcão. Marilda deu um salto no lugar.

– Merda! – urrou e voltou para sua sala.

Capítulo 12

Durante os quinze minutos seguintes, Dornelas zanzou pela sala como uma barata à procura de refeição. Olhava compulsivamente para o telefone em dupla esperança: que tocasse e que fosse o rapaz. Nada aconteceu. Ansioso e frustrado, arrancou o paletó do espaldar e saiu.

– Caparrós voltou? – disparou ao parar na porta da sala de Solano.

– Ainda não. Está em campo pegando os depoimentos dos amigos do Dadá – respondeu o investigador.

– E Lotufo?

– Está com o Dadá no IML.

– E você, o que faz?

Sentado na sua cadeira, Solano levantou os braços no ar e cruzou os dedos atrás da cabeça.

– Pensando em como encontrar esse Nickolas Crest. A empresa de cartão de crédito vai demorar uma eternidade para fornecer essa informação. E a descrição do dono do restaurante foi vaga demais. É impraticável sair pela cidade batendo nas portas de todos os hotéis pelo caminho. Não sei por onde começar.

– Venha comigo.

★

– Quero falar com a senhora Madalena Brasil, por favor – disse Dornelas à recepcionista do hotel.

– Quem quer falar com ela? – devolveu a moça.

– Delegado Joaquim Dornelas.

– Um minutinho, por favor.

A moça levantou o fone do gancho, apertou algumas teclas num aparelho escondido atrás do balcão e começou a murmurar no bocal, de modo conspiratório. Dornelas virou-se para Solano.

– O Chagas certamente já passou por aqui. Por isso quero colher minhas próprias informações.

– Diga, doutor.

– Converse com todos aqui do hotel e descubra o máximo que puder sobre os movimentos de Madalena desde quando ela fez *check-in*.

– Deixe comigo.

A recepcionista pôs o fone no gancho e virou-se para o delegado:

– Ela está esperando pelo senhor no quarto de número doze, no fundo do jardim, depois da piscina – disse apontando a mão na direção para onde Dornelas começava a se dirigir.

– Eu sei onde fica.

A moça sorriu e o observou partir.

★

Dornelas bateu na porta com mais força do que havia batido na primeira visita. Ao receber uma instrução abafada de dentro do quarto, o delegado a abriu e, segundos depois, Madalena apareceu. Ela tinha uma expressão cansada, os olhos vermelhos e fundos. Pelos sulcos profundos nas maçãs da face, que murcharam como casca de fruta em fim de feira, Dornelas presumiu que a morte da companheira havia exaurido as energias dela. De um dia para o outro ela perdera o viço, envelhecera numa questão de horas. Não ajudavam os cabelos desgrenhados, a ausência de maquiagem, a calça jeans e o blusão de moletom amassados, o que também indicava que ela se mantivera deitada até ele chegar.

Madalena o encarou, abriu o sorriso fulgurante e Dornelas pôde notar que mesmo fraca, a luz que ela emitia ainda brilhava em seus olhos. Em meia fase, mas brilhava.

— Oi, Joaquim — disse estendendo a mão ao delegado e beijando-o na face. — Posso chamá-lo de Joaquim ou daqui por diante precisarei chamá-lo de delegado... ou talvez doutor?

Dornelas moveu a cabeça e deu de ombros.

— Chame como quiser. Preciso conversar com você. Pode ser agora?

— Pode ser a hora que você quiser. Não me resta muito a fazer senão esperar.

Madalena o convidou a entrar e sentar na mesma cadeira, diante da mesma mesa do dia anterior. Dornelas optou por manter-se de pé por um tempo. Queria estudar o quarto antes de se acomodar. Vendo que ele olhava em volta, ela se jogou na poltrona em que pintava as unhas na véspera, liberando-o para investigar o que quisesse. O simples vulto se movimentando naquela parte do quarto o fez se lembrar das coxas nuas dela, uma imagem vívida na memória.

— E a moça da editora, já foi embora? — perguntou.

— Dispensei-a ontem à noite — respondeu Madalena, evitando entrar em detalhes. — Quando você o corpo será liberado?

Dornelas abriu as portas do armário, estudou o conteúdo de cima a baixo, fechou-as e analisou o banheiro, pelo que dava para ver pela porta aberta: toalhas e objetos femininos sobre a pia.

— Logo — respondeu e virou-se para o roupão jogado sobre o espaldar de uma das cadeiras. Sobre a mesa, a TV desligada.

Nada digno de nota. Na cama desarrumada, havia uma marca de corpo humano nos lençóis amassados, assim como a cabeça no travesseiro do mesmo lado. Sobre a mesa da cabeceira, uma caixinha de lenços de papel, um par de óculos de leitura e um dos livros de Georgia Summers aberto como as asas de um pássaro, capa e contracapa viradas para cima. Dornelas bateu os olhos nele e notou que era diferente do exemplar que havia iniciado a leitura na noite passada.

– Comecei a leitura de *Paixão no Olimpo* – disse, apontando para o livro.

Madalena, que o acompanhava com os olhos, endireitou-se no lugar e perguntou, entusiasmada:

– Você está gostando?

Ele encolheu os ombros, soltou um *humpf* e continuou a inspeção. A mulher afundou-se novamente nas almofadas. O quarto exalava um odor quente e viciado, uma mistura de mofo, hálito humano e perfume feminino.

– Posso abrir um dos vidros? – perguntou o delegado.

– Fique à vontade. Está mesmo abafado aqui dentro.

Dornelas afastou as cortinas de uma das janelas e escancarou uma das folhas do vidro para o odor frio de maresia invadir o ambiente. Em seguida, dirigiu-se à cadeira para a qual ela o havia convidado a se sentar e lá se acomodou. Respirou fundo, curvou-se, apoiou os dois cotovelos sobre os joelhos e a encarou.

– Por que você mentiu para mim?

– Como assim? – rebateu Madalena, com os olhos arregalados de espanto.

Em tom grave, Dornelas não deixou por menos:

– Sei que você jantou com Gytha e Nickolas Crest no restaurante *El Toro*, na praia Mansa. Você chegou com ele em torno de nove e cinquenta e Gytha chegou pouco depois das dez.

Os imensos olhos azuis ficaram aguados de repente, num fluxo intenso que logo transbordou e escorreu. Madalena cobriu o rosto com as mãos.

– Ai, meu Deus. Estou tão desesperada com tudo isso!

Dornelas não se sensibilizou com a choradeira, um ardil para desviar sua atenção, e manteve sobre ela um olhar duro e frio. Sob o crivo do delegado, Madalena, por sua vez, debatia-se por dentro.

– O que posso dizer, Joaquim? – Ela abriu os braços e espalmou as mãos úmidas no ar.

– Que tal a verdade?

– E como eu poderia ter dito a verdade ontem? – rebateu a mulher de um jeito desafiador – Eu não conhecia você! Não sou esse tipo de mulher que sai por aí escancarando a própria vida para o primeiro que passa. Além do mais, eu não sabia que você era delegado até me contar da morte da Gigi.

Madalena mentiu e tinha um motivo no mínimo aceitável para fazê-lo. Não havia como Dornelas discordar disso, por mais que quisesse. Ela então avançou para a ponta da poltrona, apoiou os cotovelos sobre os joelhos, baixou a cabeça e passou a olhar para o chão, posição na qual permaneceu por um tempo, como se acompanhasse uma formiga caminhando sobre o tapete. Porém, num estalo repentino, fruto de uma espécie de fagulha que se acendeu nos olhos, ela levantou a cabeça e retomou a conversa num gorgolejo:

– Eu e Gytha havíamos combinado de jantar com o Nick num restaurante aqui na cidade. Eu estava no chuveiro quando ela entrou no banheiro e disse que não queria esperar por mim. Queria dar uma volta sozinha para conhecer Palmyra antes do jantar.

– A que horas foi isso?

– Pouco antes das sete – disse, virando-se para o delegado e depois voltando o rosto para o chão, a cabeça caída de novo, os olhos agora girando frenéticos dentro das órbitas.

– E? – provocou Dornelas.

– Bem – endireitou-se como se alguém tivesse lhe cutucado as costelas –, a decisão foi repentina, me pegou de surpresa. Em geral, esperávamos uma pela outra. Mas como comtumo demorar no banho, para escolher uma roupa, essas coisas de mulher, não vi problemas. Apenas pedi que ela voltasse antes do jantar para sairmos juntas.

Vendo que a conversa havia sido levada para o rumo desejado, Dornelas aprumou-se na cadeira, apoiou o cotovelo sobre a mesa e a cabeça naquela mão.

– O que aconteceu depois?

– Meia hora mais tarde, ela ligou no meu celular e mudou todo o programa. Disse que havia conhecido umas pessoas na cidade que indicaram um restaurante espanhol na praia Mansa, o *El Toro*. Segundo ela, magnífico. Confesso que naquele momento estranhei o tom de voz e a maneira dela falar. Parecia alterada, excitada demais.

– Vocês usam drogas?

– Fumamos maconha, principalmente antes de fazermos amor – respondeu Madalena em tom nostálgico.

– E cocaína?

– Eu não. Gigi sim. Esse era um hábito que ela trouxe da Europa. Sempre que íamos a alguma festa de lançamento ou evento do tipo, ela cheirava antes de sair. Isso quando conseguia, onde quer que fosse. Por mais que Gigi fosse famosa, ela era muito tímida, tinha dificuldades para lidar com a fama. A cocaína escamoteava essa característica de um jeito muito eficiente. Sempre que cheirava, Gigi se transformava em outra pessoa, mais aberta e sociável. Autores, em geral, são bichos muito solitários, passam dias sentados diante de uma folha de papel ou tela de computador com nada além dos seus pensamentos. Quando a fama chegou e ela passou a ganhar muito dinheiro, e com isso ser cada vez mais requisitada para eventos, especialmente nos Estados Unidos, Gigi teve muita dificuldade em lidar com essa parte social da carreira. Por causa da fama, nos mudamos para os Estados Unidos, para ficar mais perto dos leitores dela. Escolhemos Isle au Haut, no Maine para, ao mesmo tempo, podermos nos isolar sempre que os eventos terminassem. Gigi dizia que aquele lugar lembrava muito a vida pacífica que ela teve na infância, na Dinamarca. Ela dizia que o lugar, o isolamento, trazia a paz de espírito que precisava para inventar todas aquelas histórias.

Enquanto ela contava, Dornelas estudava o modo de ela falar, gesticular e portar-se, nos mínimos detalhes, como um detector de mentiras, neste caso, de carne e osso. Uma parte da sua mente, no entanto, se concentrava em admirar a beleza da mulher.

– O que você acha de Isle au Haut? – indagou Dornelas, absorto em sua análise.

– É um lugar muito bonito, mas às vezes pacífico demais. E quando faz frio, faz para valer. Gosto de lá. Escolhi morar lá para ficar ao lado dela, ajudá-la na carreira. Mas sinto falta do calor do nordeste brasileiro, das praias, do sol, de usar biquíni, essas coisas.

Uma pergunta lhe veio à mente. Os olhos correram o teto e as janelas à espera de um sinal interno que o autorizaria a fazê-la. Não recebeu sinal algum. Resolveu disparar mesmo assim:

– Gytha é seu primeiro relacionamento com uma mulher? Você já teve homens na sua vida?

Madalena estudou-o longamente antes de responder. Procurava nos olhos do delegado algum traço de preconceito ou mesmo interesse dissimulado, dado que muitos homens fantasiam fazer sexo com duas mulheres ao mesmo tempo.

– Tive diversos namorados quando morava no Brasil. Fui casada com um pernambucano por dois anos. Frustrei-me com todos os homens que conheci, com exceção do meu pai.

– Alguma razão em especial?

– Sei lá – disse em tom zombeteiro. – Das duas, uma: a culpa ou era minha por não estar apaixonada, ou por que me traíam a torto e direito.

– Trair uma mulher como você? – retrucou surpreso, o delegado.

Ela sorriu com desdém.

– E por que não? Só por que sou bonita? Muitos homens fazem isso não por não amarem mulheres bonitas, mas por não conseguirem lidar conosco. Ser bonita é uma dádiva e uma maldição ao mesmo tempo. Sofri muito nas mãos dos homens e mais ainda nas das mulheres, especialmente quando estava solteira. Mulher nenhuma quer ser amiga de mulher bonita, especialmente quando tem um homem. Ela sempre vai achar que sou uma concorrente difícil demais de superar, além de achar que vou querer roubar o homem que está com ela. Se nós, mulheres, não tivéssemos tanta inveja umas das outras, já teríamos nos unido e conquistado o mundo. Vocês, homens, não teriam a mínima chance.

– Não tenho dúvidas disso.

Repentinamente, Madalena levantou-se e se dirigiu ao frigobar que abriu e de onde tirou uma garrafa suada de água mineral.

– Você quer? – perguntou.

– Por favor – respondeu Dornelas.

Ela tirou outra, depositou uma delas sobre a mesa, diante dele, e foi ao banheiro. Voltou com dois copos de vidro e a garrafa numa das mãos, como se segurasse bolinhas de tênis. Entregou um copo a Dornelas, que agradeceu, destampou a garrafa e despejou a água no copinho, que suou rapidamente. Madalena voltou a sentar-se na poltrona e disse, enquanto servia água no copo que depositara sobre a mesa de cabeceira, ao lado do livro:

– Conheci Gigi quando estava casada. No início, fiquei muito perturbada por amar alguém do mesmo sexo. Depois, talvez por causa de toda a frustração que eu havia tido nos relacionamentos anteriores, todos com homens, resolvi ceder. Traí meu marido com Gigi mais de uma vez. – Ela levantou o copo e deu um golinho. Um bigodinho brilhante e transparente se formou no lábio superior carnudo. – Sabe o que aprendi?

Dornelas nada disse, apenas fez um meneio com a cabeça e aguardou.

– Aprendi que mulher trai e homem distrai. Homem é como gato, Joaquim, gosta da comida no horário, a poltrona pra assistir televisão, a cerveja gelada, as roupas em ordem no armário e a foto da família na entrada, pra todo mundo ver. Por trás desse jogo de cena, ele dá suas escapadas, mas volta. No caso de ser o provedor, às vezes conscientemente até, ele facilita para a mulher descobrir, só pra mostrar quem é o dono do pedaço, como que para dizer que o lugar dela não está tão seguro assim. O recado fica nas entrelinhas: ou ela se esforça mais, ou toma um pé na bunda. Com mulher é diferente, quando trai, homem nenhum descobre. E quando se apaixona por outro, ou outra, como no meu caso, não tem conserto. É divórcio na certa. Quando conheci Gigi, entendi que meu lugar não era com os homens. Tenho sido muito feliz desde então.

– Sem rusgas?

– Claro que brigamos, como todos os casais. Mas sabemos que nos amamos e deixamos isso de lado.

Vendo que o tema do relacionamento entre as duas estava coberto, Dornelas resolveu mudaro rumo da conversa.

– Vamos voltar um pouco. Para onde você acha que ela foi depois que saiu do quarto? Ela conhecia alguém na cidade?

– Não sei dizer. Gigi sempre foi muito fechada, reservada mesmo, em algumas áreas da vida. Era uma mulher cheia de segredos. Em certos momentos, uma pessoa impossível de se chegar perto.

– Você soube que ela alugou um barco?

– Soube só depois que ela chegou ao restaurante. Depois que saiu, ela me ligou e disse que iria por conta própria, e que eu devia combinar tudo com o meu amigo sobre como chegar até lá.

– O que você achou disso?

– Fiquei putíssima da vida.

– E fez o quê?

Lágrimas voltaram-lhe aos olhos, mas não caíram, graças às piscadelas seguidas que ela deu. Madalena soluçou baixinho, esticou o pescoço, engoliu alguma coisa – a dor talvez – e seguiu em frente.

– Nada. Apenas liguei para o Nick e mudei tudo conforme ela havia pedido.

– Pedido? – retrucou Dornelas. – Para mim soa mais como *mandado*.

Madalena lamentou com um movimento lento da cabeça, começou a soluçar baixinho e disse em tom de desabafo:

– Gigi nunca estava cem por cento disponível para mim. Se ela combinou de se encontrar com alguém aqui em Palmyra, foi sem eu saber.

A mulher bebeu mais um gole da água, pôs o copo sobre a mesinha e grudou os olhos numa aba da colcha da cama desarrumada. Por mais que a visão estivesse na aba, a mente vagava por algum lugar muito longe dali.

– Você tem ou tinha acesso aos *e-mails* dela, celular, senhas, essas coisas?

Ela balançou pesadamente a cabeça de um lado a outro, sem tirar os olhos da colcha.

– O celular dela está com você?

– Não – rebateu, se afundou entre as almofadas e desatou a chorar.

Capítulo 13

Como plástico derretendo, o rosto de Madalena contraiu-se e transfigurou-se numa carranca em questão de segundos. Aos olhos do delegado, a mulher se contorcia por dentro. Se ele tinha intenção de mantê-la ligada na conversa por mais tempo, o correto seria mudar de assunto com a mesma frequência com que se muda a brincadeira para uma criança de três anos.

– Como vocês funcionam na questão de dinheiro? Quero dizer, quem paga, ou pagava, as contas? – perguntou o delegado procurando trazê-la de volta à realidade.

A mulher parou de chorar de repente, se enrijeceu no lugar e se virou vagarosamente para ele.

– Como é? – retrucou de modo agressivo.

– Dinheiro – repetiu, enfático. – Quem de vocês cuida, ou cuidava, disso?

– Gigi, sempre foi a Gigi – respondeu Madalena, num olhar vago. – Gigi pagava tudo. Da minha parte, o que posso dizer, sacrifiquei minha carreira de agente literária para poder ajudá-la. As vendas dos livros são nossa única fonte de renda – ela baixou a cabeça, soltou um suspiro profundo e com ele concluiu: – Uma boa fonte, eu diria.

O ressentimento no tom de voz dela era evidente, assim como passou a ser o jeito de olhar, frio e penetrante. Naquele momento, o delegado percebeu que Madalena não era mais a esposa de uma escritora famosa, mas uma mulher que calculava. Diante dessa constatação, restava uma pergunta fatídica a fazer.

– Gytha tinha seguro de vida?

– Sim.

– De quanto?

– Cinco milhões de dólares.

– Quem é o beneficiário?

– Eu – esbravejou Madalena.

– Você é a herdeira do dinheiro dela?

Subitamente, a mulher levantou os olhos do chão e encarou o delegado numa expressão que envolvia indignação e raiva misturadas.

– Você está sugerindo que eu a matei por causa de dinheiro?

Dornelas nada respondeu. A pergunta em si trazia a resposta: apontar Madalena como suspeita da morte da companheira.

– É uma possibilidade. A não ser que você tenha alguma coisa mais a dizer que me faça abandonar essa ideia – respondeu calmamente o delegado.

– O quê, por exemplo? – retrucou Madalena, levantando-se num salto, os braços estendidos e tensos ao longo do corpo, as mãos fechadas, preparadas para um golpe.

Dornelas não se mexeu, apenas fitou-a com um leve sorriso e disse:

– Sente-se, por favor.

Madalena não se deu por vencida.

– Como ousa você vir aqui e me acusar de ter matado o amor da minha vida?

Farpas pareciam voar dos olhos dela. O delegado apenas inclinou-se mais e repetiu:

– Sente-se – e completou – Não estou pedindo.

Madalena, que bufava como um touro encurralado, sentou-se tensa na ponta da poltrona, apoiou os cotovelos nos joelhos juntos e a cabeça nas mãos fechadas, como uma criança que acabou de levar uma bronca.

— Fale um pouco sobre Nickolas Crest — solicitou gentilmente o delegado.

— É um amigo meu que veio para a Flip — rosnou a mulher.

— De onde ele é?

— Inglaterra.

— Da primeira vez que vim aqui você disse que não conhecia ninguém na cidade.

Madalena levantou a cabeça e olhou furiosa.

— E eu não conhecia você.

— Fato. Mas onde está esse seu amigo nesse momento? Preciso conversar com ele.

A mulher passou a estudar-lhe as linhas do rosto como uma vidente quando lê uma palma de mão.

— Não sei.

— Em que hotel ele está?

Com os dentes de baixo, Madalena passou a roer o lábio de cima como um rato mordiscando um biscoito.

— Acho que já partiu.

— Para a Inglaterra?

— *Hum-hum.*

— Pelo Rio de Janeiro ou por São Paulo?

Ela bebeu um gole de água e se afundou de novo na poltrona.

— Vamos, responda! — rosnou Dornelas.

— São Paulo — sussurrou ela.

Com os pensamentos zunindo na cabeça como zangões numa colmeia, Dornelas não se conteve e levantou-se. Andou até a janela aberta e encostou o traseiro no parapeito baixo.

— O que você e ele fizeram depois que Gytha voltou para o barco?

Mais uma longa pausa, que Dornelas aguardou sem tirar os olhos dela. Sentia-se uma chave de fenda apertando ruidosamente um parafuso, a rosca a ponto de espanar. Era preciso cautela.

— Muito bem — suspirou e levantou-se Madalena. E com as mãos na cintura, disse: — Vou lhe contar tudo. — Ela trocou a poltrona pela ponta da cama e ergueu os olhos aguados e raivosos para ele. — Eu e Nick estávamos interessados um no outro, fazia algum tempo já. Não posso dizer que era um caso, mas estávamos interessados. Sei que parece confuso, mas por mais que eu amasse Gigi com todo o meu coração, eu sentia falta de um homem dentro de mim. Conheci Nick num evento da Gigi, em Paris. Ele é dono de uma editora pequena na Inglaterra e quando eu soube que viria para Palmyra, trocamos mensagens e decidimos nos encontrar. Foi assim que combinamos de jantar. E quando ele soube que eu era casada com outra mulher, uma escritora famosa, o interesse dele aumentou ainda mais. Na noite em que Gigi foi morta, assim que saímos do restaurante, ela decidiu voltar de barco para a cidade. Eu vim para cá e esperei por ela.

— Sozinha?

— Não.

— O que você e Nick fizeram enquanto esperaram?

Madalena o encarou longamente e resmungou:

— Amor.

Sem fazer qualquer menção se aprovava ou não o comportamento dela, uma vez que não lhe cabia tal intromissão, muito menos qualquer julgamento de valores, Dornelas sacou o celular do bolso e ligou para o de Solano. Dois toques depois, o subordinado atendeu:

— Pois não, doutor.

— Ligue imediatamente para a Polícia Federal nos aeroportos de Congonhas em São Paulo, Cumbica em Guarulhos, e no de Viracopos, em Campinas. Quero saber se Nickolas Crest partiu ou vai partir em algum voo para a Inglaterra. Se vai, retenha-o.

– Deixa comigo, doutor.

– Faça outra coisa – interrompeu Dornelas, pois uma ideia súbita surgiu. – Pegue com a Marilda o telefone do doutor Protásio Marcondes, da Polícia Federal de São Paulo, e me passe assim que puder.

– É pra já.

– Alguma coisa por aí?

– Bom, descobri que dona Madalena saiu com um homem às nove da noite. Uma recepcionista o viu quando ele veio buscar Madalena. O sujeito anunciou em inglês o nome de Nickolas. E outra viu Madalena entrar com um homem mais tarde. A do turno na madrugada apenas disse que os dois entraram sem dizer nada. Pela descrição de ambas, parecem ser a mesma pessoa.

– Bom trabalho.

– O que faço então?

– Ligue para os aeroportos que vou ligar para o Protásio, assim que você conseguir o número.

Dornelas desligou e colocou o telefone sobre a mesa. Virou-se para Madalena.

– Seu amigo está na linha de fogo a partir de agora.

– Por quê? Por ter feito amor comigo? – Ela se levantou mais uma vez, colocou as mãos na cintura e projetou o queixo para frente, como que chamando o delegado para um embate. – Está com inveja dele, delegado Joaquim Dornelas?

Tomado por um desânimo atroz, o delegado inspirou, depois expirou devagar e olhou para ela de um jeito complacente.

– A beleza é mesmo uma prisão que fez você confundir uma porção de coisas. Não misture jamais o meu papel nessa investigação.

A mulher largou os braços ao lado do corpo e despencou na ponta da cama, os olhos arregalados de assombro.

– Agora diga por que razão você quis apresentar o homem por quem estava interessada para o amor da sua vida, como você mesma disse? – Dornelas encheu o copinho com água gelada e voltou a se sentar na cadeira.

Madalena largou os braços soltos entre os joelhos e olhou para o chão. Estava exausta. O delegado aguardou calado, pacientemente, bebericando do copinho. O celular, que ele havia largado em cima da mesa, começou a tocar.

– Diga, Solano.

– Estou com o número do doutor Protásio.

– Um minuto que vou anotar – lançou sinais para que Madalena providenciasse papel e caneta. Ela apenas apontou para o bloco e a caneta que jaziam encostados numa pasta com o logotipo do hotel, ao lado da TV. Dornelas esticou-se, agarrou ambos com uma das mãos e voltou para a mesa, como uma mola.

– Pode falar.

Solano disparou uma sequência de números que ele rabiscou no bloquinho.

– Ótimo. Você já falou com a Federal nos aeroportos?

– Ainda não – respondeu o investigador, que prosseguiu antes do chefe retomar a conversa. – Doutor, sei que pode soar como má vontade ou incompetência minha, mas sinceramente acho que uma ligação do senhor vai fazer mais efeito do que uma minha. Com certeza eles vão agir mais depressa se o senhor ligar.

Dornelas bufou:

– Tudo bem. Talvez seja melhor mesmo. Você está na delegacia?

– Cheguei agorinha.

– Ok. Estou a caminho.

Desligou, guardou o aparelho e o papel no bolso do paletó e virou-se para Madalena.

– Me dê seu passaporte.

– Por quê? – objetou a mulher, surpresa.

– Você está proibida de sair do país até a conclusão das investigações. Se você estiver limpa, volta para casa com o amor da sua vida, num caixão. Ela tem família?

– A mãe e um irmão. Ambos moram na Dinamarca.

– Se você teve algum envolvimento na morte dela, o corpo será encaminhado à família, seja onde for, e você fica por aqui, certamente por um bom tempo.

Madalena estava atônita.

– O passaporte, por favor – repetiu Dornelas, com a mão espalmada em direção da mulher. Ela então se arrastou até o armário, abriu-o, Dornelas ouviu o clique do cofre e dois passaportes surgiram, um de capa verde e outro azul, que foram depositados por mãos trêmulas sobre a sua.

– Obrigado. Terminaremos esta conversa mais tarde.

Congelada no lugar, Madalena apenas observou Dornelas levantar-se, virar as costas e partir.

★

Minutos depois, o delegado pisava para fora do hotel. Uma brisa fria encanava pelas ruas estreitas e fustigava a massa de gente caminhando pelo Centro Histórico. A grande maioria andava devagar na direção da FLIP, defendendo-se como podia do vento, de cabeça baixa, atenta ao piso irregular de pedras arredondadas. Dornelas imediatamente levantou a gola e abotoou o paletó. Não chovia.

A noite engolia a última luz, lentamente. As lâmpadas acesas nos postes e nas lanternas antigas, presas às paredes de algumas casas, davam o sinal de que a escuridão avançava sobre a cidade. Dornelas alegrou-se ao ver Palmyra acesa, de luz e de vida.

Ao observar as pessoas na rua, foi tomado por grande satisfação, pois constatou que, assim como ele, homens e mulheres dos quatro cantos da Terra também se sentiam atraídos por aquela cidade do período colonial brasileiro do século XVII. Isso o fez ver-se como parte de um grupo pequeno e subversivo, que resiste a um mundo governado por excessos – de tecnologia, de conflitos, de falta de humanidade. Um sentimento reconfortante apareceu.

Ao iniciar a caminhada para a delegacia, puxou o celular do bolso e apertou algumas teclas.

– Pois não, doutor – disse Solano, do outro lado da linha.

– Madalena está sem os passaportes, proibida de deixar o país. Escale três plantonistas para vigiá-la em três turnos, vinte e quatro horas por dia.

– Pode deixar. Ela teve envolvimento na morte da parceira?

– É o que vamos descobrir. Em meia hora estarei aí.

– Até já.

Desligaram. Dornelas buscou um número no seu aparelho e ligou para ele. Dois toques foram suficientes para a voz cavernosa do juiz Souza Botelho surgir na linha.

– Diga, Dornelas.

– Boa noite, doutor. O senhor está no fórum?

– De saída. Minha mulher ligou há pouco dizendo que uma caldeirada à brasileira está no fogo. Do que precisa?

Sabendo do apetite voraz do juiz, um *gourmet* e glutão contumaz, Dornelas decidiu não fazer rodeios com ele e ir direto ao ponto.

– Uma medida cautelar impedindo uma suspeita de deixar a comarca de Palmyra.

– É sobre o caso da escritora?

– Sim, senhor.

– Tem de ser para hoje?

– É imprescindível.

Uma bufada.

– Pode vir. Mas seja rápido. Se as lulas passarem do ponto, viram chiclete e as postas de cação, puro isopor.

– Estou a caminho.

Dornelas ouviu o baque do juiz batendo o telefone, guardou o aparelho no bolso e correu para lá.

★

Notando que em mente e espírito o juiz Souza Botelho se encontrava em sintonia fina com a caldeirada à brasileira que borbulhava no fogão de casa, Dornelas foi objetivo ao explicar as razões que o fizeram reter os passaportes de Madalena. Durante a breve exposição dos fatos, o delegado notou que, vez por outra, o juiz furtivamente olhava o relógio. Tinha pressa. Suava pelos gomos de gordura da face rosada e da papada do pescoço que lhe caía sobre a gola da camisa. Tão logo a explicação terminou, os dedinhos rotundos de unhas esmaltadas passaram a metralhar o teclado do computador.

Para Dornelas, a medida cautelar daria embasamento jurídico à sua decisão. Não que isso impedisse o advogado de Madalena de derrubá-la sem grandes dificuldades, caso ela tivesse contratado um. O fato de os passaportes terem sido retidos sem a medida apenas facilitaria o trabalho. Mas diante das circunstâncias e da urgência das investigações, era melhor ter uma medida cautelar depois da retenção do que não ter nenhuma. A ordem dos fatores não alteraria o produto. Pelo menos era nesse ponto que Dornelas depositava sua fé.

– Aqui está – disse o juiz, entregando-lhe o papel que fora produzido em tempo recorde.

Em toda a carreira, o delegado jamais vira um funcionário público trabalhar com tamanha eficiência em tempo tão curto.

– Obrigado. E bom apetite – disse o delegado que notou uma fome imensa e crescente dentro de si.

– Da próxima vez, avise com antecedência e veja se pode jantar conosco.

– Será um prazer.

Dotado de grande empenho, o juiz Souza Botelho levantou o corpanzil da cadeira, esticou-se, forçosamente fechou o botão do casaco, que ameaçava ser disparado da casa a qualquer tempo, apagou as luzes e saiu com Dornelas no encalço.

★

– Doutor Protásio Marcondes, por favor – disse Dornelas à telefonista do QG da Polícia Federal de São Paulo.

– Quem deseja falar com ele? – devolveu a moça.

– Delegado Joaquim Dornelas, de Palmyra.

Ele aguardou um pouco e então recebeu duas das perguntas mais irritantes que alguém pode receber pelo telefone:

– De onde?

– Daqui mesmo – rebateu, gravemente.

– Qual o assunto?

Para esta, ao invés da irritação, um pensamento divertido cruzou a mente do delegado: *Diga que é o professor de balé querendo remarcar a aula*. Conteve-se. Protásio – agora doutor Protásio Marcondes, o *todo-poderoso* da Polícia Federal no Estado de São Paulo –, tinha sido contemporâneo de Dornelas dos tempos do curso preparatório para delegado na FMG, em Cabo Frio. Decidido a não sair de Palmyra, Dornelas passou no concurso para delegado de polícia. Ambicioso até a medula, Protástio decidiu, na última hora, prestar o concurso para a Polícia Federal. Passou em primeiro lugar. A mudança para São Paulo aconteceu assim que o coração de Protásio se engatou com o de uma paulista, durante as férias, em Campos do Jordão.

— Policial — limitou-se a dizer.

— Um minutinho — sibilou a moça, como uma máquina.

Dornelas esperou bem mais do que isso. Enquanto aguardava, passou os olhos pela janela, observou as folhas dos coqueiros do canteiro central da avenida balançando ao vento, tirou um lápis da gaveta e passou a fazer alguns rabiscos no bloco de notas sobre a mesa. Desenhou um círculo torto, com uma espécie de calombo em cima, outro embaixo: um coco. Foi quase capaz de sentir o sabor da água, da polpa, e rabiscou acima dois traços paralelos que se assemelhavam a um cabo. Protásio surgiu na linha:

— Grande Joca, como anda? — indagou de forma espalhafatosa o amigo.

— Tudo bem por aqui. E contigo, Protozoário?

Doutor Protásio gargalhou do outro lado da linha.

— Fazia tempo que eu não ouvia esse apelido. A coisa aqui é tão formal. Você sabe!

— O mundo está sério demais, não acha?

— Se está, tudo muito louco. Ainda mais aqui, no governo. O mundo se leva a sério demais! Mas diga, qual o motivo da sua ligação? — perguntou o manda-chuva da Polícia Federal, numa clara demonstração de pressa. Protozoário era certamente um homem muito ocupado.

— Você ouviu alguma coisa sobre a morte da escritora da FLIP, aqui em Palmyra?

— Já. Eu não queria estar no seu lugar, neste momento.

— Pois é — disse Dornelas, que seguia com os rabiscos enquanto falava. — A escritora era casada com uma mulher que tenho suspeita de estar envolvida de alguma forma no assassinato.

— *Hum-hum.*

No desenho, num dos lados, Dornelas seguiu com um, depois com o outro traço e virou ambos para baixo, ainda paralelos, numa curva de noventa graus. Viu algo semelhante a uma chave de rodas.

— Poucas horas antes do crime — prosseguiu —, essa mulher, a escritora e um homem, um inglês, jantaram juntos num restaurante daqui. Ao saírem, a escritora subiu no barco que havia alugado, enquanto a mulher e o homem voltaram para a cidade por terra.

— *Hum-hum.*

Do outro lado da linha, Protásio também dividia a atenção com outra coisa. O computador talvez, pois Dornelas era capaz de ouvir os estalidos dos dedos sobre o teclado.

— Ao chegarem a Palmyra ambos fizeram amor no quarto do hotel dela.

— Espere um pouco — interrompeu Protásio. — Quer dizer que os dois se preparavam para uma suruba com a escritora? Como a escritora não chegava, partiram para as vias de fato, sem ela?

No fim da curva, o delegado esticou as duas linhas para dentro e uniu-as formando um triângulo, uma ponta.

— Isso mesmo — afirmou. — Esse é o álibi dela. Quero ouvir a versão dele, mas...

— Já sei. O sujeito partiu de Palmyra e você quer que eu procure por ele nos aeroportos de São Paulo.

Não era para menos que Protásio chegara ao Everest da Polícia Federal em São Paulo, em poucos anos. O homem raciocinava na velocidade da luz.

– Isso mesmo.

– Congonhas, Cumbica e Viracopos?

– Perfeito.

– O nome dele?

– Nickolas Crest.

– Destino?

– Inglaterra. Londres, presumo.

– Se o encontrarmos, devemos retê-lo?

– Por favor.

– Assim que tiver alguma coisa, ligo para você.

– Ótimo.

– Mais uma coisa: cuide da papelada, só para evitar dores de cabeça com um possível advogado ou com a Embaixada Britânica.

– Deixa comigo.

– Ótimo. Passe seus números.

Dornelas passou os da delegacia, do celular e de casa. Trocaram saudações e desligaram. Dornelas ficou então intrigado com o desenho que produzira: um abridor de coco, em formato de chave de roda, desses que se encontra nos carrinhos de coco pelas ruas da cidade. A ponta longa e curva, afiada como navalha, é usada para perfurar a camada fibrosa, depois a carapaça e a polpa, até chegar à água, numa pancada só. Dado o golpe, uma simples volta no cabo e todas as camadas saem, como uma rolha. A ferramenta evita o uso de um facão. Seu cérebro então foi atingido por um raio. Dornelas rasgou o desenho da folha e correu para fora da sala, cruzou o corredor, a copa, acendeu a luz externa e saiu para o pátio.

Passou a vasculhar cada centímetro do barco destroçado. Puxou a lona da capota, removeu algumas das tábuas retorcidas, os assentos dos bancos laterais, abriu a tampa de acesso ao motor, a portinhola do armário da proa, puxou o estrado do assoalho e lá estava ele: o abridor de coco. Correu de volta para sua sala, buscou um saco plástico numa das gavetas e voltou para o pátio. Ao vê-lo passar em disparada, Solano foi atrás do chefe.

Debruçado sobre os destroços, Dornelas ensacou a ferramenta, evitando tocá-la com as mãos, e levantou-a contra a luz acesa sobre a porta dos fundos.

– *Voilá* – disse para Solano, que o observava de longe. – A arma que matou a gringa.

– Como o senhor pode ter tanta certeza?

– Note o formato da ponta afiada, em semicírculo. Aposto uma Coca-Cola com você que se encaixa perfeitamente nas feridas dela.

Solano aproximou-se do chefe, estudou a ferramenta que ele segurava nas mãos pelo plástico transparente e disse:

– Quer que eu mande para a Perícia?

– Imediatamente. Mas antes quero conversar com você, Caparrós e Lotufo. Já para a minha sala.

Capítulo 14

— Crianças, vamos fazer um apanhado do que temos até aqui — disse Dornelas aos três investigadores espalhados à sua frente. O delegado, sentado em sua cadeira, roçava com a mão o saco plástico com o abridor de coco que jazia sobre a mesa. A ferramenta estava limpa, sem qualquer sinal de sangue coagulado, no cabo ou na lâmina.

— Lotufo, como foi com Dadá no IML?

— Ele reconheceu a gringa no ato — respondeu o investigador que permaneceu em pé. — Assim que a moça do IML levantou o lençol, ele disse que era ela. Já o marinheiro, nada.

— Faz parte — lamentou Dornelas. — Caparrós, conseguiu alguma coisa além do que já temos com o dono do bar e com os amigos do Dadá, as mulheres, inclusive?

Assim que recebeu a pergunta, Caparrós, que sentara numa das cadeiras de visita, endireitou-se no lugar.

— Nada, doutor. Todos confirmaram o que Dadá disse para o senhor. Percebi que as mulheres, Soraia e Marta, quando falavam da gringa, soltavam comentários maldosos. Coisa típica de mulher protegendo o próprio território. Daí a terem cometido o assassinato, acho pouco provável.

Dornelas balançou a cabeça.

— Concordo — murmurou sem tirar os olhos da ferramenta. — Além do mais, não é qualquer um que consegue derrubar uma mulher daquele tamanho com... — virou-se para Lotufo — Qual era a altura dela?

— 1,92 metros.

– Que mulherão! – disse o delegado, apertando os lábios numa espécie de bico. – Duvido também que uma mulher, qualquer uma, tenha a força e ímpeto suficientes para dar dezoito golpes com isso aqui.

Uma parte da mente mantinha-se ligada à conversa. A outra, absortamente estava conectada à mão sobre o saco plástico, como se o toque na arma, mesmo ensacada, o ajudasse a colocar-se no lugar do assassino, e talvez com isso entender a motivação do crime. Batendo levemente os dedos no cabo, sob o plástico, Dornelas puxou do inconsciente a imagem de Madalena e colocou-a em sua tela mental. O material que veio a reboque o deixou em dúvida da ligação da mulher com o assassinato da parceira. Ficou irritado com a constatação. De alguma forma, o abridor de coco e Madalena não fechavam uma operação. Havia uma lacuna que o incomodava. Questionou-se se não estava forçando demais os fatos para querer intencionalmente incriminá-la de alguma forma. Sob o foco dos investigadores que o observavam calados, Dornelas puxou a mão e levantou a cabeça.

– Caparrós, e a namorada do argentino, alguma coisa?

– Está limpa, doutor. Confirmou a versão do namorado, que não duvido.

– Compreendo – murmurou mais uma vez. E lembrou-se de que deveria verificar com Vito a passagem do argentino e da namorada pelo restaurante, na noite do crime.

Por mais que estivesse de corpo presente, Dornelas estava com a mente longe dali, num lugar pacífico e indefinido.

Empreendendo grande esforço mental, Dornelas contou para seus subordinados, em poucas palavras, sobre o telefonema que recebeu do sujeito da moto; a conversa que teve com Madalena, suas suspeitas, embora incipientes, sobre a participação da mulher no crime; o pedido que fez ao doutor Protásio de reter Nickolas Crest num dos aeroportos internacionais de São Paulo, se ainda fosse possível. Àquela altura, o homem poderia estar em Londres, numa boa.

Subitamente, o delegado levantou-se, sacou o celular do bolso e tirou três fotos da ferramenta ainda ensacada sobre a mesa. Fechou o aparelho, agarrou o saco e entregou-o a Solano.

— Mande imediatamente para o Chagas e peça para ele levar o mais rápido possível ao IML, aos cuidados da doutora Dulce.

— Pode deixar.

— Boa noite, então — tirou o paletó do espaldar e saiu.

Os três investigadores se entreolharam surpresos e o viram sumir porta afora.

★

Dornelas praticamente arrastou-se da delegacia até o bar do Vito. Estava irritado. Seria o cansaço? A pressão do trabalho? Solidão? Falta de tempo para si? Não encontrou resposta. Diferente de outras horas em que usava a quietude do lugar como local de reflexão, Dornelas confirmou com Vito, com certo descaso, a presença do argentino na noite do crime, bebeu mecanicamente um copinho de cachaça — que não lhe caiu bem — pagou a conta e foi para casa.

No caminho, lembrou-se de que deveria retornar a ligação de Amarildo Bustamante e ligar para Frango para contar as últimas descobertas na investigação, conforme o combinado. *Fica para amanhã*, concluiu e seguiu adiante.

Abriu a porta, cautelosamente. Lupi saiu alegre, o rabinho a toda a velocidade. Dornelas permaneceu de pé, diante da porta aberta, enquanto o cachorro se aliviava ali por perto. Ainda no escuro, buscou um saquinho na gaveta da cômoda, recolheu o cocô do cachorro e jogou-o na lixeira da rua.

Entraram. Ao trancar a porta e acender a luz da sala, a irritação que lhe envenenava o espírito foi substituída por uma alegria quase infantil. Uma enorme caixa jazia no chão da sala: o aparelho de som que tanto sonhara.

Como um menino, agarrou a caixa e subiu para o quarto. Abriu-a às pressas, tirou o gabinete e os dois alto-falantes de dentro, arrumou espaço em cima da cômoda e instalou-os ali. Prendeu os fios dos alto-falantes na parte de trás, enfiou o fio da energia na tomada, as pilhas no controle remoto e saiu em busca do manual de instruções. O celular tocou.

– Dornelas – atendeu, afoito.

– Joca, encontramos o sujeito – disse Protásio, do outro lado da linha. – Nickolas Crest está com embarque marcado para Londres no voo 3582 da TAM, amanhã às 12h30min. Sai de Guarulhos. Quer que eu o retenha?

– Quero. Leve-o para sua sede.

– Você quer que eu conduza o depoimento por aqui, com você conectado remotamente?

Dornelas conteve uma vasta gargalhada.

– A única coisa remota que tenho disponível na delegacia é o controle da TV. E a conexão de internet não é lá essas coisas. Pode ser por telefone?

– Claro – respondeu Protásio. – Assim que botarmos as mãos nele, ligo pra você.

– Combinado.

– Falamos. Abraço.

– Outro.

Desligaram. Aproveitando que o encanto com o aparelho de som havia sido quebrado, Dornelas discou o número da namorada. Ela atendeu no primeiro toque.

– Como cê tá? – ronronou Dulce do outro lado da linha.

– Cansado, mas bem. E você?

– Exausta e com uma noite cheia pela frente.

– O que houve?

– Largaram um carro com três presuntos na Rio-Santos. Mais um com placa do Rio de Janeiro.

– O Miranda está investigando? – indagou o delegado.

– *Hum-hum* – respondeu Dulce. – A passos de tartaruga. Se Marealto fosse Palmyra e ele fosse você, a coisa teria andado mais rápido. A única coisa que consegui saber até agora é que os três têm passagem pela polícia.

– Coisa da PM?

– Sei lá. Só sei que matar lá e desovar aqui é muita sacanagem. – Dulce soltou um suspiro profundo – Sinto sua falta.

– Eu também sinto a sua. Muito.

– Não vou conseguir te ver hoje.

– Isso não é bom! Se der, compensamos amanhã. Vou para sua casa.

– Combinadíssimo!

– Chegou meu aparelho de som – disse ele, mudando o tom melancólico da conversa.

– Toque alguma coisa pra gente.

– Vou escolher a dedo. Cuide-se aí. Nos falamos amanhã.

– Assim que der. Um grande beijo.

– Outro pra você.

Dulce desligou antes dele. Dornelas olhou o relógio: dez e vinte. Por um lado, lamentou não ver Dulce. Por outro, tinha a noite inteira para explorar seu novo brinquedo, sozinho.

Com as mãos trêmulas, mirou o controle para o aparelho, apertou o botão *power* para um tipo de objeto espacial luminoso acender-se no quarto. Assim que o som grave de uma estação de rádio reverberou das imensas caixas de som, feixes de luz verde e cor de laranja passaram a irradiar em todas as direções. Apertou o botão do modo *CD* e o silêncio imperou novamente. Atirou-se escada abaixo até a sala, buscou um dos *CDs* da coleção e subiu com ele entre os dedos. Apertou o botão *open*, a gavetinha do aparelho deslizou para fora como uma língua mecânica, e ele cuidadosamente depositou ali o disquinho. Selecionou a música no controle remoto, enterrou o dedo no botão do volume e os primeiros acordes grandiosos de *Adiós Nonino*, de Astor Piazzolla, ecoaram nos quatro cantos do ambiente.

Embalado pelo *bandoneón* do gênio argentino, Dornelas empertigou-se inteiro, fez um arco com o braço direito, pôs o esquerdo para o lado, imaginou Dulce entre eles e saiu rodopiando pelo quarto. Emocionou-se. Nem três minutos se passaram e o telefone fixo tocou. Ao ser interrompido, bufou. Correu então para o controle remoto, apertou o *pause* e atendeu apressado:

– Dornelas.

– Ah, então seu nome é Dornelas! – esbravejou uma voz masculina, do outro lado da linha.

– Quem fala? – retrucou, irritado pelo tom agressivo.

– Seu novo vizinho. Essa música vai parar ou vou ter que chamar a polícia? Já passa das dez e está impossível de se dormir com o volume alto desse jeito.

Como homem da lei que comete crime comum, Dornelas foi tomado por uma vergonha sem igual. Para não sujar o distintivo com um deslize tão pequeno, resolveu não se identificar.

– O senhor me desculpe. O volume vai ficar baixo a partir de agora.

– É melhor mesmo.

Essa frase fez a paciência do delegado ir além do ponto de ruptura. E como um elástico novinho em folha, não estourou por muito pouco. Bancar o policial durão àquela altura era como dar um tiro no próprio pé, pois o respeito conquistado na comunidade para a qual trabalhava erodiria no minuto seguinte em que explodisse com o vizinho.

— Além do mais — disse o sujeito já mais calmo por ter conseguido o que queria —, não aguento essa música, as marteladas, essa gaitinha. Estão me dando nos nervos! Se fossem Moitão e Mutum, ainda vai. Mas isso?

Indignado, o delegado balançou a cabeça de um lado a outro, encolheu acanhadamente os ombros e perguntou-se: *Moitão e Mutum?*. Para alguém menos esclarecido, comparar a dupla com Astor Piazzolla soaria como uma ostensiva ofensa pessoal. Para Dornelas, nada restou além de um suspiro lamentoso. O desânimo foi tamanho que ele nem quis se dar ao trabalho de explicar ao vizinho sobre a riqueza e a genialidade do músico portenho.

— Pode dormir em paz. Boa noite.

Bateu o telefone, baixou bastante o volume e apertou o *play*. Com a música melodiosa emanando suave dos alto-falantes, Dornelas despiu-se devagar e jogou as roupas sujas no cesto do banheiro. Sob o olhar atento do cachorro deitado no tapetinho do banheiro, o delegado esticou-se todo e, insolente, arriscou mais alguns passos a caminho do chuveiro.

★

O sono custou a chegar. E quando veio, não foi para valer. Dornelas cruzou a noite naquela região indefinida entre a mente que não descansa e o sono profundo que não vêm. O limbo, talvez. Nem mesmo a história açucarada de *Paixão no Olimpo* o ajudou a abandonar a vigília. A sensação ao acordar foi comparável a uma surra que certa vez levou na escola. Os músculos doíam e os olhos lhe ardiam como se girassem imersos em lama fresca.

De todos os fatores que contribuíram para isso — o cansaço excessivo, a chuveirada quente demais, o imenso prato de arroz com feijão, carne moída e purê de batatas que devorou como um animal antes de deitar –, a cama inteira para si foi o que mais o incomodou.

Naquele momento, Dornelas constatou que Dulce havia conquistado um espaço na sua alma e na sua vida de um jeito muito suave, suave demais até – o famoso jeitinho feminino, como ela mesma definia –, que atravessar sem ela a solidão das noites passou a se tornar algo desconfortável. Como um cão velho incapaz de aprender um truque novo, Dornelas acostumou-se com a presença dela ao seu lado na cama.

Quem sabe este não era um dos muitos sinais que marcam uma vida, sinais percebidos apenas por donos de corações atentos, de que ele atingira o ponto da existência em que a companhia feminina – não qualquer uma, mas a de Dulce em especial –, não era apenas desejada, como extremamente bem-vinda e necessária para apaziguar seu espírito. Como homem independente de corpo e alma, Dornelas viu-se ligado a uma mulher como nunca antes.

Contente, passou a mão no telefone e ligou no celular dela. Caixa postal. Decidiu não deixar recado. Ela poderia estar dormindo e ele não queria passar recibo de homem pegajoso e desesperado.

Decidiu então desfrutar um pouco mais do aparelho de som. De cueca, esgueirou-se até a sala, cauteloso – pois não sabia se Neide havia chegado –, buscou outro CD na coleção e subiu. Ligou o arsenal eletrônico, abriu a gavetinha e trocou o disco. Apertou *play* para os dedos robustos de Yefim Bronfman acariciarem as teclas do piano e fazerem surgir, como em sonho, as primeiras notas do concerto número 3 de Sergei Rachmaninov.

Em espírito, Dornelas subiu aos céus e além, pois assim que as mãos do pianista russo dispararam em velocidade impressionante sobre o teclado, uma espécie de turbina foi acionada em sua mente, que passou a acompanhar o ritmo eletrizante do primeiro movimento.

Dornelas foi então arremessado em pensamento para a cena do crime: as pegadas na areia, no deque, em especial o barco de Marcos Altino que imaginou ancorado além da rebentação; o marinheiro protegido da chuva sob a lona verde da capota; Gytha protegida sob o telhado o bar.

Por toda a sucessão de eventos que a investigação revelara até aquele momento, algumas questões lhe pareciam certas e outras não passavam de suposições. Divagou: Gytha saiu do restaurante pouco depois das onze da noite, subiu no barco, navegou ao longo da praia e desceu novamente diante do bar onde estava Dadá e sua turma. Encontrou-se com o rapaz da moto e foi sambar sob o olhar astuto deste, que permaneceu ao celular protegido pela sombra do chapéu-de-sol. Terminada a dança e notando que o portão de ligação entre as praias estava aberto, seguiu por terra para o bar da praia Brava, antes da chuva, que assim que caiu apagou por completo as pegadas na trilha. Sozinha ou acompanhada? Era cedo para afirmar.

Marcos Altino, por sua vez, recebeu a instrução para contornar com o barco o morro entre as praias Mansa e Brava e lá esperar pela mulher. Ao chegar, decidiu ancorar em local distante, longe da rebentação. A explicação para ambos terem procedido dessa forma era simples: com o mar agitado em razão da chuva e do vento que entravam ruidosamente na baía – especialmente na praia Brava, que tem a face escancarada para o mar aberto –, seria impossível aproximar a baleeira da praia para Gytha pular no raso sem se molhar por completo. As ondas fortes certamente jogariam o barco sobre a escritora assim que ela pisasse em chão firme. O inverso, por sua vez, também não seria possível. Esse fato o deixou intrigado. E pelo que conseguiu observar da cena do barquinho saindo de

Palmyra, a pequena baleeira não levava um bote com motor de popa a reboque, o que teria permitido o desembarque direto na praia.

Outros fatores também sustentam essa hipótese: estimando a inclinação da praia, pouco acentuada, o baixo calado do casco, a hélice e o leme, uma baleeira pequena como aquela navegaria sem problemas em águas com cerca de setenta centímetros de fundura, em baixa velocidade. Segundo Faustino Arantes, para a escritora desembarcar na praia Mansa, Marcos aproximou a proa do barco o mais que pôde da areia seca, o que não evitou dela pular na água, porém no raso. Isso, em si, justifica as pernas das calças da escritora estarem molhadas na altura dos joelhos.

O mar bravo também explica o motivo do marinheiro ter escolhido como ancoradouro as águas mais profundas. Caso a âncora soltasse do fundo em razão do mar agitado, ele teria tempo suficiente de ligar o motor e levar o barco para o mar aberto. Cortar o cabo da âncora, por sua vez, pareceria a ele o recurso mais sensato se a âncora ficasse presa sob uma pedra, o que de fato aconteceu. Se ele estava vivo ou morto quando o cabo foi cortado, era outra questão que intrigava o delegado.

No entanto, havia uma prova concreta: as pegadas saindo do mar, subindo pela praia, andando pelo deque e chegando até onde estava Gytha; pegadas que não eram de Marcos Altino, muito menos da escritora, como Chagas havia confirmado. *Quem teria sido assassinado em primeiro lugar?*, perguntou-se Dornelas.

Se o assassino veio por mar, em outro barco, possibilidade que passou a considerar, o mais correto seria afirmar que o marinheiro morreu antes da escritora. Longe dos holofotes da praia e da observação de uma cliente embriagada, o marinheiro seria a presa perfeita.

Se a sequência foi mesmo essa, após ter matado Marcos, o assassino foi para a praia e em seguida matou a escritora. *Mas estaria Gytha tão fisicamente devastada a ponto de não perceber alguém se aproximando para matá-la? Ela não teria se assustado com a invasão?* questionou-se, e logo lhe veio a resposta: *Não se ela estivesse esperando pelo assassino, que forneceu a ela a cocaína que ela cheirou, antes de matá-la.*

Se Chagas e Dulce comprovarem que o abridor de coco foi a arma utilizada no crime, a ferramenta foi usada na praia e depois levada para o barco. Sendo assim, não seria imprudente afirmar que o assassino matou Marcos com a cana do leme, foi à praia, matou Gytha com o abridor de coco, voltou ao barco, jogou a arma no piso e cortou o cabo da âncora. Tudo para apontar Marcos como o assassino da escritora, o que faria a polícia pensar que ele acidentalmente morreu ao bater a cabeça enquanto tentava lidar com o barco em meio aos vagalhões.

Mas o assassino cometeu um erro grosseiro, concluiu Dornelas: matou o marinheiro com excesso de vontade. O ferimento produzido pela cana do leme foi profundo demais para ter sido produzio por uma pancada acidental. Dulce confirmou essa teoria. A força empenhada no golpe foi brutal, o que deixou claro ao delegado, junto com as pegadas na areia, que uma terceira pessoa executou tudo. *Quem?* E se ela foi golpeada na carótida esquerda em primeiro lugar, de frente, isso indica uma possibilidade bastante grande de o assassino ser destro.

Absurda num primeiro momento, a teoria do mergulhador misterioso de Chagas começava a fazer sentido.

Por outro lado, e enquanto os dois crimes era executados na praia Brava, Madalena e Nickolas faziam amor no quarto do hotel dela. A recepcionista confirmou que chegaram juntos e que ele só saiu mais tarde. Isso, em si, configurava um álibi perfeito para Madalena, pois eliminava a mulher da cena, mas não da suspeita para a qual Dornelas procurava uma prova. Paralelamente, porém, ele duvidava da participação dela.

Concentrou-se então no rapaz da moto e repassou na cabeça a conversa que teve com ele pelo telefone, de trás para frente, de frente para trás. E como num trecho de música que o fisga pelas entranhas, geralmente iniciado por uma nota meticulosamente escolhida que faz o restante da melodia ganhar um tom mais grave e singular, o delegado teve a atenção absorvida por uma passagem específica. Concentrou-se no ponto em que perguntou ao rapaz se ele estava usando o celular enquanto observava Gytha dançar. Ao tocar nesse assunto, o sujeito negou ter matado a escritora e desligou abruptamente.

Dornelas intrigou-se com a atitude e passou a considerá-lo não como o assassino direto, mas como o elo faltante. Talvez o rapaz ali, junto da moto, naquela hora e lugar, não fosse mera casualidade como a situação o forçava a pensar, mas parte de um plano muito bem orquestrado.

O delegado Joaquim Dornelas alegrou-se com a conclusão a que chegara e com o final do terceiro movimento do concerto de Rachmaninov. Já vestido, desligou o aparelho e desceu. Passeou com Lupi pela rua, voltou para deixá-lo em casa e saiu novamente para tomar café da manhã na padaria do Onofre.

Capítulo 15

Para Dornelas, a verdadeira culinária não se encontra nos pratos ricamente elaborados, muito menos na sofisticação exagerada da alta gastronomia, mas na magia de quem prepara a comida simples de todos os dias.

Nada como o aroma do café quentinho, tirado na hora, uma lasca de manteiga deslizando sobre o pão francês que acabou de sair do forno e o suco de laranja espremido ali, na sua frente, para avivar-lhe o paladar. Dornelas saboreou seu café da manhã como um rei num banquete. Uma cena típica de propaganda de margarina, não fosse o fato de ele se refestelar sozinho num balcão de padaria.

Satisfeito com a refeição, consigo e com a vida, o delegado pagou a conta e saiu saltitante pelas ruelas do Centro Histórico. Mesmo com o céu cinza e enrugado – não caía uma gota sequer –, em espírito Dornelas dançava na chuva como Gene Kelly em *Singin' in the rain*.

★

O número de jornalistas era nitidamente maior naquela manhã. Bastou cruzar a porta de entrada para que o grupo descolasse as bundas dos bancos e das paredes, e avançasse avidamente sobre o delegado, que se esquivou como pôde até chegar à mesa da recepção.

– Bom dia, Marilda – disse para a recepcionista.

– Bom dia, doutor.

— Algum recado?

— Doutor Amarildo pediu retorno urgente. Disse que tentou ligar no celular do senhor e não conseguiu.

Dornelas rapidamente buscou o aparelho no bolso. Desligado. Tentou ligá-lo. Bateria fraca.

— Mais alguém?

Acossada pela atenção dos jornalistas, e profunda conhecedora dos códigos da profissão, Marilda não respondeu, apenas deslizou um papelzinho na direção do chefe, por sobre o balcão, como se ambos fossem dois espiões russos trocando confidências na lanchonete da CIA. Estava escrito, em letras miúdas: ligar para Valter Ambrosino, o Frango.

Envolto numa aura de conspiração, Dornelas tapou com a mão o bilhete, puxou-o para si como um exímio crupiê e enfiou-o sorrateiramente no bolso.

— Dê dez minutos e ligue para o doutor Amarildo. Passe direto a ligação. Depois ligue para ele, por favor — Dornelas murmurou e lançou uma piscadela para Marilda, que correspondeu com um movimento discreto da cabeça.

Foi para sua sala.

★

O tempo foi insuficiente para tirar e pendurar o paletó, destrancar a gaveta, passar os olhos nos passaportes de Madalena, espetar o celular no carregador e comer com gosto uma tira inteira da barra de chocolate ao leite, que chegava ao fim. O telefone tocou antes de ele terminar o último quadradinho. Dornelas puxou-o do gancho e foi logo dizendo:

— Bom dia, Amarildo. Esqueci de carregar o celular e...

— Doutor — cortou Marilda, bem baixinho. — É aquele rapaz da moto. Posso passar?

Espantado, Dornelas aprumou-se na cadeira, ajeitou o nó da gravata como se fosse recebê-lo em pessoa e disse:

— Claro.

Alguns segundos.

— Delegado? — perguntou o rapaz, relutante.

— Dornelas aqui. É o senhor Agenor quem fala?

— Eu mesmo. O senhor pode falar agora?

— Se o senhor tiver alguma coisa importante para dizer, posso. Senão, tenho mais o que fazer — respondeu o delegado, curto e grosso.

O tom rude tinha como objetivo tirar do rapaz a impressão de que ele era o centro do universo o que, para Dornelas, dada a situação da investigação, não deixava de ser verdade. Porém, dar corda para um criminoso, conforme acreditava o delegado, era a fórmula ideal para se criar um futuro chantagista.

— Preciso muito falar com o senhor — suplicou Agenor. — É sobre a morte da gringa.

— Estou aqui. Pode falar — disse com descaso, procurando não deixar transparecer a ansiedade que lhe formigava as entranhas.

— Eu não matei a gringa, doutor.

— Você disse isso uma vez. Nada de novo até aqui. O que mais?

Um silêncio. Aguardou. Não obtendo retorno, prosseguiu:

— Você participou do crime, Agenor?

— Sim e não — disse o rapaz, cauteloso.

— Como sim e não! Isso lá é resposta que se dê? — retrucou Dornelas, começando a se enfurecer com a conversa. — Ou participou ou não participou. Como fica?

— Participei, doutor, mas indiretamente. A questão é que eu não sabia que a minha participação resultaria no crime. É isso que estou tentando dizer para o senhor.

Dornelas ficou intrigado.

– Explique-se.

Do outro lado da linha surgiu um fungado profundo.

– Estou quebrado, doutor – desabafou o rapaz. – Na verdade, desesperado. Faz vinte dias que eu e a minha namorada ficamos noivos. Até a semana passada eu trabalhava numa loja de bijuterias no Centro Histórico. Num deslize, perdi o emprego.

– Que tipo de deslize?

– Roubei uma bijuteria do estoque, um anel lindo que eu queria dar de presente de noivado para a Marileide. Como eu ganhava pouco, antes de roubar, cheguei a perguntar para a dona se ela podia me dar um desconto especial, parcelar em muitas vezes. A mulher, uma sovina de dar dó, negou. Num dia, na contagem do estoque, separei um deles, sem ninguém ver. Achei que não iam descobrir. Mas descobriram. E me botaram na rua.

– Prestaram queixa?

– Não. Mas usaram isso para não pagar o aviso prévio e me dispensaram.

– Sua noiva sabe disso?

– Ainda não. Ela trabalha na prefeitura e pensa que eu tirei uma licença.

– Muito bem, mas o que isso tem a ver com o assassinato da gringa?

– Estou sem dinheiro para pagar a prestação da moto, muito menos para casar com a Marileide. Não sou homem de ser sustentado por mulher, doutor. Por isso, quando recebi a proposta naquela noite, não tive como recusar.

– Que tipo de proposta?

O interesse do delegado pela conversa começava a aumentar.

– Mil reais.

– Pra fazer o quê?

– Me encontrar com a gringa e dizer que para comprar a cocaína que ela queria, ela devia ir até a praia Brava. O vendedor estaria lá, para fornecer pra ela. Só isso. Eu não podia imaginar que isso acabaria com a mulher sendo morta.

— Mas como você sabia quem era ela ou onde ela estava? Como você se encontrou com ela?

— Fui instruído para encontrar uma loira de cabelos curtos, muito alta e vestindo calça jeans com jaqueta bege. Ela estaria naquele restaurante espanhol... não lembro o nome.

— *El Toro*.

— Esse mesmo. Eu estava na praia quando ela saiu de lá. Ao ver a mulher subir no barco, dei tudo como perdido. Mas decidi acompanhar a baleeira ao longo da rebentação. E quando vi o marinheiro jogando a âncora da popa e aproximando o barco do raso, concluí que a mulher ia desembarcar. Daí, foi fácil. Estacionei a moto na areia, num lugar que não tinha jeito da mulher não me ver. Ela então subiu a praia, zonza de tudo, e cambaleou até onde eu estava. Eu disse o que eu tinha que dizer e fui embora.

— Mas ela falava português?

— Sei lá. Mas entendeu tudo o que eu falei. Até resmungou um "obrigado" antes de ir para o bar.

— E depois de ela ir ao bar? Tenho informações de que você falava ao celular enquanto ela dançava.

— Verdade. Recebi uma ligação do sujeito que me contratou perguntando se o trabalho havia sido feito.

— Entendo — murmurou Dornelas de si para si. Refletia. Essa informação o fez pensar nos passos de Gytha na cidade entre o momento em que deixou Madalena no quarto, se encontrou com alguém no Centro Histórico, mudou todo o programa e entrou no barco. Segundo Madalena, Gytha havia ligado dizendo que amigos indicaram o restaurante *El Toro*. *Que amigos?*, questionou-se. *Uma armadilha ou uma simples transação envolvendo drogas que culminou em assassinato?*

Dornelas pensou no próximo passo, que se resumia em descobrir quem deu essa dica à escritora, no Centro Histórico.

– Você pode me dizer quem fez essa proposta a você? – perguntou, retomando a conversa.

Um silêncio, que foi ficando longo e o celular do delegado começou a vibrar sobre a mesa. O nome de Dulce Neves apareceu no visor.

– Não sei dizer, doutor.

– Um minutinho – interrompeu o delegado, que agarrou o aparelho, recusou a ligação, entrou no aplicativo de mensagens, digitou nas teclas miúdas *Ligo já. Bjs.* e enviou o texto para Dulce, um torpedo. – O que você disse? – retomou.

– Que eu não sei quem fez esta proposta.

– Não me venha com essa, Agenor! – esbravejou o delegado. – Você quer que eu acredite nessa história?

O celular vibrou novamente, de um jeito diferente, breve. E logo parou.

– É verdade! Eu recebi essa proposta pelo celular na noite em que a gringa morreu – disse Agenor, em tom de voz agoniado.

Com a mente na conversa, Dornelas agarrou o aparelho mais uma vez e leu rapidamente a mensagem: *Te aguardo. Beijões.* Largou-o sobre a mesa e deu o assunto por encerrado, por ora.

– De quem? – insistiu o delegado.

– Eu juro que não sei. Um sujeito de quem eu nunca ouvi falar ligou dando um nome qualquer.

– Assim como você está fazendo comigo?

– Mais ou menos – disse o rapaz, desconcertado. – Mas no meu caso é diferente: eu liguei para o senhor para saber o que pode acontecer comigo se eu revelar o meu nome verdadeiro.

– É cedo para isso. Prossiga.

– Esse sujeito disse que me pagaria mil reais se eu fosse à

praia Mansa para encontrar a mulher e falar para ela o que eu tinha de falar.

– E você aceitou mesmo sabendo que o trabalho envolvia drogas?

– Mas não trafiquei, muito menos usei droga alguma, doutor – rebateu Agenor. – Fui apenas o mensageiro. Fiz pelo dinheiro. Estou desesperado, doutor. Tá dureza conseguir trabalho. Não dá pra acreditar no presidente quando diz na TV que o Brasil está em situação de pleno emprego. Mentira da boa. A gente que rala, sabe. Quando o sujeito ligou dizendo que pagava isso tudo só para encontrar a gringa e dar uma informação, pensei que finalmente uma coisa boa estava acontecendo comigo.

– Você tem o número do telefone dele?

– Não senhor. Aparecia como bloqueado no visor do celular.

– Pena – lamentou Dornelas, de si para si. – E o dinheiro, você recebeu?

– Sim, senhor.

– Como?

– Disseram que se eu fizesse tudo direitinho era só eu voltar para casa que o dinheiro estaria num envelope que passariam por debaixo da porta.

– Você mora sozinho?

– Moro com a minha mãe e uma irmã de nove anos.

– E o seu pai?

– Não sei quem é, doutor.

– O envelope estava lá?

– Sim, senhor. Cheguei depois da meia-noite, abri a porta e estava tudo lá, os mil reais num envelope fechado.

– Sua mãe ou sua irmã sabem do dinheiro e do esquema?

– Nada.

– Entendo – matutou Dornelas, por um instante. – Quer dizer que toda aquela história de ir fumar um cigarro na praia depois de deixar a namorada em casa era lorota da boa?

– Não, senhor. Fiz aquilo mesmo. Só não contei toda a verdade.

Dornelas mastigou algumas palavras, quase grunhiu.

– Não sou do crime, doutor – suplicou Agenor. – Sou apenas um trabalhador que escorregou numa esquina da vida.

Um falcão, pensou o delegado, com tristeza. Um dos muitos jovens de comunidades pobres usados como massa de manobra pelo tráfico de drogas. São eles que fazem o serviço sujo, o leva e traz da cocaína, maconha, crack entre os chefes do tráfico e a clientela. Recém-desempregado, pronto para se casar, Agenor, nesse caso específico, era um falcão acidental, atraído pelo tráfico num momento de fraqueza e desespero. Colocar um rapaz na situação dele na cadeia era ter a certeza de que ele sairia muito mais criminoso do que entrou.

– Quantos anos você tem?

– Dezenove.

Dornelas suspirou profundamente, não apenas pelo rapaz, mas por todos os jovens desviados na vida pela falta de perspectivas. Sem falar na tentação pela riqueza fácil que só o tráfico e a corrupção são capazes de proporcionar.

– Vamos fazer o seguinte. Se o que você conta é verdade, prometo que não vou indiciá-lo como cúmplice no homicídio, por mais que você tenha participado dele.

– Mas eu não sabia, doutor! – suplicou Agenor. – Eu só disse a ela para onde ir para conseguir a cocaína. Só isso.

– Você já me disse.

– Eu não matei a mulher!

O rapaz começou a chorar do outro lado da linha.

– Agenor, preste atenção. Se a sua história é verdadeira,

não vou indiciá-lo. Está claro assim?

Soluços, fungados.

– Está, doutor – retomou o rapaz, aos prantos. – Mas como eu posso confiar no senhor, na polícia?

– Não tenho razão para te sacanear, Agenor. Entenda uma coisa, de uma vez por todas: não quero prender você, mas encontrar quem matou a gringa. Se você não a matou, não tem o que temer. E o fato de estar me ligando é o sinal de que sabe que fez merda e se arrependeu. Você está me ajudando. É como um negócio: você me ajuda e eu ajudo você. O que acha?

– Acho que tudo bem – murmurou o rapaz. – Mas o que o senhor quer que eu faça agora?

– Primeiro deve prometer que nunca mais vai se envolver com o tráfico. Jamais. Está entendido?

– Sim, senhor.

– Promete? – desafiou-o Dornelas.

– Sim, senhor.

– Ótimo. Agora, procure descobrir quem contratou você. Faça com cuidado. Não quero que arrisque a vida por causa disso. Só o fato de estar me ligando já é um risco. Eu agradeço e o respeito muito por isso. Anote o número do meu celular.

Dornelas disse o número para o rapaz.

– Agora eu quero o seu. Preciso estar em contato com você.

– Mas, doutor, se o sujeito que me contratou souber que estou em contato com o senhor, me apaga.

– Isso não vai acontecer – disse Dornelas, mesmo sabendo que Agenor tinha certa razão. – A partir de agora, vamos adotar um código para falarmos um com o outro. De agora em diante, pra você, me chamo Juarez. Quando você me ligar ou eu ligar pra você, é por esse nome que você deve me chamar. Tudo bem?

– Tudo bem.

O rapaz disse o número do celular ao delegado que anotou no bloco de notas sobre a mesa.

– Combinado, Agenor. Como voto da minha confiança, e por questão da sua segurança, não quero saber o seu nome verdadeiro nesse momento. Fechado?

– Fechado, doutor.

– Ótimo. Ligue apenas para o meu celular. Não volte a ligar para a delegacia. Manteremos contato.

– Tudo bem.

– Até mais, então.

– Até.

Dornelas desligou e apertou três teclas.

– Marilda, ligue para o doutor Amarildo, por favor.

– É pra já.

Foi o tempo de relaxar e recostar-se na cadeira, o telefone tocou. Dornelas desgrudou as costas do espaldar e atendeu.

– Sim.

– O doutor Amarildo está em reunião. Ligo agora para aquele outro sujeito?

– Por favor.

Desligaram. Nem um minuto e o telefone tocou novamente.

– É ele, doutor.

– Obrigado. Pode passar.

Capítulo 16

— Bom dia, Valter – disse Dornelas, com visível desânimo. Bastou trazer à mente a imagem do jornalista para sentir uma espécie de bigorna afundar-lhe a alma.

– Bom dia, delegado. Eu estava tentando falar com o senhor, aguardando notícias... – gemeu Frango, do outro lado da linha.

– Peço perdão. Andei muito ocupado. – Com uma mão, o delegado segurava o telefone, com a outra, tamborilava o tampo da mesa. – Mas fique tranquilo, não me esqueci do nosso acordo.

– Claro que não, doutor – rebateu o jornalista. – Eu jamais pensaria uma coisa dessas do senhor!

Dornelas suspirou profundamente e revirou os olhos varrendo a sala do teto ao chão, sem foco em lugar algum.

– Sua história bate – disse, empreendendo grande esforço. – Faustino confirmou ter visto o rapaz conversando com a gringa. Disse ter visto a moto também.

– Eu disse para o senhor.

– Pois então, até o momento isso é tudo que eu sei sobre ele. – Dornelas pôde sentir o sujeito preparando-se para refutar e resolveu retomar. – Mas o que posso lhe revelar sobre o caso é que encontramos uma âncora.

– Da baleeira que a gringa alugou? – cacarejou o Frango.

Por ter sido capaz de desviar a atenção do jornalista, uma faísca de alegria acendeu-se no peito do delegado.

– Isso mesmo.

– Onde estava?

– Presa a uma pedra, no fundo mar, num local bem longe da rebentação.

Um silêncio que Dornelas resolveu aguardar, pois assumiu que Frango pensava.

– O cabo estava cortado? – cacarejou novamente o repórter.

– Sim, estava.

– O senhor acha que o Marcos teve de cortá-lo para evitar do barco se despedaçar nas pedras?

– É possível – ponderou dissimuladamente Dornelas. Sua alegria começava a aumentar, pois concluiu não haver nada melhor do que um repórter ansioso que tirava suas próprias conclusões, evitando, assim, o comprometimento da polícia na divulgação de algum dado impreciso. Ademais, o rumo da conversa também lhe agradava.

– Mas como o barco estava despedaçado sobre as pedras, isso significa que ele não pôde evitar o choque e morreu no acidente – refletiu Frango em voz alta.

Dornelas abriu um largo sorriso. A bigorna da alma magicamente se transformava em plumas que flutuavam no ar.

– É por aí – limitou-se a dizer.

– E como ele morreu, doutor?

– Bateu a cabeça, a nuca na verdade, e fraturou a coluna cervical alta.

– O senhor acha que ele matou a escritora?

Uma coisa era deixar Frango revelar um dado incorreto, que Marcos havia morrido em razão do acidente. Mas torná-lo assassino era muito além da conta. As provas diziam o contrário. A esposa dele e a filhinha de três anos não mereciam isso. Além do mais, deixar o repórter divulgar um dado incorreto faria a polícia se comprometer com uma posição que não condizia com a verdade. Mas, uma vez que para Dornelas a única informação realmente confiável nos jornais costumava ser a data, revelar um dado incorreto poderia até ser positivo para todo o processo. Caso o assassino viesse a deparar com a notícia, assumiria que havia sido bem sucedido na empreitada, o que significava ter desviado a investigação. E com isso relaxaria, o que poderia facilitar o trabalho da polícia. Dornelas pensou bem na resposta, escolheu as palavras e disse:

— Não acredito, pois falta o motivo. Mas não posso descartar essa possibilidade.

— Entendi— disse o repórter, num murmúrio. — E como morreu a escritora?

— Com dezoito golpes de um abridor de coco.

— O senhor encontrou a arma?

— Dentro do barco.

— Então está resolvido! Marcos matou a escritora na praia, voltou para o barco e morreu no acidente.

Dornelas resolveu intervir. O entusiasmo do repórter estava indo longe demais.

— É cedo para tirarmos essa conclusão. O abridor de coco está na Perícia, o que significa que não sabemos se existem impressões digitais dele na arma.

— Quando vai chegar o relatório? — cacarejou o Frango, mais uma vez.

— Ao longo do dia de hoje.

— O senhor me dá um alô?

Uma irritação repentina apareceu, que lhe anuviou a mente e o fez imaginar-se com um machado numa mão e o pescoço de Frango na outra. Dornelas não gostava de ser cobrado, especialmente por alguém da imprensa. Respirou fundo e disse serenamente:

— Se der tempo.

— Claro, doutor — defendeu-se o repórter, certo de que havia passado dos limites.

Um breve silêncio, que Dornelas resolveu aproveitar.

– Por enquanto é isso. Tudo bem?

– Tudo ótimo.

– Até mais, então.

– Até, doutor.

Bateu o telefone e levantou-se para esticar as pernas. Abriu os braços para os lados e para frente, meio que se espreguiçando no lugar, e saiu da sala em direção à copa. Era chegada a hora de tomar um café quentinho.

★

Solano e Caparrós estavam lá, em volta da mesinha, quando o delegado entrou e se serviu de café, que adoçou moderadamente.

– Acabei de falar com Frango pelo telefone – disse o delegado.

– Aquele repórter intrometido da coletiva? – perguntou Caparrós.

– Esse mesmo.

– O que senhor disse para ele? – perguntou Solano.

Dornelas expôs pausadamente o papo que tivera com Agenor, as reflexões a que chegara e as que o repórter ansiosamente concluíra na conversa pelo telefone.

– Se ele divulgar que o marinheiro é o assassino, isso pode atrapalhar o nosso trabalho. Não pode, doutor? – indagou Solano.

– Pode. Mas duvido que ele faça isso. A arma do crime está com o Cagas, correto?

Solano fez que sim com a cabeça.

– Aperte-o para que libere o resultado das impressões digitais para hoje à tarde – instruiu o delegado, que logo se afundou em pensamentos. – Se as digitais forem do marinheiro, estamos fritos.

– Por quê? – perguntou Caparrós.

– Isso complica bem o meio de campo, pois significa que ele matou a escritora, o que nos obrigaria a procurar um motivo; e, confesso, não sei por onde começar. Por outro lado, não evita de uma terceira pessoa tê-lo assassinado. De novo, nos falta o motivo.

Solano e Caparrós mantinham olhares atentos sobre o chefe, cuja mente funcionava a pleno vapor. Dornelas retomou:

– Caparrós, vasculhe a fundo a vida do Marcos. Veja se ele tinha dívidas de qualquer tipo ou mesmo algum envolvimento com drogas. Quem sabe ele estava envolvido num esquema para levar Gytha à praia Brava.

– Pode deixar, doutor.

– E eu, o que faço? – perguntou Solano, que fez um bico por ter sido excluído da tarefa.

– Que horas são? – rebateu o delegado.

Solano levantou o braço e olhou o relógio.

– Meio-dia e dez – respondeu o investigador.

– Termine o seu café e vá para a minha sala – virou-se para Caparrós. – Mantenha-me informado sobre tudo que você descobrir.

– Deixe comigo.

Dornelas deu um gole do café e jogou-o na pia. Estava frio. Serviu-se de outro, adoçou e foi para sua sala com o copinho fumegante entre os dedos.

★

Solano sentou-se numa das cadeiras de visitas. Dornelas foi para a dele. Com os olhos fixos no telefone, instintivamente levou um braço para o puxador da gaveta e abriu-a. A mão apalpou o fundo, as laterais. Nada. Olhou para dentro dela e lembrou-se de que a barra de chocolate havia acabado. Um desespero comedido surgiu, pois para o delegado nada como o naco de um bom chocolate ao leite para desbastar as arestas produzidas por um momento de tensão.

Olhou o relógio, rabiscou uns desenhos idiotas no bloco de notas, agarrou o celular, leu mais uma vez a mensagem de Dulce e largou o aparelho. Solano o observava sem dizer palavra. Bem sabia o subordinado que, em momentos assim, o melhor era deixar o chefe na dele, sem intromissões. O telefone tocou. Dornelas deu um bote e atendeu:

– Dornelas!

– O doutor Amarildo quer falar com o senhor. Posso passar? – perguntou Marilda.

Dornelas bufou, largou os dois cotovelos sobre a mesa e disse pesadamente:

– Pode.

Alguns segundos.

– Boa tarde, Joaquim.

– Boa tarde.

Pelo tom seco e monocórdio, o chefe suspeitou de que algo errado se passava com o delegado.

– Aconteceu alguma coisa? – perguntou Amarildo.

Dornelas explicou então sobre Nickolas Crest, a necessidade de escutar a versão do homem; sua pressa, pois Protásio Marcondes ligaria assim que estivesse com o sujeito, em São Paulo, o que seria a qualquer momento e... *JESUS!*, pensou o delegado, que arregalou os olhos e ficou lívido de repente. Solano olhou para ele, concluindo que o chefe na certa sofria um enfarte ali mesmo, na mesa de trabalho.

– Um minutinho – disse Dornelas no aparelho, tapou o bocal com a mão e encarou Solano. – Providencie para já, neste minuto, neste segundo, a papelada do meu pedido para a Polícia Federal poder reter e interrogar Nickolas Crest. Coloque a data de ontem, me dê para assinar e mande por fax e *e-mail* para o escritório do doutor Protásio Marcondes. Agora!

Como um raio, Solano levantou-se e sumiu da sala.

– Como eu estava dizendo...

– Entendi, Joaquim. Sem problemas. Apenas procure evitar um incidente diplomático.

– Pode deixar.

– Muito bem. – Amarildo começou a tossir, deu uma espécie de grasnado e voltou à linha. – O que eu queria falar com você é que a imprensa está enchendo o meu saco, dizendo que você se recusa a fornecer informações sobre o caso.

Dornelas olhou para uma mosca pousada no teto e suspirou.

– O senhor sabe qual a razão para isso – desabafou.

– Senhor, não. Você, Joaquim. E sim, eu sei. Mas por favor, diga alguma coisa, qualquer coisa, apenas tire esses pentelhos do meu cangote.

– Pode deixar. Acabei de falar com o Valter.

– Que Valter? – rebateu o chefe.

– O Frango.

– Ahh!

– Pois então. Vou dar duas horas de folga e depois divido com a turma acampada aqui na delegacia o que passei para ele.

– Que é?!

Como agulha de vitrola sobre LP riscado, Dornelas discorreu mais uma vez sobre as conclusões a que chegara e sobre o papo com Agenor, sobretudo em relação ao acordo feito com ele. Solano entrou na sala com três folhas de papel entre os dedos, depositou-as na mesa, diante do chefe, que rubricou todas e devolveu ao subordinado, que saiu da sala mais uma vez.

– Você tem certeza de que esse Agenor fala a verdade? – perguntou Amarildo.

– Por *a* mais *b*, não, pois sou treinado para desconfiar dele. Mas tenho de concordar que às vezes a verdade se apresenta de um jeito simples e direto. Esse rapaz se enquadra nessa categoria. Por outro lado, que alternativa me sobra?

O chefe fez um breve silêncio – pensava – e disse:

– Você tem razão. Siga em frente.

– Ótimo.

– E boa sorte.

– Obrigado.

– Um abraço para você.

– Para você também.

– É isso aí, Joaquim.

Amarildo desligou antes dele. Dornelas depositou o telefone calmamente no gancho e esperou que tocasse novamente.

★

Como por encanto, o telefone tocou assim que o relógio da parede apontou meio dia e meio. Dornelas tirou-o do gancho e grudou-o na orelha.

– Dornelas aqui.

– Joca? Protásio. Como está?

– Tudo bem. Agarrou o sujeito?

– Estou com ele, aqui no aeroporto de Cumbica.

– Ótimo. Você vai levá-lo para sua sede?

– Não há necessidade. Posso interrogá-lo aqui mesmo, no nosso escritório.

– Melhor ainda.

– Diga uma coisa. O seu pessoal já mandou a papelada

legalizando essa operação? – perguntou Protásio. – Até eu sair do escritório, minha secretária disse que nada havia chegado.

Do seu lado da linha, Dornelas fez uma expressão de anjo de presépio – faltava-lhe a auréola – e disse na maior cara de pau:

– Assim que nos falamos. Quer que eu peça para enviarem novamente?

– Por favor.

– Aguarde um minuto.

Dornelas colocou Protásio em espera por trinta segundos, que contou no relógio da parede, e voltou à linha.

– Feito. Confirme com a sua secretária se está tudo em ordem.

– Vejo isso depois. Vamos interrogar o sujeito?

– Você manda. Diga uma coisa, ele chamou a embaixada, algum advogado? – perguntou Dornelas.

– Até agora, nada. Eu disse que seria uma conversa informal sobre a morte da gringa. Ele pareceu bastante calmo.

– Melhor assim.

De uma hora para outra, a voz de Protásio ficou baixa, distante, como se ele conversasse com alguém ali ao lado. Alguns segundos depois ele retornou.

– Estamos a caminho da sala. Você quer que eu ligue quando chegarmos lá?

– Não precisa. Espero na linha.

– Tudo bem.

Dornelas pôde ouvir os estalos ritmados de passos de sapatos de sola dura em chão de pedra, gente conversando, uma porta se abrindo e depois fechando, o arrastar irritante de cadeiras metálicas, indo e vindo. Protásio surgiu novamente:

– Joca. Vou desligar o celular e ligar para você do viva-voz aqui da sala. Até já.

Desligou. Dornelas colocou o fone no gancho, porém

manteve a mão sobre ele. Solano esgueirou-se para dentro da sala como um gato e se sentou na mesma cadeira de visitas sem emitir som algum. Nem um minuto e Marilda passou direto a ligação, que o delegado atendeu e colocou no viva-voz também.

— Diga.

— Vamos lá — disse Protásio. — Temos aqui o Mathias, o nosso assistente, que fala inglês fluentemente e vai nos ajudar.

— Boa tarde, Mathias — disse Dornelas enquanto mentalmente preparava a primeira pergunta. — Podemos começar?

— Vá em frente — orientou Protásio.

— Pergunte ao Nickolas a que horas ele foi buscar a senhora Madalena Brasil no hotel, na noite do crime?

Mathias traduziu a pergunta para a língua inglesa. Nickolas respondeu de imediato e o assistente repassou a versão em português:

— Ele disse que não buscou Madalena no hotel, mas que ela foi buscá-lo no hotel dele quinze minutos depois das nove.

Dornelas ficou intrigado com a resposta.

— Ele tem certeza disso? — indagou.

Mathias reformulou a pergunta. Nickolas respondeu longamente.

— Certeza absoluta — disse o assistente. — Ele não conhecia nada de Palmyra e o combinado era que Madalena e Gytha o buscassem para irem jantar. Apenas Madalena apareceu.

— Em qual hotel ele ficou hospedado?

Lá foi Mathias mais uma vez. Dornelas ouviu o murmúrio de Nickolas.

— Pousada Trilha do Ouro — disse o assistente.

Dornelas anotou o nome no bloco sobre a mesa e disparou mais uma pergunta:

— Ele e Madalena se encontraram ou conversaram com

alguma outra pessoa entre o hotel dele e o restaurante?

Murmúrios para cá e para lá. Mathias retornou:

– Fora o motorista do táxi, ninguém mais.

– Pergunte então qual é a relação dele com Gytha e Madalena.

Mais murmúrios.

– Ele é editor dos livros de Gytha no Reino Unido.

– E qual era o motivo do jantar? – indagou Dornelas, que aguardou Mathias reformular a pergunta na língua pátria do editor e retornar com a resposta traduzida.

– Se conhecerem. Nickolas queria apresentar as diretrizes do trabalho de lançamento da obra de Gytha naquele mercado.

– Quando foi marcado esse jantar? – indagou Dornelas.

Mathias. Nickolas. Mathias.

– Cerca de um mês atrás.

– Ótimo – disse o delegado de Palmyra, que pensava. – Peça para ele dizer para onde eles foram, em que restaurante jantaram, o que comeram e quando saíram.

Essa pergunta, mais longa, tomou mais tempo para Mathias traduzir. Assim que terminou, Nickolas respondeu, sem titubear. O assistente surgiu com a tradução:

– Da pousada Trilha do Ouro, ele e Madalena foram a pé para fora do Centro Histórico, algumas quadras apenas, pegaram um táxi e dali seguiram para o restaurante *El Toro*, na praia Mansa. Parece que comeram *paella* e beberam muitas caipirinhas.

Dornelas pôde ouvir Nickolas interrompendo a conversa e dizendo alguma coisa que fez todos caírem na gargalhada.

– Ele disse que foi a primeira vez que experimentou caipirinha, que gostou muito e ficou bem alto.

Do seu lado da linha, Dornelas ficava mais e mais intrigado.

– Pergunte onde ele conheceu Madalena.

Mathias fez a sua parte e Nickolas respondeu sucintamente, o que não exigiu tradução.

– Paris.

– Muito bem – disse Dornelas. – Existia uma relação pessoal entre ele e Madalena antes desse jantar?

Mathias reformulou a pergunta. Dessa vez, Nickolas demorou a responder. E quando respondeu, houve um alvoroço na sala.

– O que foi? – perguntou Dornelas.

– Ele quer um advogado – respondeu Protásio.

– Diga a ele que tenho apenas mais algumas perguntas.

Mathias reformulou o que disse o delegado, que ouviu um *all right* irritado.

– Então, eles tinham uma relação antes desse encontro? – repetiu Dornelas.

– Sim – respondeu Mathias.

– Ótimo. Pergunte para onde eles foram depois de saírem do restaurante *El Toro*.

Mathias. Nickolas. Mathias novamente.

– Levar Madalena de volta ao hotel.

– E Gytha? – rebateu Dornelas.

Um burburinho. O assistente então respondeu:

– Subiu no barco para voltar para cidade.

– Muito bem – disse Dornelas. – O que Nickolas e Madalena fizeram ao chegar ao hotel dela?

Mathias refez a pergunta na língua inglesa e um novo alvoroço surgiu, mais alto dessa vez.

– Ele insiste em chamar um advogado – interferiu Protásio.

Dornelas matutou e disse:

– Peça para ele responder apenas mais uma pergunta. Dependendo da resposta, chame o advogado.

Mathias traduziu a instrução. Nickolas disparou apenas

uma palavra que Dornelas entendeu bem: *love*.

– Amor, delegado – disse Mathias.

– Essa eu peguei. – Dornelas então repassou na mente os fatos da investigação, os depoimentos, as conversas, à procura de algum buraco. Vendo que o tempo passava, Protásio interveio:

– Chamo o advogado?

– Ainda não – respondeu Dornelas. – Pergunte quando ele foi embora da FLIP, de Palmyra?

Mathias. Nickolas. Mathias mais uma vez:

– No dia seguinte ao do jantar com Gytha e Madalena.

– Por que tão cedo? – rebateu Dornelas.

Mathias refez rapidamente a pergunta na língua inglesa. Nickolas forneceu uma resposta mais longa que o assistente traduziu:

– Ele foi à FLIP apenas para esse jantar, para conhecer Gytha. Saiu no dia seguinte. De lá para cá, teve diversas reuniões em São Paulo.

Do seu lado da linha, o delegado de Palmyra refletia, de certa forma, contrariado.

– Protásio! – falou Dornelas.

– Diga, Joca.

– Pode liberar o sujeito. Preciso apenas de mais uma ajuda sua: tire uma boa foto dele e mande no meu *e-mail*, por favor.

– Qual o endereço? Mando pelo celular.

Protozoário anotou o endereço de *e-mail* fornecido por Dornelas e este arrematou:

– Muito obrigado pela ajuda toda.

– Disponha, Joca. Estamos aqui para isso.

– O que vocês vão fazer com ele?

– Dar um café, um tapinha nas costas e colocá-lo no próximo voo para Londres.

Dornelas coçou a cabeça e, não encontrando mais nada a

ser dito, mandou um grande abraço ao amigo da Polícia Federal.

– Outro, Joca. Falamos.

Desligaram.

Capítulo 17

Dornelas levantou-se, apoiou as mãos espalmadas na mesa e manteve o olhar fixo no nome do hotel de Nickolas Crest, escrito aos garranchos no bloco de notas. Solano, que permaneceu uma estátua durante todo o depoimento, apenas observava o chefe raciocinar. O telefone tocou novamente. O delegado puxou-o do gancho.

– Hum – grunhiu.

– Delegado, dona Flávia quer falar com o senhor – disse Marilda, do outro lado da linha.

O *que será agora?*, perguntou-se Dornelas.

– Pode passar – rosnou.

– Não, doutor – disse a recepcionista com muito tato. – Ela está aqui na recepção.

Por essa ele não esperava. Dornelas olhou em volta, depois para o relógio e pensou um pouco.

– Peça para ela esperar um minuto. Vou despachar algumas coisas aqui.

– Tudo bem, doutor.

Bateu o telefone e se sentou na cadeira.

– O que o senhor quer que eu faça? – perguntou Solano, saindo do silêncio.

O delegado mordiscou os lábios, virou-se para o computador e concentrou-se em verificar a caixa de entrada da sua conta de *e-mail*. Lá estava a mensagem de Protásio Marcondes. Abriu-o, baixou a foto de Nickolas Crest e mandou-a para a impressora. As cabeças da máquina começaram a zunir de um lado a outro e logo cuspiram uma foto colorida do editor inglês. Dornelas puxou a folha e deslizou-a sobre a mesa, na direção de Solano.

– Vá ao hotel de Madalena e mostre essa foto para as duas recepcionistas que trabalharam naquela noite. Ligue para mim assim que terminar.

– Combinado.

Solano apanhou a foto e escafedeu-se.

★

Dornelas levantou-se e saiu da sala a passos de tartaruga. Estava indeciso se devia conversar primeiro com a ex-mulher ou com os jornalistas que aguardavam há dias na recepção. Assim que apareceu, e percebendo a disposição do delegado, a turba de repórteres o envolveu com a gana de uma revoada de gaivotas sobre sardinhas frescas, e ganhou a vez à força, pois passou a disparar uma pergunta atrás da outra sem dar qualquer chance a Flávia, que permaneceu sentada.

O delegado respondeu a todas as questões com segurança. Vez por outra virava o rosto para ver como estava a ex-mulher. Recebia de volta um olhar inquisitivo.

– Isso é tudo que sabemos sobre o caso até aqui – arrematou Dornelas. – A investigação continua. Obrigado.

– Mas delegado... – disse um deles, do fundo.

Tarde demais. Dornelas já havia virado as costas e seguia agora na direção da ex-mulher.

– Que surpresa! – disse ele, dissimuladamente, dado que era a primeira vez que a via desde que ela o abandonara, levando consigo os dois filhos, para morar no Rio de Janeiro.

Flávia levantou-se, Dornelas combateu o hábito de beijá-la na boca e ambos trocaram beijos cordiais no rosto.

– Surpresa boa ou ruim? – lançou a ex-mulher.

Dornelas meneou de leve a cabeça.

– Diante do que você fez comigo, essa não é melhor pergunta para você fazer.

Flávia contraiu-se no lugar e arrefeceu.

– Vim em paz. Preciso conversar com você...

– Sobre? – cortou o delegado, na raiz. O ressentimento, que parecia adormecido no fundo da alma, aflorou.

– Tudo que aconteceu, minha decisão, as crianças.

O delegado encheu os pulmões e expirou longamente.

– Vamos conversar na minha sala – disse apontando a mão na direção do corredor.

– Aqui, não – retrucou Flávia, olhando em volta. – Vamos para outro lugar. Terreno neutro. O que acha?

– Você já almoçou?

A mulher balançou a cabeça de um lado a outro com olhar lânguido e indefeso, igual ao de cachorrinho.

– Muito bem. Vou pegar as minhas coisas.

Ela anuiu contente. Dornelas foi à sua sala, vestiu o paletó, pegou o celular, a carteira e voltou para recepção, onde Flávia o aguardava com a bolsa em punho.

★

Uma das mesas do fundo do salão parecia ao delegado o ponto neutro mais apropriado para uma conversa com a ex-mulher. Sentaram-se, celulares sobre a mesa, guardanapos no colo e uma tensão desconfortável no ar.

Praticamente cúmplice do delegado, que passou a comparecer mais e mais no seu bar desde que fora abandonado pela mulher, Vito aproximou-se da mesa devagar e cautelosamente depositou dois cardápios sobre a toalha de papel.

— Obrigado — disse Dornelas.

Flávia agarrou um e enfiou-se nele. Estudou-o de ponta a ponta e, sem encontrar nada que a agradasse plenamente, perguntou se o *chef* podia preparar-lhe um *paillard* com *fettuccine* ao molho de tomate. Vito afirmou que sim. Dornelas pediu um peixe grelhado com legumes e o dono do restaurante deslizou para a cozinha como um fantasma. Medindo Flávia de cima a baixo, Tamires, a mulher de Vito, resmungou alguma coisa com o marido assim que ele cruzou o balcão.

— Pois não. — Dornelas assumiu um tom claramente desafiador. — O que você tem de tão importante para vir conversar pessoalmente?

Flávia aprumou-se na cadeira, ajeitou o vestido e debruçou-se sobre a mesa de forma a oferecer ao ex-marido uma visão privilegiada do decote generoso.

— Isso não é uma inquirição, sabia? — refutou, serenamente.

Dornelas levou a mão direita sobre a mesa e apoiou-a ao lado do prato.

— Tem razão. Sou mais simpático nos inquéritos — respondeu ele.

Flávia apenas sorriu, pois conhecia bem o homem diante de si: objetivo, sagaz, impetuoso, bruto até, porém de coração terno e justo. Apoiando os cotovelos na mesa e o queixo nas mãos cruzadas, ela o encarou, arregalou os olhos e com isso ganhou um ar mais frágil.

— Quero falar sobre nós dois, a forma como tudo acabou, o futuro.

Dornelas tremeu no lugar, de raiva talvez.

— Esse *nós dois* a que você se refere não existe mais. Você acabou com o que existia da pior forma possível. Foi-se.

A mulher destravou as mãos, esticou a esquerda e pousou-a sobre a dele.

— Não diga isso. Você sabe que as coisas não iam bem entre nós... sua carreira sempre interferindo... hoje entendo a importância dela para você... acredito que podemos voltar a ser como antes. Sei lá. Sinto sua falta, as crianças sentem sua falta. Você não acha que existe uma forma de consertarmos tudo isso?

Dornelas sentiu o toque, que magicamente abriu uma espécie de caixa de memórias de tudo que ambos viveram em mais de quinze anos de casamento, divagou um pouco, mentalmente distanciou-se do tema e, sem dizer palavra, puxou a mão devagar. Para não dar na vista de que rejeitava categoricamente a intenção de uma reaproximação, maquinalmente agarrou a faca e cortou um naco da manteiga do prato de aperitivos, espalhou-o numa lasca de pão, pôs uma pitada de sal e comeu.

— É um pouco tarde para isso.

— Nunca é tarde se amamos um ao outro — disse a ex-mulher, de um jeito doce e dissimulado.

Dornelas conhecia bem aquelas palavras. Flávia costumava usá-las nos momentos de crise, em que o rompimento da união era iminente. Por isso, ele tinha dúvidas da intenção dela. *Sincera ou um canto de sereia?*, perguntou-se enquanto preparava mais um pedaço de pão com manteiga, que colocou na boca, mastigou com calma e engoliu.

— Tenho uma namorada que amo muito — resolveu dizer em tom resoluto.

A expressão afável da ex-mulher transformou-se numa carranca em questão de segundos.

— Quem? — perguntou ela, em tom grave.

— Dulce Neves.

Flávia enrijeceu-se no lugar.

— Aquela sirigaita separada que foi no nosso casamento?

— E o que tem de errado nisso? — retrucou. — Você também é uma mulher separada. E por sua própria vontade.

A carranca de Flávia transformou-se ainda mais: os olhos ficaram escuros, cerraram-se num ódio contido e a boca contraiu-se numa espécie de tromba.

— Sinto muito, mas se você não tivesse ido embora de uma hora para outra, nada disso teria acontecido — disse Dornelas, muito calmamente. — Eu não pedi para você partir, muito menos quis que você o fizesse. Mas fez. Fui abandonado e obrigado a viver longe dos meus filhos. Refiz a minha vida, à força. Tenho uma namorada que amo e que não reclama da minha carreira. E agora você se arrepende do que fez. Mais uma vez, é tarde para isso. Você devia ter pensado melhor antes de arrumar as coisas e levar as crianças para o Rio de Janeiro daquele jeito atabalhoado, característico seu.

Flávia cruzou um dos braços diante do prato, avançou na direção dele e encarou-o.

— Você vai apresentá-la para os nossos filhos?

— Por que não? Não vejo nada de errado nisso.

A comida chegou. Com ela, uma interrupção repentina, e de certa forma desejada pelo delegado. Fim do primeiro *round*. Ao cortar uma lasca do peixe, o celular tocou. Dornelas largou os talheres no prato, tirou o celular do bolso e leu o nome no visor: Dulce Neves. Observando a operação toda, sobretudo o rosto do ex-marido ao olhar para o aparelho, cuja mudança de expressão foi de séria e emburrada para ligeiramente idiota, a ex-mulher era a reprovação em pessoa.

— Como cê tá? — perguntou Dornelas, no telefone.

— Você se esqueceu de mim! — disse Dulce, num muxoxo, do outro lado da linha.

— Mil desculpas. Tive uma manhã maluca, além da oitiva do inglês na Polícia Federal de São Paulo, pelo telefone.

Ao ouvir o burburinho do restaurante ao fundo, a namorada resolveu perguntar:

– Onde você está?

– No bar do Vito?

– Com quem?

O delegado quase engasgou com a brevidade da pergunta. Diante do nítido conflito de interesses em jogo, disse com muito tato:

– Com minha ex-mulher. Ela foi à delegacia para conversar comigo.

– Sobre?

Pelo telefone, Dornelas pôde sentir que o humor de Dulce azedava mais e mais conforme a conversa avançava. Sob o escrutínio de Flávia, e sabendo que em bate-boca com mulher homem nenhum sai vencedor, resolveu tomar a estratégia de deixar tudo às claras.

– Ela se arrependeu por ter me deixado e quer voltar – disse e virou-se para Flávia, que apertou os talheres nas mãos e fuzilou-o com os olhos. O delegado instintivamente temeu levar uma facada no peito.

– E você, o que disse? – indagou Dulce, de modo desafiador.

– Disse não. Disse também que eu e você estamos juntos. E que amo você.

Um silêncio, que ele habilmente soube aproveitar.

– Está tudo bem. Não se preocupe – arrematou.

Dulce mastigou algumas palavras.

– Tenho saudades de você – disse ele, carinhosamente. A frase, além de sincera, tinha como objetivo afastá-la da teoria conspiratória que ela, assim como a grande maioria das mulheres, inadvertidamente cria em situação similar.

– Eu também – soltou Dulce, bem baixinho.

– Está combinado hoje à noite?

– Arrã.

– Ótimo. Ao terminar aqui, vou voltar para a delegacia. Um beijo grande.

– Outro.

Dulce desligou antes dele. Consciente de que havia dançado miúdo entre as duas mulheres – suava em bicas –, Dornelas afrouxou a gravata e terminou a comida em silêncio.

★

No caminho para a delegacia, Dornelas fez uma parada estratégica numa das lojinhas de variedades do Centro Histórico e comprou duas barras do seu chocolate ao leite favorito, que a atendente escondeu, a pedidos, numa sacola de papel pardo.

Dessa forma, Dornelas teve como chegar à sua sala sem precisar revelar seu segredo de Estado ao batalhão de jornalistas acampados na delegacia.

Com Solano e Caparrós em campo, pôde aproveitar o tempo para espairecer um pouco da investigação e avaliar o que ocorria no restante da delegacia. Fechou com Anderson, o *nerd*, a compra do aparelho de ar condicionado para a sala de informática; assuntou com os plantonistas os outros crimes ocorridos no município, nada de grave; foi ver com o Peixoto como andava o clima em casa, a mudança; serviu-se de café quentinho e estudou o barco estraçalhado no pátio. Olhou aqui, ali, observou, mexeu, abriu, fechou e voltou para sua sala.

Largou-se na cadeira, abriu a gaveta e passou a saborear cada quadradinho de chocolate que colocava na boca. Em razão das extenuantes exigências da investigação nos últimos dias, Dornelas sentiu-se até um pouco vagabundo por poder sentar-se na sua cadeira e esperar calmamente o desenrolar dos acontecimentos.

Passou a mão no telefone e ligou para a casa da ex-mulher, no Rio de Janeiro. Queria falar com a filha, saber como ela estava. Fazia alguns dias que não ouvia sua voz. Tinha saudades. A ligação caiu na secretária eletrônica. Dornelas presumiu que Roberta estaria curtindo as férias com alguma amiga. Desistiu de deixar recado. Com Flávia em Palmyra, a ex-sogra certamente estaria por perto, talvez passando uns dias na casa para cuidar das crianças. Não queria falar com ela. Desligou.

Num frêmito, deu um salto para fora da cadeira, apanhou o celular, trancou a gaveta, vestiu o paletó e saiu. Era sábado à tarde. Queria dar uma olhada na FLIP.

★

A extensa agenda de palestras, eventos de lançamento, painéis literários, reuniões privadas, encontros e fofocas seguia seu curso na Festa Literária Internacional de Palmyra que, em seu penúltimo dia, dava claros sinais de que chegava ao fim. O número de pessoas nas ruas estreitas era visivelmente menor. Dornelas caminhava livremente pelo Centro Histórico sem esbarrar em ninguém. Presumiu que o frio de julho, o cancelamento da palestra de Georgia Summers – ou Gytha Svensson – e o trânsito previsto para a rodovia Rio-Santos no dia seguinte haviam estimulado muita gente a fazer as malas e voltar para casa mais cedo.

Com as ruas tranquilas, as lojas estavam parcialmente vazias, assim como os restaurantes. Palmyra dava sinais de que voltava à sua calma habitual. Dornelas passou então por trás da igreja Matriz, cruzou a ponte arqueada sobre o rio das Pedras, caminhou pelo calçamento, tendo o rio à sua direita e as tendas da FLIP à esquerda, e chegou à muralha de rochas que protege o estuário. Como na noite do crime, subiu na primeira delas e seguiu pulando uma a uma, até o final, duzentos metros adiante.

Embora o céu carregasse um aspecto cinza e intimidante, ainda era dia e não chovia. Dornelas virou-se, passou a observar a FLIP, a cidade, e dali sua mente, em especial as memórias da noite em que esteve exatamente ali e viu o pequeno barquinho sumir na escuridão. Lembrou-se de um pensamento que teve naquela ocasião: *As razões estúpidas que levam as pessoas a cometer crimes: dinheiro, poder, ciúme, inveja, avareza, pura maldade e amor.* Veio-lhe à mente um pensamento de Carl Jung escrito em O *Livro Vermelho* sobre como o assassino, ao matar seu próprio crescimento, força os outros à bem-aventurança. Foi quando o celular tocou. O delegado buscou-o no bolso, leu o nome de Agenor no aparelho e atendeu.

– Juarez aqui – disse ligeiro antes que o rapaz dissesse qualquer coisa.

– Boa tarde, doutor – disse nervoso, o Agenor.

– Doutor não, Agenor. Juarez.

– Desculpe.

– Tudo bem. O que você tem para mim?

– Um nome, doutor. Juarez. Juarez – corrigiu-se Agenor.

– Diga.

– Maluco. Quem me contratou foi o Maluco.

– Sei quem é. Ele tem ficha na polícia. Você tem certeza disso?

– Absoluta.

– Muito bem. Apague o meu número do seu aparelho e prometa nunca mais se envolver com tráfico. Está entendido?

– Entendido, doutor. Desculpe. Juarez. Diabos!

– Se o caso avançar precisarei do seu testemunho depois. Chamo você.

– Tudo bem, doutor. Merda!

– Até mais, Agenor. Cuide-se.

Dornelas desligou sem dar chance ao rapaz responder. Ligou para Caparrós.

– Alguma coisa sobre o marinheiro?

– Doutor – disse Caparrós, meio sem jeito –, antes de dizer preciso esclarecer uma coisa para o senhor.

– Diga.

– Sei que o senhor não gosta, mas passei na PM, peguei um punhado de maconha apreendida que ia ser levada para a incineração e contratei um *ganso* para ajudar.

Dornelas ficou uma fera.

– Puta que pariu, Caparrós! Como você faz uma coisa dessas sem me avisar? Negociar com traficante, mesmo pequeno, faz da gente criminoso também!

– Eu sei, doutor. Mas para conseguir informação com traficante, o senhor sabe, essa é a única maneira.

Conhecedor das regras do *métier*, da sua impotência diante do tráfico e da urgência da informação, foi obrigado a ceder. Bufou.

– Merda! Da próxima vez, avise antes. Talvez a gente arrume outra forma, sei lá. Detesto isso! – desabafou.

– Eu sei, eu sei. Mas o que consegui com o nosso informante e com a esposa do marinheiro é que o sujeito estava limpo, não devia nada pra ninguém. O homem era da paz.

– Melhor assim – disse Dornelas, mais calmo. – Você está seguro disso?

– Cem por cento.

– Ótimo. Encerre a operação com o *ganso* e vá para a delegacia.

– Estou a caminho.

A ligação foi encerrada e o delegado ligou para Solano.

– E então? – disparou assim que o investigador surgiu na linha.

– Tem coisa aí, doutor. A recepcionista das dez disse que não foi o Nickolas da foto que apareceu para pegar Madalena no hotel, e sim outro homem que na certa deu esse nome. Já a que a substituiu disse que foi o Nickolas da foto que entrou com Madalena perto da meia-noite e saiu cerca de uma hora mais tarde, depois da chuva.

– Ótimo. Bate com o que eu pensava. Volte para a delegacia. Estou a caminho de lá.

Dornelas desligou e começou a saltitar sobre as rochas no caminho de volta. Escurecia. Em dado momento, lembrou-se de que ainda lhe faltava uma informação. Estancou e fez outra ligação.

– Instituto de Criminalística, boa tarde – atendeu uma voz feminina e aveludada.

– Boa tarde. Quero falar com o Chagas, por favor.

– Quem fala? – rebateu a jovem.

– Delegado Joaquim Dornelas.

– Um minutinho.

A voz de taquara rachada do Chagas apareceu antes disso.

– Boa tarde, doutor. O senhor ligou para saber o resultado da perícia na arma, correto?

– Incrível como você consegue ler meus pensamentos – disse Dornelas, em tom jocoso.

– Fazer o quê doutor, essa profissão ensina cada manha para a gente.

Gênio da lâmpada, pensou o delegado, que balançou a cabeça e soltou um longo suspiro, capaz de fazê-lo revirar os olhos.

– Nem me diga. E sobre a arma?

– Bem. O laudo é limitado, para não dizer inconclusivo.

– Como assim? – indagou espantado, o delegado.

– É simples. As digitais ficaram marcadas no cabo pela gordura da pele e a arma ficou imersa por muito tempo em água salgada. Por essa razão, as impressões gravadas ficaram bastante danificadas, não pelo sal em si, mas pela sujeira da água, óleo de motor, gasolina e etc. Dos pequenos fragmentos que consegui extrair posso afirmar apenas que as digitais encontradas não são do marinheiro. Nada mais. E como o nosso sistema informatizado não é avançado como o daquele seriado de televisão, o *CSI*, fica muito difícil estabelecer uma comparação definitiva destes fragmentos com as digitais arquivadas no banco de dados daqui. Se as digitais estivessem completas, seria mais fácil.

Dornelas não sabia se lamentava a falta de ferramentas mais modernas para lhe ajudar na investigação ou ficava contente com a chatice e competência do Cagas.

– Mas não impossível, correto? – resolveu perguntar, numa tentativa derradeira de encontrar uma solução.

– Impossível, nunca é – respondeu o perito, transpirando presteza.

– Que bom! Você sabe se o sistema daí e o novo sistema da delegacia estão conectados, se conversam?

– Ainda não, doutor. Mas em breve isso vai ser possível.

– Muito bem – disse com uma ponta de desânimo. – De qualquer forma, obrigado.

– Disponha.

Assim que se preparava para desligar, Dornelas sentiu o corpo pesado como um monólito e os pés meio que firmando raízes no solo. Um estalo na mente o fez retomar a conversa:

– Chagas, Chagas!

– Pois não, doutor.

– Apenas por desencargo de consciência: você poderia mandar o papiloscopista passar os olhos no acervo que temos na delegacia? Embora muita coisa permaneça impressa, já digitalizamos uma parte dos arquivos. Vai dar algum trabalho, mas acho que vale a pena.

Um silêncio, depois um grunhido.

– Eu vou. A papiloscopista titular está de licença maternidade. Além de perito, acumulo essa função na ausência dela – suspirou Chagas.

– Isso pode anular as provas, caso a coisa avance?

– De modo algum. O juiz daqui reconheceu a independência dos peritos da Polícia Civil para realizar papiloscopia. Na verdade, antes de ser perito eu era papiloscopista.

– Ótimo. Então esperamos por você amanhã.

– Mas amanhã é domingo, doutor!

– E hoje é sábado, e depois de amanhã é segunda,...

Chagas fungou do outro lado da linha.

– Tudo bem.

– Ótimo. Obrigado. Vou avisar da sua visita. Um abraço.

– Outro.

Desligaram. Com a consciência tranquila de que todos os pontos da investigação estavam cobertos até aquele momento, o delegado voltou a saltitar sobre as rochas até a calçada e dali caminhou para a delegacia.

Capítulo 18

Dornelas chegou à delegacia empreendendo um esforço mental hercúleo. Sua energia fora direcionada para ajudá-lo a destilar, em uma única linha de raciocínio, a síntese de toda a malha de fatos, versões e depoimentos que a investigação lhe apresentara até então.

Para não perder o fio de Ariadne que sua mente produzia, abriu a porta de entrada como um touro bravo e cruzou a recepção em direção à sua sala sem sequer perguntar para Marilda se havia algum recado. Qualquer distração poderia fazê-lo perder o fio da meada. Em estado de avançada prostração, os jornalistas apenas o observaram passar em ritmo frenético da porta ao corredor.

Solano, Caparrós e Lotufo, que batiam um papinho na sala deste último, o viram passar como uma locomotiva. Decidiram ir atrás do chefe, que irrompeu para dentro da sua sala, largou o corpanzil na cadeira, os cotovelos sobre a mesa e o queixo apoiado num nó que fez com as mãos. Afundou-se em pensamentos.

Sob o olhar atento dos subordinados, em dado momento Dornelas levantou a cabeça e encarou um de cada vez.

– Espalhem no bairro da Amendoeira e nas favelas adjacentes a informação de que queremos o Maluco. Só o Maluco. Se não nos entregarem o sujeito até amanhã pela manhã, digam que entraremos com a PM, a Polícia Federal, o caveirão do BOPE e o raio que o parta, para arrebentar. Está claro?

O delegado ouviu *sim, senhor*, *claríssimo* e um *perfeito* e os dispensou com um movimento ríspido da cabeça. Ao rodopiarem nos calcanhares a caminho da porta, Dornelas disparou:

– Solano.

O investigador estacou e virou-se para o chefe.

– Sim, senhor.

– Quem está vigiando Madalena neste momento?

– A Jaqueline, doutor.

– A nova investigadora, aquela que tem um pistolão na maçonaria?

– Sim, senhor.

– Você acha que ela dá conta do recado?

– Sem dúvida alguma. Ela vai dar uma investigadora e tanto.

– Muito bem. Obrigado.

Solano virou-se. Voltando-se para os próprios pensamentos, o delegado urrou:

– Boa sorte.

– Obrigado – rebateu Solano, do corredor.

★

Num bote, Dornelas puxou o telefone do gancho e discou três teclas.

– Marilda.

– Pois não, doutor.

– Ligue no celular da Jaque, por favor.

– É pra já.

Desligou, abriu a gaveta e devorou uma tira inteira da barra de chocolate. A mente fervilhava de um modo que não lhe sobrava energia suficiente para saborear a guloseima com calma. Tinha fome. Imaginou um goró. O telefone tocou.

– Diga.

– A Jaque, doutor.

– Pode passar.

Um clique na linha.

– Jaque!

– Sim, senhor.

– Onde está Madalena?

– Zanzando pela cidade. Nesse exato momento, sentada num dos bancos diante da antiga Cadeia, olhando para o mar.

Uma gargalhada do delegado. *Que irônico*, pensou.

– Ela sabe que você a está seguindo?

– Sabe. Até conversamos.

– Ótimo. Vá até ela e traga-a para cá. Diga que preciso bater um papo. Não posso ir agora ao hotel.

– Farei isso, doutor. Aviso o senhor se alguma coisa der errado.

– Fico na sua escuta.

O delegado bateu o telefone e aguardou. A solução do caso, ainda turva, começava a se apresentar cada vez mais clara em sua mente.

★

Enquanto aguardava, Dornelas permaneceu em silêncio, vez por outra verificando os *e-mails*, lendo as piadas, as últimas notícias na internet, estudando as petições, organizando a mesa que estava menos entulhada que de costume. Pelo que conseguiu sapear na delegacia ao longo da tarde, concluiu que o número de crimes durante a FLIP foi menor que o esperado. Isso o agradou, o que o fez considerar o de Gytha uma infeliz exceção.

Levantou-se e foi para a copa pegar um café. Ao passar pela recepção viu Arlete, a recepcionista da noite, assumir o posto de Marilda, que se preparava para ir para casa. Bastou os jornalistas o verem surgir, logo correram em sua direção.

Dornelas nada disse. Apenas levantou a mão espalmada no ar e balançou a cabeça de um lado a outro. O recado estava dado: nada de entrevista. Recuaram.

Ao passar os olhos pelo ambiente, sentiu-se penalizado pela figura frágil de uma senhora de cabelos brancos, pequena e dona de uma obesidade compacta, que permanecia sentada, quietinha, num dos bancos da recepção. Ela usava óculos de armação grossa, suéter bege e vestido de tecido marrom que ficaria muito bem como cobertura de sofá. Sobre o colo, os dedinhos grossos apertavam o guarda-chuva cor de rosa. A bolsa, colada à coxa, sobre o banco, tinha a alça passada em volta do braço. O olhar transparecia apreensão. Foi ter com ela.

– A senhora já foi atendida? – perguntou delicadamente para a mulher.

Os óculos de armação pesada deslizaram para a ponta do nariz assim que ela mexeu de leve a cabeça. A mulher então levantou o rosto e colocou o delegado no foco das lentes.

– Ainda não – respondeu ela em tom de vovozinha de história infantil.

– O que aconteceu? Talvez eu possa ajudá-la – disse, com jeito, o delegado.

Os olhinhos negros se acenderam, a mulher levantou-se num salto e ajeitou os óculos com o dedo.

– Problemas com o banco, doutor.

– Que tipo de problemas?

Ela contraiu-se um pouco e apertou o guarda-chuva com mais força.

– Meu marido morreu faz alguns meses. De lá para cá, venho recebendo as faturas do cartão de crédito dele cada vez com um saldo devedor maior.

Notando que o interesse dos jornalistas começava a aumentar à sua volta, Dornelas convidou-a para uma conversa privada em sua sala. Contente por estar sendo atendida pelo próprio delegado, a mulher foi encaminhada pelo corredor, de lá para a sala e para a cadeira de visitantes, onde se acomodou com a bolsa e o guarda-chuva sobre o colo. Dornelas tomou a sua, debruçou-se sobre a mesa e cruzou as mãos.

– Qual o nome da senhora?

– Maria do Carmo.

– Muito bem. Conte o que aconteceu.

– Meu marido morreu no ano passado com o saldo zerado no cartão de crédito. Romeu foi ao encontro de Deus com as contas em dia. Que o Senhor o tenha – disse a mulher, levantando as mãozinhas no ar. – Qual não foi o meu susto quando comecei a receber as faturas do cartão de crédito a cada mês com saldo devedor maior. Cheguei a conversar com o pessoal do banco.

– O que disseram?

– Que uma vez que a conta não foi fechada e o cartão não foi cancelado, o banco continuou cobrando as despesas de manutenção do cartão, juros por atraso e por aí vai.

Filhos da puta, pensou Dornelas, que meneou a cabeça em nítida reprovação.

– Disseram também, uma daquelas mocinhas do atendimento telefônico, que mais parecem robôs do que gente, que a cobrança dos encargos e dos juros está correta. Sugeri que esquecessem o assunto, que dessem a coisa por perdida, mas disseram que isso era impossível por serem meses de atraso.

– E então?

– Perguntei o que fariam quando descobrissem que meu marido estava morto quando a cobrança começou a ser feita.

Com um caso espinhoso como o de Gytha ocupando-lhe a mente, Dornelas estava achando a história muito insólita e divertida, ao ponto de distraí-lo um pouco das preocupações da investigação em curso. Além disso, a figura da vovozinha o agradava imensamente. Chegou a sentir por ela certo carinho e empatia típicos de neto querido e travesso.

– E qual foi a resposta?

– A atendente ficou muda. Perguntei então se ela achava que Deus ficaria bravo com o Romeu por dar calote depois de morto. Foi nessa hora que ela chamou o supervisor.

– E o que ele disse?

Dornelas apoiou a cabeça numa das mãos e redobrou a atenção na mulher. Mal piscava.

– Ele pediu um atestado de óbito, que enviei pelo fax da loja da minha sobrinha. Voltei a ligar depois disso e falar com ele.

– E?

– O senhor não vai acreditar. O safado me disse que o sistema do banco não foi configurado para *morte*.

Dornelas soltou uma bufada de espanto.

– Que malandragem!

– Não é?! – exclamou ela. – Vendo que a situação não ia se resolver, sugeri de ele enviar a cobrança para o novo endereço do meu marido.

– E qual é?

– Cemitério São Francisco de Assis, Avenida da Redenção, 145, lote 32. O sujeito ficou bravo, disse que a cobrança permaneceria e que se eu quisesse eu podia processar o banco. Por isso estou aqui.

Tomado por um divertimento prazeroso, e mantendo os olhos vidrados na vovozinha, Dornelas demorou um tempo para atinar que a história havia terminado, o que o fez intimamente lamentar. Recostou-se na cadeira e pensou um pouco antes de dizer:

– Dona Maria do Carmo, a senhora tem toda a razão para ficar indignada, assim como eu estou nesse momento. Mas a Polícia Civil não é o local mais apropriado para a senhora tratar desse assunto. Sugiro procurar a justiça cível.

Com os óculos novamente na ponta do nariz, ela levantou o rosto mais uma vez, colocou o delegado no foco das lentes e abriu a boca em visível desapontamento.

— Mas posso fazer o seguinte, o que certamente vai ajudá-la — resolveu interceder o delegado. — Vou redigir uma carta ao juiz, um velho amigo meu, para ver se ele consegue acelerar o processo.

Maria do Carmo soltou o guarda-chuva e fez um completo sinal da cruz.

— Muito obrigada, doutor.

Numa manobra ágil, Dornelas rodopiou a cadeira e postou-se diante do computador. Redigiu uma carta breve, que mandou imprimir, assinou e entregou-a a mulher.

— Desejo boa sorte para a senhora. Se isso não ajudar, volte a me procurar.

— Estou tão agradecida, delegado. Muito obrigada, de coração.

Dona Maria do Carmo levantou-se, esticou o bracinho gorducho sobre a mesa, teve a mão miúda envolvida pela patola do delegado e foi embora.

★

Madalena entrou na sala quinze minutos mais tarde, de cara fechada.

— Eu esperava ser tratada com mais dignidade — resmungou a mulher, que cruzou os braços e se jogou na cadeira como uma criança contrariada, a mesma onde há pouco estava Maria do Carmo. Dornelas ficou surpreso com a reação.

— Em que momento fomos indignos com você? — refutou.

— Sei lá. Vir aqui... esse lugar... me faz sentir como se eu fosse uma criminosa. — A mulher fez uma cara feia e tremeu no lugar, uma expressão típica de dondocas quando veem ratos e baratas circulando pelo chão.

— Se você não é, não tem com o que se preocupar. Por outro lado, se você é, vale a visita para ir se acostumando. — disse Dornelas num sorriso sarcástico, o que deixou a mulher enfurecida.

— O que você quer dizer com isso? — cuspiu ela, os olhos injetados de raiva.

— Quero dizer que você mentiu para mim mais uma vez, o que me faz suspeitar cada vez mais de você — disse o delegado, de modo firme.

Como um cão que acabou de levar uma surra, Madalena se encolheu na cadeira.

— Quando?

— Ao dizer que Nickolas Crest foi buscá-la no hotel às nove horas.

— E ele foi — suspirou Madalena.

— Não me faça de bobo! Sei que um homem se passando por Nickolas Crest foi buscá-la nesse horário.

Madalena endireitou-se na cadeira e avançou na direção dele.

— Prove!

Dornelas calmamente virou-se para o computador, procurou o *e-mail* de Protásio Marcondes, abriu a foto de Nickolas Crest tirada pelo amigo da Polícia Federal e virou o monitor para Madalena.

— Aqui está. Você pensava que Nickolas já tinha saído do país e que nós não conseguiríamos retê-lo. Pois temos não apenas a foto como o depoimento dele, tirado por mim e pela Polícia Federal de São Paulo, de que foi você quem o pegou no hotel pouco depois das nove.

Uma expressão de assombro tomou conta de Madalena, que ficou rígida como uma estátua.

– Você não apenas mentiu para mim como fez amor com Nickolas com o objetivo de usá-lo como álibi – prosseguiu Dornelas. – Muito bem bolado. Na certa pensou que a polícia de uma cidade pequena como Palmyra não fosse meticulosa e profissional o suficiente a ponto de descobrir suas artimanhas. Na conversa com Nickolas, tive a nítida impressão de que ele não tinha a menor ideia de que estava sendo usado por você.

A mulher nada disse, parecia encolher na cadeira. Dez minutos mais daquilo ela estaria apta a voltar para o útero da mãe.

– Agora me diga: quem é o homem que foi buscá-la no hotel? Chega de mentiras. Posso complicar muito a sua vida. Mais do que já está.

Madalena murmurou alguma coisa, mastigando as palavras.

– Repita. Não entendi – esbravejou.

– Meu ex-marido.

Dornelas não se surpreendeu com a informação.

– Qual o nome dele?

A mulher se retorceu no lugar e fechou ainda mais a cara numa recusa declarada de abrir a boca.

– Entenda uma coisa: vou descobrir de qualquer jeito, mesmo que você não me conte. A única diferença é que vai dar mais trabalho, o que pode afundar o meu humor. E quanto mais piora o meu humor, menos vontade vou ter de ajudar você se a coisa complicar para o seu lado. Simples assim – colocou de um jeito muito calmo e ponderado. – Então, vai dizer o nome dele?

Madalena mexeu-se um pouco, saiu do estado apoplético em que se encontrava, e, olhando para o chão, disse bem baixinho:

– Felisberto Capuano.

Dornelas escreveu o nome no bloco de notas.

— Onde ele está?

— Na pousada Trilha do Ouro.

— A mesma de Nickolas Crest?

A mulher fez que sim com a cabeça. Dornelas puxou o telefone no gancho e discou três teclas.

— Arlete.

— Sim, senhor — disse a telefonista.

— Mande a Jaque vir para a minha sala, por favor.

— É pra já.

Dornelas bateu o telefone. Jaqueline apareceu pouco depois e permaneceu em pé, ao lado de Madalena, que esquadrinhou a investigadora de cima a baixo: os cabelos presos num rabo de cavalo, as unhas pintadas, o anel de noivado, o colete a provas de balas, a arma na cintura.

— Pois não, doutor — disse Jaque.

— Tenho um serviço para você. Redija uma intimação em nome de Felisberto Capuano e traga para eu assinar. Aproveite que a delegacia está tranquila hoje, pegue um dos plantonistas e vá para a pousada Trilha do Ouro. Sabe onde fica?

— No Centro Histórico, colado à sorveteria.

— Isso mesmo. Traga o senhor Felisberto para ser ouvido. Se encontrar qualquer dificuldade, me avise.

— Pode deixar, doutor.

— Boa sorte.

— Obrigada.

Jaque saiu. Dornelas apanhou o celular e ligou para Solano.

— Como está por aí?

— Melhor do que eu esperava. É possível que nos entreguem o Maluco ainda esta noite.

— Isso é bom! Você acha que Lotufo e Caparrós podem cuidar disso daqui para frente?

– Acho que sim – respondeu Solano, em tom de dúvida. – O que o senhor tem em mente?

– Quero que você vá ao hotel de Madalena e traga as duas recepcionistas para declarações. Vou pedir para os plantonistas redigirem as intimações que vou deixar assinadas.

– Estou a caminho daí – disse Solano antes de desligar.

Capítulo 19

Dornelas apanhou o celular sobre a mesa e discou o número de Dulce Neves, que atendeu no segundo toque:

– Onde você está?

– Ainda aqui – respondeu Dornelas, desgostoso. Bastou ouvir a voz de Dulce para que ele abandonasse a agitação que lhe ocupava a mente e se aproximasse da sua alma. Notou o corpo pesado e a visão cansada.

– Acabei de entrar em casa. Você vai demorar?

– Infelizmente, sim. – O delegado apoiou os cotovelos na mesa e começou a esfregar os olhos com a mão livre. – Acho que o caso da gringa está caminhando para uma solução. Tenho alguns depoimentos pela frente, possivelmente uma acareação... vamos ver.

Madalena, acabrunhada na cadeira, estava alheia à conversa.

– Espero por você – disse Dulce, desejosa da companhia do namorado. – Vou tomar um banho e fazer uma comidinha para a gente. É sábado à noite. O que você tem vontade de comer?

A pergunta fez a fome reafirmar-se em pontadas na barriga. Dornelas imaginou o cheiro de molho de tomate sendo derramado sobre almôndegas crocantes, saltitando em azeite, misturando-se com manjericão fresco numa panela fumegante. A imaginação fez a boca encher-se de um sabor vazio.

– Macarrão, molho de tomate e almôndegas.

– Essa é fácil. Você aqui é o mais difícil.

– Vou ver o que posso fazer. Não garanto. Acho que vai demorar. Aviso você.

— Um beijo grande, então.

— Outro.

O baque do telefone no gancho ecoou-lhe no peito como se uma imensa porta de cofre estivesse fechando seu coração; e o fez voltar à realidade, que se resumia à sua sala, num sábado à noite, com Madalena Brasil olhando para o chão.

★

O tempo demorava a passar.

— Posso me levantar? — perguntou Madalena após ter-se revirado inúmeras vezes na cadeira. — Estou com a bunda quadrada.

Dornelas, que dava conta do trabalho burocrático, levantou os olhos para ela.

— Fique à vontade. Só não saia da sala.

Ela estancou nos primeiros passos e olhou para ele.

— É uma prisão, mesmo! — bufou.

— Ainda não — arrematou o delegado, que se enfiou de volta no trabalho.

Em dado momento, a porta da recepção estalou, passos e vozes, alguns segundos e o telefone tocou.

— Estou com o homem aqui, doutor — disse Jaque. — Devo levá-lo para a sala de interrogatório?

Dornelas matutou e disse:

— Não. Traga-o aqui.

Os passos ganharam o corredor e Jaque surgiu com um homem moreno, cabelos ralos, cabeça quadrada, olhos nervosos e uma boca que mais parecia um talho no rosto anguloso. Ele vestia camisa branca e terno azul, sem gravata. O visual parecia ter sido produzido artificialmente, pois, aos olhos do delegado, o aspecto rude do sujeito não se encaixava nas roupas finas que vestia. Ao vê-lo entrar, Madalena enrijeceu-se no lugar. Dornelas levantou-se.

– Senhor Felisberto Capuano? – perguntou, dirigindo-se ao homem.

O sujeito anuiu com um movimento discreto da cabeça e postou-se diante da mesa com expressão de poucos amigos. Metro e noventa de pura agressividade.

– Por favor, sente-se – apontou-lhe a cadeira Dornelas, que tomou a sua.

O homem moveu-se vagarosamente como uma pantera à espreita da presa e sentou-se ereto, em estado de alerta. Madalena correu para voltar à sua cadeira, ao lado da dele. Jaque permaneceu em pé, atrás dos dois.

– O senhor sabe por que está aqui? – perguntou Dornelas.

Felisberto moveu a cabeça de um lado a outro sem tirar os olhos do delegado.

– Muito bem. O senhor conhece esta mulher? – perguntou apontando para Madalena.

O sujeito fez que sim com a cabeça. O delegado prosseguiu:

– O senhor foi visto no hotel dela na última quarta-feira às nove da noite. Está lembrado de tê-la buscado no hotel nesse dia, nessa hora?

Uma negativa.

– O senhor não foi buscá-la no hotel neste dia às nove da noite? – enfatizou.

Outra negativa.

– Entendi. – Dornelas mordiscou o lábio, tamborilou o tampo da mesa. – Vou lhe dar uma segunda chance. Se não começar a falar, saiba que a cada pergunta não respondida o senhor complica cada vez mais a vida da sua ex-mulher. Sacou?

Madalena olhou para Felisberto em súplica. O sujeito limitou-se a mover a cabeça para cima e para baixo.

– Jaque, leve-o.

– Para onde?

– Para sala de reconhecimento.

– Não, doutor. Não faça isso – Madalena virou-se e agarrou o ex-marido pelo braço enquanto este se preparava para levantar. – Não me deixe aqui sozinha, Beto!

O homem ficou de pé sem apresentar resistência e deixou-se levar calmamente por Jaque, que agarrou o outro braço. Madalena, quase aos prantos, o viu virar-se e sair da sala, sem dizer palavra, sem sequer olhar para ela.

– Grande parceiro você arrumou – disse Dornelas ao vê-lo sair.

– O que o senhor vai fazer com ele? – disparou a mulher.

– Não é da sua conta.

Madalena fez um bico e fechou a cara. Dornelas abriu a gaveta e tirou de lá uma barra fechada de chocolate ao leite.

– Quer um pedaço?

A mulher fez um muxoxo e esticou a mão. O delegado, que não era dado a dividir seu chocolate favorito com ninguém, deslizou a barra por cima da mesa.

– Só um quadradinho – disse a mulher.

Ela agarrou, abriu o pacote, quebrou um pedaço do canto e enfiou-o na boca. Conhecedor dos efeitos de um bom chocolate sobre o sistema emocional de uma mulher, Dornelas ficou contente ao ver que havia conseguido o que queria: amansar os ânimos dela.

★

A noite se arrastava. A rotina dos minutos demorava a passar. O telefone tocou.

– Dornelas – atendeu, num bote.

– Estou na recepção com as duas moças do hotel, doutor – disse Solano. – Para onde devo levá-las?

– Para os fundos da sala de reconhecimento. Peça para a Jaque vir para cá.

– Pode deixar.

Desligaram. Assim que a investigadora apareceu, o chefe deu-lhe algumas instruções e saiu. Solano o aguardava com as duas recepcionistas numa saleta escura e quente. O delegado apertou a mão de uma de cada vez e bateu no vidro com o nó dos dedos. Do outro lado, Felisberto Capuano, sentado numa cadeira no meio da sala, estudava os próprios sapatos. O sujeito levantou a cabeça no estalo e virou o rosto na direção do barulho. Trancado numa sala plenamente iluminada, ele não podia identificar absolutamente ninguém através do espelho.

– Alguma de vocês duas viu este homem buscar Madalena Brasil na última quarta-feira à noite? – perguntou o delegado apontando para Felisberto, que inspecionava o vidro como uma serpente num aquário.

A morena miúda, de cabelos presos num rabo de cavalo, levantou um dos dedos e disse num fio de voz:

– Fui eu, doutor.

– Muito bem. A que horas foi isso?

– Nove da noite.

– Com que nome ele se identificou?

– Nickolas Crest.

– Quanto tempo ele esperou por ela?

– Sei lá, dois minutos. Dona Madalena apareceu logo depois que eu o anunciei.

– Como eles se cumprimentaram? Isso é muito importante.

– Com um beijo.

– Na boca?

– Sim, senhor.

– Tem certeza?

– Absoluta. Eu notei quando ela entrou na recepção. Ela é uma mulher que chama muito a atenção. Pareceu muito contente ao vê-lo ali.

– Tinha mais alguém na recepção neste momento.

A moça vasculhou a mente.

– Não sei dizer, doutor.

– Tudo bem. A que horas terminou o seu turno?

– Dez.

– Quem a substituiu?

– Ela – disse a morena, apontando para a outra garota.

Dornelas virou-se para Solano.

– Está com a foto de Nickolas Crest?

Solano revirou os bolsos da jaqueta, tirou um papel dobrado e entregou-o ao chefe, que pegou e estudou por um tempo antes de apresentá-la para a outra recepcionista, uma ruiva de cabelos cacheados com o rosto coberto de sardas. Ela e a morena estavam vestidas do mesmo modo, com o uniforme do hotel.

– A que horas você começou o seu turno? – perguntou o delegado, de modo firme.

– Às dez, assim que ela saiu – respondeu a ruiva, apontando para a morena.

– Você viu o homem da foto entrar no hotel naquela noite?

A moça fez que sim com a cabeça.

– A que horas?

– Perto da meia-noite.

– A que horas ele saiu?

– Depois da chuva, tipo uma da manhã?

– Existia algum movimento no hotel naquela hora?

– Não, senhor.

– Você viu aquele homem – Dornelas apontou para Felisberto, que voltou a se sentar na cadeira –, ao invés deste da foto entrar no hotel com Madalena?

A moça fez que não com a cabeça.

– E você, viu este? – perguntou Dornelas colocando a foto diante da morena.

– Não, senhor.

– Ótimo. A partir de agora preciso que vocês fiquem à disposição da justiça – elas anuíram e o delegado virou-se para Solano. – Peça para o escrivão registrar o depoimento das duas e pode liberá-las.

O investigador franziu a testa.

– Hildebrando teve de ir para casa, doutor. Não se sentia bem.

– Faça você, então – instruiu o chefe, sem delongas.

Solano acatou a ordem e saiu da sala com as duas. Dornelas estudou a foto de Nickolas, depois Felisberto, a foto mais uma vez, e concluiu que existia uma semelhança entre os dois, algo que fora criteriosamente produzido.

Ao abrir a porta para voltar para sua sala, ouviu uma gritaria vinda da recepção. Foi para lá e viu Caparrós e Lotufo entrarem segurando um homem, cada investigador agarrado a um braço ossudo. O sujeito era magro e espevitado, bermudas listradas e sujas, blusão de moletom imundo muitos tamanhos maior que o corpo, calçando sandálias tortas e gastas.

– Que foi que eu fiz agora, doutor? – cuspiu o sujeito. – Tô sossegado no meu canto.

– Sossega, Maluco – disse Dornelas. – Se me ajudar, libero você rapidinho.

– O que eu tenho que fazer? – rebateu o Maluco, expondo um conjunto grotesco de dentes podres e carcomidos.

– Venha comigo.

Caparrós e Lotufo o soltaram. Dornelas voltou para o corredor com Maluco no encalço e os dois investigadores atrás deste.

– Entre aí.

Maluco entrou no ambiente escuro da sala de reconhecimento com o delegado e os subordinados logo atrás. Felisberto estava com o nariz quase colado no vidro, do lado oposto, o rosto enfiado numa conchinha que fez com as mãos. Tentava, de qualquer jeito, ver alguém através do espelho. Sem sucesso.

– Você conhece este homem? – perguntou Dornelas.

– Não fiz nada de errado, doutor – respondeu o sujeito, virando-se para o delegado.

– Não enche, Maluco. Você conhece este homem ou não?

– Conheço.

– De onde?

– Ele me procurou no começo da semana.

– O que ele queria?

– Vai me botar em cana?

– Se disser a verdade, não. Se mentir, é bem provável.

Maluco pensou um pouco.

– Ele queria uns sacolés de cocaína.

– Quantos?

– Dois – o homem fez um "v" com os dedos no ar.

– Alguma coisa mais? Algum serviço especial?

O sujeito coçou a barriga.

– Ele pediu para eu arrumar um mensageiro.

– Para fazer o quê? – indagou o delegado, que não quis dar tempo para o Maluco pensar.

– Encontrar uma mulher e dar umas informações.

– Que informações?

– Que ela devia ir à praia Brava pela trilha. Lá ela encontraria o fornecedor da cocaína que procurava.

– O que você achou do pedido?

– Muito estranho. Nunca ninguém me pediu isso!

– Você fez o que ele pediu?

O Maluco fez que sim com a cabeça.

– Por quê?

– Grana, chefia. O homem disse que me pagaria cinco mangos se eu fizesse o que ele estava pedindo.

– Ele pagou?

– Direitinho.

– Quando?

– Metade na hora. Metade na quinta de manhã.

– Quem você contratou?

– Um moleque esperto lá da comunidade. Ele ficou desempregado faz uns dias e tava babando por uma grana.

Agenor, pensou Dornelas, com desdém.

– Quanto você pagou para esse moleque?

– Mil reais.

– Quando?

– Na quarta para quinta-feira à noite, pouco antes da chuva, depois que ele me disse pelo celular que tinha feito o serviço. Mandei um falcão passar um envelope com a grana debaixo da porta da casa dele.

Dornelas cruzou os braços, beliscou os lábios.

– Muito bem. Peguem o depoimento dele.

Maluco encarou o delegado.

– O senhor vai me botar no xadrez, doutor?

– Deveria, mas tenho coisa mais importante para fazer nesse momento. – Virou-se para sair da sala e uma ideia surgiu. Voltou para ter com o Maluco. – Sei que sua palavra não vale nada, mas vou fazer vista grossa para o que você fez se me prometer três coisas.

Maluco arregalou os olhos para o delegado que lhe colocou a mão diante do rosto e esticou um dedo de cada vez.

— Um: você vai fazer seus negócios bem de mansinho por um tempo. Dois: vai ficar à disposição da polícia para testemunhar nesse caso. E três: vai me prometer nunca mais, nunca mais mesmo, envolver no tráfico esse moleque que você contratou. Se furar com uma dessas três, vou arrumar uma forma de fazer você apodrecer no xadrez. Estamos entendidos?

Dornelas manteve olhos duros e frios sobre Maluco, que procurava sem sucesso desviar-se deles.

— Estamos entendidos ou não? — enfatizou.

— Sim, senhor — balbuciou o sujeito.

— Qual o nome do rapaz?

— Sidney, doutor. Sidney Marrano.

— O endereço?

Maluco deu.

— Ótimo. Se acontecer qualquer coisa com ele a partir de hoje, vou atrás de você. Combinado?

— Sim, senhor.

— Peguem o depoimento dele e podem liberá-lo — ordenou o delegado.

Capítulo 20

Maluco saiu da sala com Lotufo agarrado num braço. Caparrós virou-se para o chefe.

– O senhor vai fazer acordo com esse homem, doutor? – perguntou com indignação o investigador.

– Que alternativa eu tenho? – refutou o delegado. – Se eu botá-lo em cana ele fecha o bico e eu fico a ver navios.

Caparrós nada disse, apenas observou o chefe virar-se e abandonar a saleta.

★

– Jaque – disse Dornelas ao entrar na sua sala.

– Pois não, doutor.

– Leve dona Madalena de volta para o hotel. Monte guarda na porta do quarto. Se estiver cansada, combine com alguém para substituir você quando precisar.

– Pode deixar, doutor.

Madalena, que acompanhava a conversa, levantou-se num salto. Dornelas virou-se para ela.

– Você toma algum remédio para dormir, calmante, antidepressivo ou coisa do gênero?

– Nada.

– Ótimo. Mesmo assim, e se não se incomodar, deixe a Jaque olhar as suas coisas.

A mulher deu de ombros. Jaque trocou olhares com o chefe fazendo-o ter certeza de que entendera a instrução, cujo objetivo era evitar que Madalena fizesse uma besteira com algum remédio ou coisa parecida. Depois convidou a mulher para fora da sala e ambas ganharam o corredor. Dornelas saiu atrás e ficou pelo caminho, na sala de Solano.

As duas recepcionistas do hotel, sentadas nas cadeiras diante da mesa do investigador, viraram-se assustadas ao ver o delegado surgir na porta.

– Venha cá um minuto – disse Dornelas para o subordinado, que se levantou e foi atrás do chefe. – Estou indo embora – sussurrou, no corredor.

– Tudo bem, doutor.

– Fiche o Felisberto. Ele vai dormir no xadrez esta noite. Só de ter comprado drogas do Maluco já é suficiente para eu pedir a prisão preventiva.

– Tudo bem.

– Se alguma coisa rolar no meio da noite, ligue no meu celular.

– Pode deixar.

– Mais uma coisa. O Cagas vêm para cá amanhã de manhã. Pedi para ele comparar os fragmentos das digitais da arma com o nosso banco de dados. Peça para ele começar com o Felisberto. Serviço completo: pés e mãos. Por falar no banco de dados, como está a digitalização disso?

– No começo – respondeu Solano.

– Outra coisa. Amanhã pegue o que puder de informações sobre o Felisberto, se ele tem antecedentes criminais, a rotina no hotel, quando fez *check-in*, idas e vindas..., essas coisas.

– Que hotel?

– Pousada Trilha do Ouro. A mesma de Nickolas Crest.

– Tem coisa aí, doutor.

– Também acho. Mas precisamos de provas.

– Boa noite.

– Para o senhor também.

Dornelas voltou para sua sala, fechou tudo – computador e gaveta –, pegou o paletó, o celular e saiu. A fome não arrefecia. Ainda no corredor, sonhava com o macarrão com almôndegas de Dulce Neves.

★

Ganhou a rua. Estava exausto, porém preenchido por um sentimento de satisfação pelo trabalho realizado. Ficou satisfeito, sobretudo, com a forma como conseguiu descobrir a identidade do Agenor, recém-revelado Sidney Marrano. Se o Maluco não tivesse reconhecido Felisberto, a coisa se complicaria. E se o traficante tivesse descoberto que seu delator era o rapaz, adeus para ele. Puxou o telefone do bolso e fez uma ligação.

– Sidney? – indagou assim que um grunhido empastado surgiu na linha.

Um breve silêncio.

– Quem fala? – devolveu o rapaz.

– O delegado Dornelas.

– Doutor?

– Você pode falar um minuto?

– Sim, senhor. Mas e aquele história de Agenor, Juarez...?!

– Pode esquecer. Preciso de você amanhã na delegacia.

– Mas e o Maluco? Ele vai acabar comigo.

– Não vai. Ele acha que outro sujeito o delatou para a polícia. Foi ele mesmo quem deu o seu nome. Você está seguro. Pode ficar sossegado.

Novo silêncio. Um fungado.

– A que horas o senhor quer que eu esteja lá?

– As dez. Pode ser?

– Deixa comigo.

– Boa noite, então. E desculpe por ter tirado você da cama.

– Não esquente, doutor. Boa noite.

Dornelas desligou, guardou o telefone no bolso e seguiu adiante. Numa mudança repentina de ideia e de rumo, entrou no Centro Histórico e foi direto para o Bar do Vito. Uma dose de Canarinha, sua cachaça favorita, o ajudaria a relaxar.

O italiano zanzava como uma barata entre as mesas, de bandeja em mãos, servindo aqui e ali, quando o delegado subiu a escadinha de pedra e entrou. Vendo o salão lotado, Dornelas encostou o corpo no balcão e fez o pedido para Tamires. Enquanto aguardava, aproveitou para passar os olhos no ambiente, na clientela. Qual não foi sua surpresa ao cruzar olhares com Ruth Velasco, a organizadora da FLIP, jantando sozinha numa das mesas do fundo.

Dornelas acenou para ela, que acenou de volta, convidando-o a acompanhá-la. Ele então esperou Tamires aparecer com a cachaça, e, com o copinho entre os dedos, foi ter com Ruth.

– Não vou atrapalhar você? – perguntou, ainda de pé, ao lado da mesa.

– De modo algum. Por favor, sente-se – convidou ela, apontando a cadeira. Dornelas sentou-se e depositou o copinho sobre a mesa. – O senhor já jantou?

– Ainda não.

– Por que não janta comigo?

– Muito obrigado, mas minha mulher está me esperando para jantar.

Mesmo proferidas de modo fortuito, e ao mesmo tempo em que a imagem de Dulce lhe ocupava a mente, Dornelas ficou espantado assim que as palavras *minha mulher* lhe saíram da boca. O sentimento a reboque, de pleno conforto, o alegrou. Embora estivesse inseguro quanto ao desenrolar da relação, o simples fato de dizer *minha mulher* e sentir-se bem com isso significava que ele intimamente promovera o status do seu namoro com Dulce para uma categoria mais elevada. Ficou feliz com a constatação, mas não deixou que nada disso transparecesse para Ruth. Levantou o copo em íntima saudação e deu o primeiro golinho.

— Então está apenas tomando uma saideira — disse ela.

— Pode-se dizer que sim — depositou o copo na mesa.

Ruth deu uma garfada na comida — cujo trajeto do prato à boca foi acompanhado com gosto por Dornelas — mastigou com calma, engoliu e perguntou:

— Como está a investigação?

— Chegando ao fim, se Deus quiser.

— Já pode me dizer quem matou Georgia Summers?

Ao escutar esse nome, Dornelas chegou a pensar que outra pessoa houvesse sido assassinada além de Gytha Svensson, uma vez que ele sempre se referira à vítima pelo nome de nascimento, não pelo pseudônimo.

— Ainda não. Tenho apenas alguns suspeitos, sem provas.

— Isso não é bom — disse Ruth, que enfiou outra garfada na boca.

— E você, como vai de FLIP? — perguntou Dornelas.

— Uma loucura... mas chegando ao fim também. Se a polícia tivesse evitado o assassinato de Georgia, teria dado tudo certo.

— Lamento por isso, mas nós da Polícia Civil somos acionados apenas depois que a merda acontece, nunca antes. A patrulha nas ruas é uma atribuição da Polícia Militar.

Ruth largou o garfo e bebeu água de um copo. O assunto morreu por um instante. Olhando para ela, Dornelas retomou:

— Mas vou confessar uma coisa para você. Na noite do crime, vi o barco em que estava Gytha, Georgia, sei lá, sair do rio diante da FLIP.

A mulher arregalou os olhos e enrijeceu-se com o copo na mão. Dornelas prosseguiu:

– Achei aquilo estranho, senti que havia alguma coisa errada... Puro instinto. Jamais pude imaginar que aquilo fosse resultar num crime, muito menos num dessa proporção.

Ruth depositou o copo na mesa em câmera lenta, boquiaberta.

– O que fiz naquele momento foi avisar minha equipe para que ficássemos de prontidão – disse o delegado, que deu mais um gole na cachaça. – Foi o que fizemos.

– E avisar a PM? – indagou Ruth, saindo da paralisia em que se encontrava.

– Impossível. Para a polícia, intuição não é justificativa para qualquer tipo ação. Quando me deparo com uma situação que me parece suspeita, geralmente observo a coisa por um tempo, filtro os detalhes e acompanho. Naquela noite, não tive como acompanhar. O barco apareceu, navegou um pouco e sumiu na escuridão. Foi tudo muito rápido. Fui pêgo de surpresa. Eu estava ali, no paredão rochoso, apenas para espairecer. E não adiantava acionar a Marinha para seguir a baleeira. Não só eles jamais sairiam para o mar numa noite daquelas, como eu faria papel de bobo caso nada acontecesse.

Dornelas cruzou os braços sobre a mesa, baixou a cabeça, agarrou o copinho e entornou o resto da cachaça num gole só.

– Pelo que me diz, o senhor não podia ter feito muita coisa – disse Ruth, sentindo boa dose de comiseração por ele.

Dornelas depositou o copo na mesa.

– Pode me chamar de Joaquim, por favor. E sim, sei disso. Assim como eu sei que seja lá quem cometeu esse crime sabia muito bem o que estava fazendo. Foi uma coisa planejada, pois escolheu a noite a dedo: a atenção da cidade voltada para o evento, o mar agitado... tirar Gytha do centro das atenções e levá-la para uma praia deserta, naquela noite, foi um golpe de mestre. Pelo que Madalena me disse, ela era muito tímida e usava cocaína para vencer essa limitação. Essa foi a isca que a fez sair daqui e morrer onde morreu.

Ruth nada disse. Apenas acompanhou a história e observou o tom pesado do desabafo de Dornelas. Após um longo silêncio, ela resolveu dizer:

– Pelo que li nos jornais, ela foi morta a golpes de um abridor de coco.

O delegado confirmou com um movimento da cabeça.

– E havia pegadas na areia, saindo do mar – prosseguiu Ruth.

– Isso mesmo.

– Se o mar estava tão agitado, como o assassino chegou à praia? – perguntou ela, entrando no clima da investigação.

Com os sentidos levemente amortecidos, Dornelas deixou-se levar. Estava gostando da conversa. Trocar ideias com alguém fora do universo policial talvez pudesse lhe trazer uma nova visão das coisas.

– Aí é que está a questão. Não foi por terra, pois ninguém viu Georgia sair acompanhada do bar da praia Mansa. E pela hora aproximada do óbito, ela morreu após a chuva. Se o assassino tivesse seguido por terra, teria deixado marcas na lama. Não encontramos nada. Por essa razão, acreditamos que ele entrou e saiu da cena do crime por mar. Os suspeitos estão na palma da minha mão e não estou encontrando as formas de provar a participação deles.

– O senhor não vai mesmo dizer quem são, vai?

– Madalena e o ex-marido dela.

Ruth espantou-se com a informação.

– Eu não sabia que ela havia sido casada antes. Muito menos com um homem.

– Pois é – disse Dornelas. – Você sabe alguma coisa sobre ela que talvez possa me ajudar? Alguma coisa sobre Gytha, Georgia?

– Sobre Madalena, nada – disse Ruth, dando de ombros. – Sobre Georgia, apenas o que saía na mídia: que ela era muito famosa, morava nos Estados Unidos... – Ruth divagou um pouco. Dornelas aguardou calado, pois notou que a mulher vasculhava a memória. – Mas lembro de ter ouvido a boca pequena, nestes últimos dias, que ela havia sido recentemente diagnosticada de uma doença fatal. Uma dessas de nome estranho.

O delegado foi como que atingido por um raio. E de modo repentino, resolveu partir.

– Adorei a conversa, mas minha mulher me espera – disse, já de pé.

– Fico feliz por ter ajudado. Caso saiba de mais alguma coisa, aviso o senhor.

Dornelas deu a volta na mesa, beijou-a na face e foi para o balcão. Pagou a conta e saiu.

★

Antes de seguir para a casa de Dulce, Dornelas passou na sua. Lupi estava sozinho e sem passear desde a hora do almoço. Ao abrir a porta, foi envolvido por uma lufada de merda fresca. Tarde demais. Tomado por piedade pelo cachorro, buscou pá, vassoura e saco plástico na lavanderia e limpou tudo num minuto, sem dar-lhe bronca alguma.

Dornelas acompanhou então o cachorro num longo passeio pela rua. Lupi aliviou-se totalmente, foi acariciado ternamente pelo dono e ambos retornaram para a casa.

— Volto amanhã de manhã, rapaz — disse ao ajoelhar-se e acariciar longamente o animal. — Cuide da casa.

Largou a luz da sala acesa e trancou a porta.

★

Dulce dormia a sono solto no sofá da sala. O aparelho de TV estava ligado na Globo, num filme. Dornelas olhou o relógio. Passava das onze. Lamentou ter perdido mais um capítulo da novela. Mas não muito. A trama dessa não o capturara como a da anterior.

Ele então beijou Dulce na testa, passou-lhe os braços por trás dos joelhos e das costas e tirou-a do sofá. Dulce acordou no caminho para o quarto.

— Meu príncipe encantado — disse com voz empastada e apoiou a cabeça no ombro dele.

— Durma bem. Nos falamos amanhã — murmurou Dornelas, que então colocou-a na cama e envolveu-a com as cobertas. Dulce se aninhou ali. O gato dela, Hitchcock, adotado após uma investigação que ele conduzira tempos atrás, subiu e enrolou-se no pé da cama.

O delegado desceu para a cozinha e fez um prato enorme do macarrão com almôndegas que o aguardava numa panela sobre o fogão; comeu com gosto, guardou o que restava na panela num pote plástico na geladeira, lavou a louça, apagou as luzes e subiu. Tomou um longo chuveiro quente e foi para cama.

★

Pouco depois das três da madrugada, o celular começou a tocar no criado-mudo. Absorvido pelo mundo dos sonhos, Dornelas esticou o braço num movimento quase involuntário e agarrou-o. Olhou o nome no visor: Solano.

– O que foi? – pergunto aos resmungos.

– Desculpe ligar a essa hora doutor, mas é importante.

– Diga.

– A Polícia Militar encontrou um cadáver num veleiro ancorado na praia Mansa. O barco é de um sujeito de São Paulo. O corpo estava dentro da cabine em estado de putrefação avançado.

Dornelas rapidamente se sentou na cama, acendeu a luz e cutucou Dulce, que gemeu ao seu lado.

– Alguém deu a dica?

– Disseram que receberam uma ligação anônima e foram verificar com os bombeiros. Pelo que entendi, foi morto a tiros.

O delegado rapidamente botou a mente para funcionar.

– Você acha que isso tem alguma ligação com o caso da gringa? – indagou.

– É cedo para dizer. O que faço? – rebateu Solano.

– Vou ver com Dulce. Ligue para o Chagas. Tire-o da cama. Eu o quero no local imediatamente. Se ele reclamar, ligue pra mim.

– O senhor vai para lá?

– Não. Amanhã pela manhã você me conta tudo. Vou chegar cedo.

– Combinado. Boa noite, doutor.

– Boa noite.

Dornelas encerrou a ligação, intrigado. Virou-se para Dulce que se espreguiçava ao seu lado, os cabelos longos e despenteados envolvendo-lhe o rosto.

– O que foi? – perguntou ela num grunhido.

– A PM encontrou um corpo num veleiro em estado de putrefação. Você vai ter que ir para lá agora?

– Não, senhor. Hoje fico aqui com você. A plantonista que se vire – Dulce mascou as palavras.

— Você pode então dar uma ligadinha e pedir urgência?

— Arrã.

A namorada passou a mão no telefone, ligou para o IML de Marealto, que também atende o município de Palmyra, e deu as instruções para a plantonista.

— Feito — disse ao desligar. — E boa noite — a mulher esticou-se toda, deu um beijo no namorado e enfiou a cabeça no travesseiro.

Dornelas apagou a luz e permaneceu aceso, no escuro, por um bom tempo. Refletiu até os pensamentos começarem a se embaralhar e ele mergulhar em sono profundo, sem perceber.

★

— Você não devia ter me esperado até tão tarde — disse ele, ainda na cama. Dulce havia se levantado, caminhava na direção do chuveiro.

— Eu queria ver você — ronronou ela, entrando no box.

Dornelas gostou do que ouviu, sobretudo de saber que o amor que ele sentia era recíproco. Levantou-se e foi atrás da namorada. Dulce abriu a torneira. O barulho da água tomou conta do ambiente.

— Ontem à noite ouvi que Gytha havia sido diagnosticada recentemente de uma doença fatal. — disse ele, quase num berro, já no banheiro. — Você encontrou alguma coisa nos exames?

— O histopatológico chega amanhã — respondeu ela, de debaixo da água. — Mandei fazer no Rio de Janeiro. Não tenho como fazer em Marealto.

— Você acha que consegue uma prévia por telefone ainda hoje? — Dornelas se despiu e entrou no box.

— Vou tentar — respondeu ela, aos gorgolejos.

— Precisa de ajuda para esfregar as costas?

Dulce avançou a cabeça para fora da água, esfregou o

rosto, alisou os cabelos e olhou de um jeito maroto para ele.

– Essa cantada é mais velha que andar para trás.

– Mas funciona. – Dornelas puxou-a para si e atracou-se a ela num beijou quente e molhado.

Capítulo 21

Palmyra amanheceu sonolenta no domingo. Andorinhas rodopiavam no ar frio e úmido. Um ou outro pedestre circulava pelo Centro Histórico. Os marinheiros dos barcos de pesca e das escunas de passeio aguardavam sem esperança uma saída para o mar, que refletia impecavelmente as montanhas ao redor da cidade.

Contente em espírito pela noite com Dulce e pela barriga cheia do seu goró – cujos ingredientes a namorada teve a consideração de providenciar –, Dornelas chegou à delegacia pouco depois das oito. Ismênia, a folguista de Marilda nos finais de semana, já estava lá arrumando a mesa de trabalho.

– Bom dia, doutor – disse a recepcionista ao ver o delegado cruzar a porta de entrada.

– Bom dia – respondeu Dornelas, cujo contentamento aumentou ainda mais ao notar que a recepção estava vazia dos jornalistas de plantão. – Algum recado?

– Nada ainda.

– Obrigado.

O delegado tomou postos na sala, ligou o computador, notou a pilha de papéis que voltara a aumentar, deu de ombros e foi ter com Felisberto, na cadeia. O sujeito estava deitado numa das camas, os braços cruzados atrás da cabeça, olhando fixamente para o teto.

– Vai falar hoje? – perguntou Dornelas ao aproximar-se das grades.

– Só na presença do meu advogado – respondeu Felisberto.

– A que horas ele virá?

– Deve estar para chegar.

– Muito bem.

Ao se virar para voltar para sua sala, um clarão na mente e ele deu meia-volta.

– Que doença tinha Gytha? – disparou.

O sujeito arregalou os olhos e levantou a cabeça do travesseiro.

– Só na presença do meu advogado – enfatizou Felisberto.

Dornelas deu-lhe as costas e saiu.

★

Aproveitando que a delegacia ainda estava tranquila, Dornelas resolveu empenhar-se em resolver o trabalho burocrático. Queria se ver livre dele o quanto antes. Puxou a pilha de papéis para perto de si, sem titubear. Em pouco menos de uma hora, a pilha baixou consideravelmente.

Pouco depois das nove, abriu a gaveta e pegou a barra de chocolate. Ouviu passos no corredor. A mão agarrada à barra congelou-se dentro da gaveta. Estático, redobrou a atenção. Um estalo na fechadura. Por puro instinto, abriu a mão e bateu a gaveta. Solano e Chagas irromperam esbaforidos segundos depois. *Por pouco*, suspirou aliviado, de modo ligeiramente infantil. Sua guloseima estava a salvo mais uma vez.

– Boas notícias, doutor – disse Solano, ao tomar uma das cadeiras. Chagas tomou a outra.

– Conte tudo.

Solano adiantou-se no assento e começou a falar:

– O cadáver era de um marinheiro que cuidava do veleiro de um sujeito de São Paulo.

– Isso você me disse.

— Pois bem. A cena indica que houve luta e roubo. O barco não só possui um bote com motor de popa como...

De tanta excitação, Chagas interrompeu:

— Tenho quase certeza de que ele é o assassino da gringa.

— Por que diz isso? — replicou Dornelas, incomodado com a interrupção.

— Bem, primeiro preciso fazer minhas medições, comparar...

— Alguma coisa mais? — cortou o delegado, na raiz. Ele queria esmiuçar o relato e não estava com saco para o lenga-lenga do Cagas. — Algum objeto em especial?

— Um saco plástico no bolso. Dentro dele, um sacolé de cocaína — completou Solano.

Dornelas pensou um pouco. Virou-se para o perito.

— Procure digitais no saco plástico e no sacolé de cocaína. Se encontrar, compare com as de Maluco e Felisberto. Isso pode nos ajudar muito. — Voltou para Solano. — Qual a data estimada do óbito?

— Três, quatro dias. É preciso confirmar com o IML — respondeu o investigador.

— Ótimo — virou-se para Chagas. — Digitais no barco?

— Espalhadas por tudo. Deu para colher um bocado delas — respondeu o chefe da Perícia.

— Compare as digitais do abridor de coco e da cana do leme da baleeira de Marcos Altino com as de Felisberto e desse cadáver. Compare também as encontradas no veleiro com as de Felisberto. Se nenhuma der positivo, comece a estudar o banco de dados. Lembre-se de comparar as marcas dos pés com as pegadas encontradas na praia.

— Pode deixar.

Ambos se preparavam para levantar.

— Solano — rosnou.

O subordinado estacou e encarou o chefe.

– Ligue para a Jaque e peça para ela trazer Madalena para cá. Vá você buscar o Maluco. Peça para alguém ajudar.

– É pra já, doutor.

– E feche a porta quando sair, por favor – instruiu o delegado, dando a entender que tinha uma missão secreta em mente. Com a mão no puxador, Dornelas aguardou o estalo da porta contra o batente e abriu a gaveta. Devorou uma tira inteira do chocolate, com gosto.

★

Satisfeito, passou a mão no celular e ligou para a namorada.

– Quer saber do cadáver, correto? – perguntou Dulce, assim que leu o nome do namorado no visor do celular.

– Arrã.

– Marcelino Almeida Melo, vinte e nove anos, 1,82 metros, calça 43. Ajuda você?

– Até agora, sim. O que mais?

– Três perfurações no tronco por arma de fogo calibre trinta e oito. À queima-roupa. A data do óbito mais provável é quinta-feira.

– Ótimo.

– Mais alguma coisa?

– Qual a doença de Gytha?

– O exame histopatológico confirmou minhas suspeitas. A infecção nos tecidos dos pulmões e dos rins são consequências de esclerose múltipla.

– Explique melhor – pediu o delegado.

– Esclerose múltipla é, a grosso modo, uma degeneração da camada de mielina no sistema nervoso central, o SNC. É uma doença nefasta que causa tremedeira nos membros, movimentos irregulares nos olhos, dificuldade de pronúncia de palavras, espasmos musculares, disfunção urinária. Não há cura. Os tratamentos se resumem a atrasar a progressão da doença e melhorar a qualidade de vida do paciente. O curioso é que a doença tem maior incidência em mulheres brancas com genótipo caucasiano. É o caso de Gytha. Que tal agora, ajudei um pouco mais?

Dornelas ficou intrigado.

– Muito mais. Falamos depois, pode ser?

– Pode.

– Um beijo para você.

– Outro.

Desligou o celular e o telefone tocou.

– Dornelas.

– Doutor, chegou aqui o advogado do senhor Felisberto – disse Ismênia.

– Mande-o entrar, por favor.

Apareceu um homem de pele morena e olhos redondos, como os de uma coruja, porém com um estrabismo avançado, impossível de ser ignorado; dava a impressão de estar um pouco acima do peso para uma estatura mediana; tinha uma boca pequena sob um nariz enorme e cabelos grisalhos que formavam uma espécie de onda oleosa cruzando a cabeça de um lado a outro; não usava terno, apenas calça marrom, cinto preto e camisa branca aberta na altura do peito, de onde uma espessa corrente dourada balançava conforme ele se movia. Debaixo do braço, uma pasta de courvin automotivo. Assim que o sujeito se aproximou da mesa e estendeu a mão, Dornelas pôde notar a imundice das lentes dos óculos de aros dourados.

– Doutor Ramashid Duran, muito prazer – apresentou-se o advogado.

– Delegado Joaquim Dornelas. Por favor, sente-se.

O sujeito se sentou numa cadeira e depositou a pasta

na outra. Um olho mirou o delegado enquanto o outro inspecionava outro ponto da sala.

– Do que meu cliente é acusado, doutor? – perguntou o advogado.

– Tráfico de drogas e formação de quadrilha.

– Quais as provas?

– O depoimento do traficante que vendeu dois sacolés de cocaína para ele. Além de comprar cocaína, seu cliente contratou os serviços de um mensageiro para dar a informação à senhora Gytha Svensson, popularmente conhecida como Georgia Summers, para onde ela devia se dirigir para encontrar a cocaína. Não sei se o senhor sabe, mas Gytha foi assassinada na noite da quarta para quinta-feira, depois desse evento. Ela era uma escritora famosa. Livros femininos, basicamente.

– E qual a ligação do meu cliente com este crime, além desse suposto mensageiro?

– Seu cliente é ex-marido de Madalena Brasil, viúva da vítima.

O homem inspirou profundamente e recostou-se na cadeira.

– Mundo moderno esse nosso!

Dornelas sorriu de leve.

– Isso faz dele o assassino? – inquiriu o sujeito.

– De modo algum.

– Então qual a razão da prisão preventiva?

Dornelas ficou levemente irritado.

– Que parte da minha exposição o senhor não entendeu?

– Entendi tudo perfeitamente, doutor. Apenas estou dizendo que o senhor parece estar forçando um pouco a barra, falando em bom português, para mantê-lo preso.

– Não sei se o senhor sabe, mas formação de quadrilha é crime. Tráfico de drogas também. Dois sacolés de cocaína configuram-se como provas suficientes para que eu possa enquadrá-lo como traficante.

O sujeito levantou as mãos no ar e falou de modo aveludado:

— Não exagere, doutor.

A irritação do delegado aumentou consideravelmente.

— Além do mais — retomou Dornelas — ele é suspeito do envolvimento na morte de Gytha Svensson.

— Sob que bases? — refutou o advogado.

— Ele ainda está intimamente envolvido com sua ex-mulher, atual viúva da escritora. Gytha deixou uma soma considerável de dinheiro e um seguro de vida em nome da viúva. Apenas este ponto me faz suspeitar de que ele teve o motivo para que o crime ocorresse.

— O senhor tem provas disso?

Dornelas fez que sim com a cabeça.

— Quais?

— O depoimento de uma das recepcionistas do hotel onde Gytha e Madalena estavam hospedadas. Ela viu Madalena e o seu cliente se beijarem na boca no momento em que ele foi buscá-la na última quarta-feira.

— Só isso?

Dornelas não se recordava das vezes em sua carreira que teve de lidar com tipinhos iguais àquele. Mesmo tarimbado sob o peso da experiência, a irritação era recorrente.

— Doutor Duran, sugiro que converse com o seu cliente, que até então não tem mostrado interesse em cooperar com a investigação.

— Farei isso. E impetrarei um pedido de *habeas corpus* imediatamente.

— Siga em frente — disse Dornelas num gesto ríspido da mão. — Mas como hoje é domingo e o fórum está fechado, seu cliente permanecerá preso até amanhã. Além disso, torça para que o juiz Souza Botelho tenha tido um final de semana gastronômico e feliz. Tenha um bom dia.

O delegado levantou-se, esticou a mão sobre a mesa, o que forçou o advogado a se levantar também, apertar sua mão e sair. Assim que o advogado ganhou o corredor, Dornelas ligou no celular do Chagas.

– Então? – perguntou ao perito.

– As marcas dos pés na praia são de Marcelino – respondeu Chagas.

– E quanto às digitais?

– Estou trabalhando nisso.

– Fico no aguardo – bateu o telefone, se sentou e esperou.

★

Sidney estava sentado num dos bancos da recepção quando Maluco entrou seguido de Madalena. Ao tomar conhecimento da presença do traficante, Dornelas pediu para Ismênia chamar o traficante à sua sala. Ele apareceu acompanhado de Solano. O investigador entregou ao chefe alguns papéis.

– Veja isso, doutor. Pedi ao Caparrós para levantar nas empresas aéreas os voos para o Brasil de Gytha, Madalena e Felisberto. Seguem também todos os movimentos de Felisberto no hotel em que ele estava hospedado.

Dornelas estudou criteriosamente todas as folhas, comparou alguns dados e largou-as sobre a mesa.

– Tá aprendendo, meu chapa!

– Obrigado, doutor – disse Solano, meio sem jeito.

Dornelas virou-se para Maluco.

– Não precisa sentar. Diga apenas quem é Marcelino Almeida Melo.

Maluco, de olhos baixos, respondeu sucintamente:

— Um marinheiro.

— Quem o contratou? — perguntou o delegado, indo direto ao ponto.

Um silêncio, que o Maluco quebrou com um sussurro. Dornelas escutou atentamente, passou a mão no telefone e deu algumas instruções para Ismênia. Nem um minuto se passou e surgiram na sala: Sidney, Felisberto, este acompanhado do advogado, Madalena acompanhada de Jaque, com Caparrós e Lotufo logo atrás.

— Acomodem-se — instruiu o delegado, que permaneceu na sua cadeira e aguardou até que todos encontrassem seus lugares. Ao vê-los espalhados pela sala, resolveu prosseguir. — Muito bem. Maluco, que dia o senhor Felisberto procurou você?

Sentado numa cadeira ao lado de Madalena, Felisberto não mexia um fio de cabelo.

— Segunda-feira passada, doutor.

— Gytha estava com ele nesse dia?

— Não, senhor. Ela veio no dia seguinte — respondeu Maluco.

— Muito bem. Isso é suficiente. Vou dizer a vocês o que aconteceu. — Dornelas espalmou as mãos sobre a mesa e iniciou a explanação. — Cinco dias antes da festa de abertura da Flip, Madalena e Gytha chegaram a Recife e se encontraram com o senhor Felisberto Capuano, ex-marido de Madalena. Os três permaneceram na capital pelos dois dias seguintes. No terceiro dia, os três pegaram o voo TAM 3954 de Recife para o Rio de Janeiro e de lá tomaram um carro que os trouxe para Palmyra. Gytha e Madalena fizeram *check-in* na pousada Il Gattopardo no domingo passado, pouco depois das quatro da tarde. O senhor Felisberto, em torno do mesmo horário, entrou na pousada Trilha do Ouro. Enquanto estiveram juntos em Recife, os três bolaram um crime. Ao chegarem a Palmyra, lhes faltava os instrumentos para executá-lo, uma espécie de receita de bolo que no dia seguinte foi providenciada pelo Maluco. – Dornelas apontou para o traficante e levantou quatro dedos no ar, um de cada vez. – Os ingredientes: dois sacolés de cocaína, uma baleeira de passeio com marinheiro, um mensageiro, um matador.

A sala abarrotada exalava um clima pesado de morte. Sob os olhos atentos de todos, Dornelas prosseguiu:

– Na noite em que foi morta, a mesma da abertura da FLIP, Gytha saiu do quarto por volta das sete e tomou o barco no rio das Pedras, diante da FLIP, pouco antes das nove. Eu mesmo vi o barco sair para o mar com dois ocupantes: o senhor Marcos Altino, marinheiro ao timão, na popa, e Gytha Svensson sentada num dos bancos, protegida pela capota de lona.

Diante da informação, Madalena arregalou os olhos de assombro. Dornelas prosseguiu:

– Conforme combinado, às nove da noite o ex-marido de Madalena foi buscá-la na pousada Il Gattopardo. O senhor Felisberto, procurando confundir a polícia, tomou o cuidado de se hospedar no mesmo hotel do editor dos livros de Gytha no Reino Unido, senhor Nickolas Crest, com quem a escritora e a esposa combinaram de jantar na noite do crime. A hospedagem no mesmo hotel tinha um objetivo definido: copiar as feições e o modo de vestir do editor, de forma a se passar por ele na recepção da pousada da ex-mulher e da escritora. Não apenas o senhor Felisberto usou o nome de Nickolas na recepção, como se apresentou para uma recepcionista cujo expediente terminaria em uma hora.

O delegado fez uma breve pausa e bebeu um gole de água do copo que estava sobre a mesa.

– Alguém quer? – indagou. Tendo o silêncio como resposta, resolveu prosseguir. – Da pousada Il Gattopardo, Madalena e o ex-marido foram a pé para a pousada de Nickolas

Crest, a mesma do senhor Felisberto. Antes de chegar, o casal se separou. Madalena apanhou o editor por volta das nove e quinze, ambos caminharam para fora do Centro Histórico e tomaram um táxi na parte nova da cidade. O percurso dali ao restaurante *El Toro*, na praia Mansa, durou cerca de vinte minutos, meia hora. Segundo depoimento do dono do restaurante, Madalena e Nickolas chegaram por volta de nove e cinquenta e Gytha, que havia seguido por mar, pouco depois das dez. Os três se refestelaram com uma *paella* valenciana, cremes catalães, caipirinhas e afins, naquela que foi a última refeição de Gytha Svensson, ou Georgia Summers, como preferirem. Ao saírem do restaurante, Madalena, que certamente usou de todos os artifícios de que dispunha para seduzir Nickolas, levou-o para o seu hotel enquanto Gytha subiu no barco dando a entender que voltaria para Palmyra, quando, na verdade, tinha como objetivo a praia Brava. Ao navegar ao longo da praia Mansa, viu o movimento de um bar no canto oposto ao do restaurante e pediu ao marinheiro que encostasse o barco no raso para que ela descesse. E assim foi feito, pois um pescador chamado Faustino Arantes viu o barco de Marcos Altino passar ao lado do seu. O pescador testemunhou também o encontro entre Gytha e Sidney.

Dornelas apontou para o rapaz, que recebeu os olhares de todos na sala. Aproveitando a movimentação, o delegado tomou outro gole de água, pois a garganta começava a lhe incomodar, arranhava; depositou o copo sobre a mesa e puxou o telefone do gancho; discou três teclas. Ismênia atendeu.

– Pois não, doutor.

– O Chagas ainda está por aqui?

– Na sala de reunião.

– Peça para ele vir à minha sala.

Desligou. O silêncio sepulcral que se seguiu foi cortado

pelo barulho da maçaneta. Chagas abriu a porta e entrou.

— O senhor chamou?

— Já tem o resultado das digitais? — rebateu o delegado.

Os olhos de todos os presentes grudaram no chefe da Perícia, que se retraiu no lugar.

— As do abridor de coco e da cana do leme do barco de são de Marcelino. As do sacolé de cocaína, do Maluco, Marcelino e Felisberto. No barco existem diversas digitais. Encontrei muitas do próprio Marcelino e muitas do senhor Felisberto, além de outras que não tive tempo de identificar.

— Obrigado. Essas provas confirmam a minha tese.

— E qual é, delegado? — perguntou o doutor Ramashid Duran.

— O senhor já vai saber — Dornelas mexeu-se na cadeira e prosseguiu. — Retomando. Sidney foi à praia Mansa com o objetivo definido de dar uma mensagem à escritora: de que ela deveria tomar a trilha de ligação entre as praias Mansa e Brava para se encontrar com Marcelino Almeida Melo, marinheiro de um veleiro fundeado na praia Mansa e portador da cocaína adquirida por Felisberto das mãos do Maluco. Após receber a informação, Gytha decidiu espairecer um pouco. Caminhou para um bar próximo dali e dançou sozinha em meio a uma roda de pagode. Por volta da meia-noite, ela entrou sozinha na trilha. Daí por diante, a história toma um rumo sombrio. Com uma dose de álcool elevadíssima no sangue, suficiente para torná-la incapaz de dirigir e de se defender, Gytha chegou ao bar da praia Brava pouco tempo depois. E lá, protegida pelo telhado, encostada ao balcão do bar, aguardou sozinha a chegada do seu assassino. Marcos Altino, por sua vez, foi à praia Brava por mar e ancorou o barco bem longe da rebentação. E conforme fora instruído, lá esperou por ela. Enquanto Marcos aguardava, Marcelino tomou um bote com motor de popa — bote de apoio do veleiro que cuidava — e contornou o morro em direção à praia Brava. No meio do trajeto, uma chuva descomunal caiu, o que não apenas não o impediu como o ajudou a se aproximar do barco de Marcos Altino. Após ter amarrado o bote à baleeira, Marcelino subiu no barco e matou Marcos com um golpe da cana do leme na base do crânio. Não tenho condições de dizer se houve luta ou não, uma vez que ambos estão mortos. No entanto, após ter liquidado o marinheiro, Marcelino, de posse de um abridor de coco, seguiu com o bote para a praia, cruzou a rebentação, pulou no raso, arrastou o bote praia acima e seguiu a pé em direção do deque; subiu as escadas, caminhou pelo piso de madeira e se encontrou com Gytha, debaixo do telhado. A escritora, que o aguardava, consumiu avidamente um dos sacolés de cocaína. Em algum momento, talvez vendo que ela se encontrava fisicamente devastada, ele desferiu o primeiro golpe com o abridor de coco na jugular esquerda de escritora, que caiu e recebeu mais dezessete golpes nas costas. Nesse meio tempo, Madalena e Nickolas Crest faziam amor no quarto do hotel dela. Certamente um álibi muito bem bolado.

Madalena levantou os olhos do chão e mirou-os em Felisberto, que permanecia impassível. O delegado foi em frente.

– Em algum momento após matar Gytha, Marcelino notou que as ondas puxaram o seu bote de volta para o mar e o jogavam contra as pedras. Ele então correu sobre a mureta que divide a areia do gramado, dali subiu nas pedras e pulou para dentro do bote. Esse fato permitiu que ficassem impressas na areia apenas as pegadas do momento em que ele chegou à praia e não quando saiu. Após ter matado Marcos e Gytha, e de posse do seu bote, Marcelino voltou ao barco de Marcos, largou o abridor de coco no piso e creio que tentou puxar a âncora. Não tendo sucesso, uma vez que a âncora havia ficado presa numa pedra no fundo, ele cortou o cabo e deixou que o mar fizesse a sua parte em jogar o barco contra as pedras. A pancada na cabeça e o cabo cortado da âncora tinham como objetivo mostrar que Marcos havia morrido por acidente ao tentar lidar com o barco no mar turbulento. Marcelino até tomou o cuidado de encaixar a cana do leme de volta no lugar com o pino de segurança. No entanto, o ferimento foi profundo demais para ter sido produzido por uma pancada acidental. O relatório do Instituto Médico Legal comprova isso. Além do mais, havia vestígios da tinta da cana do leme no local do ferimento de Marcos. O relatório da Perícia joga luz sobre essa evidência. Alguma pergunta?

Ninguém respondeu. O delegado resolveu prosseguir:

– Ao ver sua operação bem sucedida, Marcelino voltou com o bote para a praia Mansa, amarrou-o no veleiro e creio que dormiu dentro do barco. No dia seguinte, na esperança de ser remunerado pelo trabalho realizado, o marinheiro recebeu a visita do senhor Felisberto, que o matou a queima roupa com três tiros de um revólver calibre trinta e oito. Até o momento, não encontramos a arma desse crime. Contamos com a cooperação do senhor Felisberto para elucidar essa parte. As provas concretas até aqui são irrefutáveis: as impressões digitais do senhor Felisberto o conectam ao depoimento do Maluco, ao próprio Marcelino e à cena do crime no veleiro. No entanto, o que mais me impressiona em tudo isso é que foi Gytha quem diretamente contratou os serviços de Marcelino para matá-la.

Sidney, visivelmente impressionado, resolveu perguntar:

– Mas por que a gringa fez isso?

O delegado virou-se para Madalena.

– Quer responder? – perguntou para a mulher, que tremeu no lugar.

– Há alguns meses ela recebeu o diagnóstico de que tinha esclerose múltipla. Os primeiros sintomas da doença começaram a se manifestar faz pouco tempo. Ela se sentia mal, tinha tremedeiras e dificuldade para raciocinar. Gytha sempre foi muito ativa e não admitia viver sob qualquer limitação física.

– Mas por que aqui? – perguntou Solano.

– Por que ela me amava, amava o Brasil e acreditava que morrer de uma maneira violenta, no auge da carreira, poderia alavancar ainda mais as vendas dos livros dela em todo o mundo. Não apenas a FLIP é uma das festas de livros mais charmosas do mundo, como Gigi queria morrer em grande estilo, e com isso me deixar bem de vida.

– Além do mais – interrompeu o delegado –, se Gytha cometesse suicídio, Madalena perderia a bolada do seguro de vida. – Silêncio total. Dornelas seguiu adiante – Que lugar o senhor Felisberto ocupava no relacionamento entre você e ela?

O ex-marido, que até então estava impassível, virou o rosto para Madalena e rosnou entre os dentes:

– Não diga nada, Madá. Feche a matraca.

A mulher encarou-o de modo desamparado e disse:

– Tarde demais, Beto. Nosso plano furou. – Virou-se para o delegado – Nunca deixei de amar esse homem, mesmo depois de me apaixonar por Gytha, que não apenas passou a aceitar o fato como chegou a consentir que eu e ele nos encontrássemos vez por outra para namorar. O tempo passou, a coisa evoluiu. Eu, Gytha e Beto dividimos a mesma cama mais de uma vez.

– Quem são os herdeiros e beneficiários dos bens dela? – perguntou Caparrós.

Madalena limitou-se a levantar um dedo no ar. Um silêncio tomou conta do ambiente.

– Alguém tem alguma coisa a dizer? – indagou Dornelas, que aguardou um pouco, mas ninguém respondeu. – Muito bem. Senhor Felisberto, que já teve a prisão preventiva decretada, permanece aqui – virou-se para Madalena. – Você fará companhia para ele. Conhece a lei Maria da Penha?

A mulher anuiu com a cabeça.

– Eu pensava que sim. Como cúmplice e esposa, você certamente será beneficiada por essa lei. Quanto a você, Maluco, vou ter que botá-lo em cana.

– Mas, doutor...

Dornelas levantou a mão espalmada no ar.

– Sinto muito, mas não posso prender o senhor Felisberto por tráfico de drogas e não prender o seu fornecedor. Além do mais, sua participação no crime foi muito maior do que o tráfico em si. Você vai ser enquadrado por formação de quadrilha também. Mas por ter ajudado a polícia, sua pena certamente será reduzida. – Dornelas virou-se para Jaque, Lotufo e Caparrós – Podem levá-los.

Felisberto e Madalena saíram da sala acompanhados do doutor Ramashid, Lotufo e Jaque. Caparrós saiu com Maluco. Sidney se preparava para sair quando o delegado perguntou:

– Deu para ver a enrascada em que você se meteu?

O rapaz virou-se para ele e contorceu-se no lugar.

– Eu não podia imaginar que estava participando de algo desse tipo, doutor!

– Vou cumprir minha promessa de não indiciá-lo, embora eu precise que você fique à disposição da justiça por causa da sua participação.

– É só me chamar. E muito obrigado.

– Solano vai pegar o seu depoimento.

O investigador, que acompanhava a conversa, agarrou o jovem pelo braço e encaminhou-o para fora da sala. Dornelas ficou só, com um sentimento reconfortante de dever cumprido. Passou a mão no telefone e ligou para Dulce. Ela demorou a atender.

– Caso resolvido – disse ele, assim que ela apareceu na linha.

— Puxa, que bom! Quem matou a escritora?

Dornelas contou todo o caso, por alto.

— Você pode almoçar comigo? — perguntou.

— Não vai dar. Tenho muito a fazer aqui. Quando liberar, ligo para você — respondeu Dulce.

— Combinado. Aguardo você. Um beijo.

Dulce mandou-lhe outro beijo e ele colocou o fone no gancho. Discou três teclas. Ismênia atendeu.

— Pois não, doutor.

— Ligue para o doutor Amarildo, por favor.

— É pra já.

Nem um minuto e o telefone tocou. Dornelas apanhou-o do gancho e colou-o na orelha.

— Amarildo?

— Ele está em viagem, doutor. Deixo recado?

— Por favor.

— Ok.

Dornelas pôs o telefone no gancho, pensou um pouco, puxou-o e chamou Ismênia mais uma vez.

— Pois não, doutor — disse a telefonista.

— Ligue para o Frango, por favor.

— É pra já.

Dois toques e o repórter atendeu. Dornelas discorreu sobre todo o caso, nomes, detalhes, e deu-lhe duas horas de vantagem antes de vazar a notícia para o resto da imprensa. Frango cacarejou alguns agradecimentos e desligou contente.

Um vazio se fez no ar. Dornelas se deu conta então de que tinha o resto do dia livre pela frente. De súbito, fechou tudo, vestiu o paletó e saiu. Ao passar na sala de Solano, falou da porta:

— Prepare todo o inquérito para enviarmos amanhã cedo ao promotor. Vou sair, mas volto em algumas horas para assinar tudo. Deixe na minha mesa. Se quiser falar comigo, estarei no celular. E quando acabar, vá para casa.

– Obrigado, doutor.

★

Já na rua, Dornelas sacou o celular do bolso e ligou para o major Astolfo, do Corpo de Bombeiros. O atendente disse que o major estava de folga naquele dia. Desligou e ligou para Cláudio, seu amigo e pescador, dono de um barco de nome Janua.

– Você vai sair hoje? – perguntou ao amigo assim que este surgiu na linha.

– Não tenho nada planejado. O senhor quer tentar fisgar umas bicudas no corrico? O mar está calmo demais para as anchovas.

– Em meia hora no cais?

– Estarei lá. E lembre-se: o diesel é por minha conta.

– Combinado, doutor.

Dornelas desligou e foi direto para casa, onde separou as varas e carretilhas, a caixa de iscas, e arrumou o porta-gelo com alguns sanduíches e bebidas. Carregado e contente, saiu para rua na direção do cais, com Lupi no encalço.

Agradecimentos

A ideia de um crime durante um evento de livros me veio à mente ao visitar a Festa Literária Internacional de Paraty, em julho de 2011. Fiquei empolgado com a possibilidade de colocar o delegado Joaquim Dornelas naquele ambiente. Todos os personagens e situações deste livro são fruto da minha imaginação fértil e não encontram paralelo algum na realidade. Agradeço de imediato meu amigo Antonio Cabral pelos bate-papos que tanto me ensinaram nessa trajetória como escritor; ao meu irmão Joca, pelas dicas da narrativa; Talita Zerbini, pelas elucidações sobre os procedimentos de medicina legal; Roger Franchini, ex-policial civil, atualmente advogado e colega de histórias policiais, pelos procedimentos jurídicos; Flávio Lapa Claro, ex-policial civil, pelos procedimentos policiais; José Eduardo Márcico, pelas lições e dicas sobre as técnicas de papiloscopia; às equipes da 167ª DP e do Corpo de Bombeiros de Paraty; e por último, mas não menos importante, Carminha Levy, por sua sabedoria, apoio e fé inabalável.

Ideias ou sugestões:

paulolevy67@gmail.com
Facebook: http://www.facebook.com/paulolevyescritor
Twiter: @paulolevy
Instagram: @paulolevy1967

Esta obra foi composta em Goudy Old Style por Áttema Editorial
e impressa em papel Offset 90g/m² para a Editora Bússola